➤ 一九八六年，五十岁。在西城区光明胡同 45 号院自家门前留影。

刘绍棠

中国乡土文学作家。一九三六年二月二十九日生于北京通州大运河畔的儒林村。一九四八年参加革命。一九四九年开始发表作品。一九五三年加入中国共产党。一九五四年考入北京大学中文系学习。一九五六年加入中国作家协会，从事专业创作。至一九五七年被划右派时，已出版了《青枝绿叶》《山楂村的歌声》《运河的桨声》《夏天》《中秋节》《瓜棚记》《私访记》等七本书。

一九七九年右派冤案得以改正，重获创作权利。带病顽强拼搏了十八年，为后人留下了五百多万字的乡土作品。即十二部长篇小说：《春草》《狼烟》《地火》《豆棚瓜架雨如丝》《这个年月》《敬柳亭说书》《十步香草》《京门脸子》《野婚》《水边人的哀乐故事》《孤村》《村妇》。二十多部中篇小说：《蒲柳人家》《渔火》《瓜棚柳巷》《花街》《草莽》《荇水荷风》《蒲剑》《鱼菱风景》《小荷才露尖尖角》《绿杨堤》《烟村四五家》《柳伞》《年年柳色》《青藤巷插曲》《黄花闺女池塘》《碧桃》《二度梅》等。两部短篇小说集：《青枝绿叶》《蛾眉》。十一部散文短论集：《乡土与创作》《我与乡土文学》《一个农家子弟的创作道路》《我的创作生涯》《论文讲书》《乡土文学四十年》《蝈笼絮语》《如是我人》《红帽子随笔》《我是刘绍棠》《四类手记》。

《京门脸子》获得北京市优秀长篇小说奖。《敬柳亭说书》获得首届中国大众文学优秀长篇小说奖。《蒲柳人家》获得全国优秀中篇小说奖。《蛾眉》获得全国优秀短篇小说奖。中短篇小说多种被译成英、法、德、俄、日、西班牙、泰国、孟加拉、阿尔巴尼亚等国文字。

上世纪八十年代以来，不遗余力地倡导乡土文学，创作上坚持“中国气派，民族风格，地方特色，乡土题材”。他的全部作品，都是写大运河的乡土乡亲，形成了独具特色的大运河乡土文学体系。

刘绍棠文集

敬柳亭说书

刘绍棠／著

北京出版集团公司
北京十月文艺出版社

第一章

1

一入中伏，北京城内热得像一座烤炉，像一只蒸笼，像一只焖饭的锅。我因公事不能脱身，眼看着别人到青岛、庐山、北戴河和五大连池避暑。七月二十九日的最高气温摄氏三十七度，我不得不放下纸笔，急忙带着妻子，逃奔家乡的河边农舍，躲一躲城内的蒸、焖、烤。车过通州城外，一阵阵热风扑进车窗，只见城内那顶天立地的燃灯佛舍利塔，也热得塔影朦胧，叮叮咚咚的塔铃声更显得十分沉闷。忽然，我的心中一动，想起今天正是通州暴动四十七周年的日子。

四十七年前，一九三七年的七月二十九日，大雨滂沱，天地号啕大哭，北京沦陷。不愿当亡国奴的通州民众，揭竿而起，歼灭了留守通州的一支日寇小分队，捕杀了无恶不作的日本浪人，活捉了大汉奸殷汝耕。后来，虽因寡不敌众而失败，殷汝耕也从混乱中逃走，但是，可歌可泣的通州暴动，青史留传，不可磨灭。

大热的天投亲靠友，诸多不便。虽然农村绿荫生凉，但日夜也是挥汗如雨，家家户户的大男小女难免不顾礼俗；男人只穿一条裤衩，光着膀子，女人比男人只不过多一抹围胸。有外人做客，双方都不能如此随便，就连本村的邻居，热天也很少串门。

我和妻子到河边小学，借一间老师的宿舍住下来。

小学已经放假，只有一个老头儿看门。老头儿名叫齐长乐，通州暴动那年十七岁，也进城杀鬼子，残废了一只胳臂，便拜到有名的评书艺人小柳敬亭门下，改行说书，却又赶场过多，哑了嗓子。于是，到这所小学当工友，一晃四十二年。

他跟小柳敬亭学说《彭公案》，前二十一回最见功夫。这是因为《彭公案》的前二十一回，写的是清朝康熙年间北运河东西两岸的故事。故事出在本乡本土，说起来当然有声有色，连小柳敬亭也甘拜下风了。

我六岁入学时，他刚当工友。四五岁我就是个书迷，常听他说书；一见之下十分亲热，赶上刮风下雨天，他把我背在他的身上，顶风冒雨送我回家。大风大雨路难行，只能走走停停；大雨躲到老树下，大风蹲在坟后头，这时候他便给我说《彭公案》中最引人入胜的段子。我在这所小学念了四年书，他送我回家不下一百趟，给我说书也就不下一百场，所以他可算是我的半个老师。不过，那时我管他叫小乐哥；年岁大了，改叫他老乐哥。

老乐哥四年前已经退休，但是他舍不得离开小学，老师们也舍不得放走这头“老黄牛”。他仍旧当他的工友，工资却打了折扣；校长过意不去，把一片空地包给他种菜，弥补工资上的损失。这所小学的老师都自己起伙，老乐哥免费供应他们菜蔬，自己赚不了多少钱，刚够买叶子烟。

他满脑瓜子忠、孝、节、义，这几年脑瓜子更老得像古董。见了我的面，他好像扮演的是老家院的角色，给我端饭、沏茶、搬椅子、打洗脸水，还把小学的电视机和电风扇搬到我的屋里，窗台上摆两盆夜来香，香气弥漫又熏蚊子。

这间宿舍，开了个后窗，河风掠过苇丛、草簇和柳棵子地，从后窗口吹进屋来。后窗外有几大棵丁香树，丁香树荫下一片白沙地。中午歇晌，我的妻子睡在屋里；我扯一张苇席，到丁香树下露宿。从这几棵丁香树走出几步，便是河坡；河坡下有一座老乐哥搭起的草亭，阴天下雨，在河滩上放牛、牧羊、打草的人有个躲闪。我看见，老乐哥睡在草亭里，手中捧着一本书，口中念念有词，我感到奇怪，便走下河坡看个究竟。

老乐哥真是两耳不闻亭外事，一心只读眼前书；我走进草亭，他竟没有发觉，直到我咚地跺了一下脚，他才惊醒，慌忙坐起来。

"兄弟，热得睡不着觉吗？"老乐哥神色不安地问道，"我在水房里给你拔着两个大西瓜，你抱到宿舍里，跟弟妹吃下去消一消暑。"

我摇了一下头，问道："你正看什么书呀？是不是想通过自学考试，拿个学历？"

"老掉了牙的《彭公案》。"他嘴里的牙齿已经掉得不剩几颗了，抿着嘴唇呵呵笑，"小青年们在电视上看的不是洋侠客，就是港侠客，他们想听听土侠客的故事，劝我把扔下多年的老本行拾起来，给他们说书解闷儿。"

"《彭公案》是一本坏书，那些侠客都是反动政府的打手！"

"哎呀！请……请你给改一改。"

“粪土之墙不可圬，《彭公案》难以脱胎换骨。”

“那……你给写一本。”

想不到老乐哥给我出了个难题。是呀，我想破旧，就得立新，否则就别唱高调，说风凉话。于是，我不能不硬着头皮答应下来，三天给他写出一万九千字的话本。

我崇敬明末说书艺人中的大师柳敬亭，老乐哥的师父艺名又叫小柳敬亭，就给老乐哥搭起的这座草亭命名敬柳亭。三天，老乐哥早、午、晚各说两场，十八场只不过用了我一千八百字。他的一张嘴顶我十支笔，一万八千字他能说上一百八十场。口头文学的艺术魅力，也把我的妻子从宿舍里吸引出来，悄悄搬一条长凳，坐在丁香树下；枝叶遮住她的脸，侧耳倾听，不漏一句。我偷拍了一张照片，从她那半边脸上，也能看出她是多么迷醉。这些年，对于我的小说，她可从没有赏过半个脸面。

目前，通俗小说十分畅销，是出版社的摇钱树；以文养文，我们不少人的大作，是靠通俗小说赚来的钱才得以出版。可是，通俗小说作家的地位低下，不能登大雅之堂，他们愤愤不平，却又自卑，便找我替他们说几句公道话。我在报刊上发表了几篇抱打不平的文字，并不见有多大影响，喊不如干，便也加入这些下里巴人的队伍，把我这一万八千字的话本有所增删，发表出来，以取得同等的资格。

“生不用封万户侯，但愿一识韩荆州。”李白只想依附韩大老爷，以求“一登龙门，身价十倍”。然而，朱德同志四十年代在延安，对此曾有新解，曰：“今日韩荆州，人民大众也。”

为人民大众所喜闻乐见，作品才有价值。通俗小说作家要抬起头来，看不起通俗小说的人要放下架子。

闲话少说，书归正传。

2

一九三六年仲夏时节，京东北运河上天低云暗。伪冀东防共自治政府在通州粉墨登场已经半年多了，儿皇帝殷汝耕那坐落在万寿宫大街西头的官邸，也已经垒起四面高墙，拉上铁蒺藜电网，前院的客厅和后院的戏楼都完了工。只因三座院落的大小房间和游廊走巷才有个眉目，他那位日本艺伎出身的太太，不肯离开北京南池子的殷公馆，屈尊移驾到通州小城这座刚刚草创的新宅。通州百姓，关上门咬牙切齿地咒骂这个认贼作父的大汉奸，管这座官邸叫阴曹地府，也有的人省两个字，只叫阴宅。

门前是一条穿城而过的莲花河，院后是百亩碧水的西海子公园，阴曹地府肮脏了古城通州的风光景色。

小人得势，沐猴而冠，草头蛇混充真龙天子，殷汝耕想的只是刮卷地皮，吃、喝、玩、乐。有了客厅和戏楼，便急不可耐，每日酒池肉林，大宴他的日本主子和文臣武将；三五日便要重金礼聘北京的名角儿唱堂会，不过最爱听的还是淫词浪语的粉戏。

这些日子，阴宅一连七天大摆酒宴，都是从北京的全聚德、便宜坊、丰泽园、同和居、东来顺、砂锅居和仿膳请来的高手厨师掌灶，大吃燕窝、鱼翅、猴头、熊掌、烤鸭、全羊；堂会戏也一连唱了七天，京戏、昆曲、梆子、蹦蹦儿和十样杂耍儿，每天日夜两场。

收场的那一天，散了夜戏已经凌晨一点，殷汝耕和他的秘书长池宗墨走进客厅，又入密室。

殷汝耕的这座客厅，雕梁画栋五大间，东西还有两间耳房，一间是书斋，一间是小佛堂。这只是眼见的外观，内中还另有一套。客厅和耳房三面夹壁墙，和其他房间相通；铺着地毯的地板下面都有翻板，揭开翻板便是地道和地下室。有个风吹草动，殷汝耕可以钻墙入地逃之夭夭。

殷汝耕和池宗墨进入的这间地下室，在东耳房的书斋地下。这块方丈之地，也明有三个通口，暗有夹壁墙过道。但是，这还算不得严密，密中之密是小佛堂地下的斗室，那是池宗墨也不许进入的。

地下室冬暖夏凉，有一张雕花的双人床，挂着幔帐；一座梳妆台，两只靠背软椅，很像女人的闺阁，弥漫着脂粉和香水的气味。

四十多岁的殷汝耕，是个白胖子。金鱼眼睛，漆黑的背头，抹着口红似的嘴唇，一身媚骨，令人感到他是个政客，又像个戏子。

他只穿一件短袖汗衫和吊带西装裤，半躺半坐在一只靠背软椅上，戴着钻石金戒指的胖手，从梳妆台的檀香匣子里摸出一支雪茄。

池宗墨赶忙上前点烟。

此人是殷汝耕的同乡小老弟，也是日本留学生，三十多岁。殷汝耕出身于大富大贵之家，他却是个潦倒文人的儿子。他的老爹跟殷汝耕的老爹是同科秀才，但是中了秀才便不思进取，只知游戏花街柳巷，错把勾栏院当大观园，把卖笑的妓女当十二金钗，自比多情种子贾宝玉。等到花光了祖上那几十亩良田，身无分文，被王八鸨儿拎起脖领子扔出来，才如梦方醒。最后，只得向他的殷年兄摇尾乞怜，被殷家留下当一名帮闲清客，半师半仆地教殷汝耕念“赵钱孙李、周吴郑王”“人之初，性本善”“天地玄黄，宇宙洪荒”，直到“天对地，雨对风。大陆对长空”。殷年兄又赏他一个色相已衰的大丫头，几个月便生下了池宗墨。谣传殷汝耕和池宗墨是同父异母兄弟，虽不过是捕风捉影，却也不无可疑之处。池宗墨自幼生长在殷家的屋檐下，不敢不低头，只能抱殷汝耕的粗腿，奴性十足。他从日本留学回来，一直给殷汝耕当僚属；殷汝耕宦海浮沉，他的命运也就颠簸不定。所以，殷汝耕当上伪冀东防共自治政府行政长官，他也就鸡犬升天，被任命为秘书长，位居一人之下，百官之上。

但是，池宗墨从心眼里看不起殷汝耕这个绣花枕头，只是不露痕迹。

他有一张黄中透青的刀条子脸，一双阴险恶毒的眼睛，满嘴歪七扭八的龅牙齿，他是个烟鬼，嘴唇黑紫，刀笔吏的面目。在殷汝耕和日本主子面前，他低眉顺眼，像一只媚态的猫；但是在下属和低他一等的人面前，却又盛气凌人，像一只凶狠的狼。

“宗墨，我奋斗半生，今天才感到如愿以偿呀！”殷汝耕喷出一口雪茄烟，颤动着肚皮大笑，一副得意忘形神态，“冀东二十二县，沃野千里，宝藏无尽，南面而王，称孤道寡，不亦乐乎？”

国民党政府出卖了东北三省之后，又屈服于日寇的压力，将冀东划为非武装中立区。这三面包围北京的国中之国，辖有通州、顺义、昌平、怀柔、密云、平谷、三河、香河、蓟县、宝坻、玉田、丰润、迁安、兴隆、遵化、卢龙、宁河、抚宁、昌黎、乐亭、滦县、临榆二十二县，以及唐山和秦皇岛两个市，八百万人口，三万平方公里。这个格局很像历史上五代十国时期，认辽主为父的儿皇帝石敬瑭建立的后晋王朝。

“恩兄奉天承运，小小的冀东只不过是大展宏图的出发点。”池宗墨在百官面前称殷汝耕为长官，背后便亲昵地称呼恩兄，“咱们在冀东立足牢固之后，不但要囊括华北，而且要问鼎中原。”

“我还是知足常乐吧！”殷汝耕大摇肥头，“满洲是溥仪的，蒙疆是德王的，冀东是我的，河北、察哈尔、北平、天津是宋哲元的。日本军部早已给大家平分秋色，咱们只求相安无事，不要吃着碗里看着锅里。”

“将来会不会分久必合呢？”

“肢解支那，分而治之，是日本军部的永久性方针。”

“是，是！”池宗墨哈了哈腰，“小弟明天在外交处长陪同下，跟日方商谈冀东日侨豁免权问题，请恩兄面授机宜。”

“日方有求，咱们必应，但是请日方给咱们以满洲国的同等地位！”殷汝耕忽然激动地从躺椅上挺直身子，“目前这个自治政府的招牌，等于收房丫头的身份，连个姨太太也算不上，令人可恼。”

“宗墨一定不辱君命。”池宗墨沉吟半晌，才又吞吞吐吐开口，“恩兄今晚在哪一处下榻？”

“我还没有确定。”殷汝耕的脸一沉，口气很不高兴。

从小贪爱声色犬马的殷汝耕，想当个跟明正德皇帝不相上下的风流天子。到通州以后，最喜欢黑夜中乘坐一辆四轮马车，只带两名亲随卫士，出阴宅角门，穿大街走小巷，眠花睡柳打野食儿。池宗墨又身兼警察厅的厅长，不能不恪尽职守，打发便衣侦缉队，暗中跟踪护卫，以防刺客暗杀他的主子，所以殷汝耕每回夜出，他都提心吊胆。但是，殷汝耕却更愿像宋徽宗夜幸名妓李师师，自由自在逍遥游。

“我还没有给您找到武艺高强的贴身保镖……”池宗墨毕恭毕敬，察言观色，“您有所赏识，是不是召入府内，更为两全？”

“宗墨，我累了，想早一点休息。”殷汝耕伸了个懒腰，打了个哈欠，很不耐烦地挥了挥手，“去吧！”

池宗墨只得鞠躬告退。

3

殷汝耕坐冀东，不是下雨就是刮风。

大风刮了一冬一春才刹住，刚进立夏又接连下雨。有钱难买五月旱，六月连阴吃饱饭。谁想天时不正，四月二十九的大雨就下得北运河满了槽，白茫茫的像一条大江，蛤蟆叫得连天响。高粱、玉米、大豆蹿秧子，却都穿上了红裤绿袄儿，到收成时只能种一葫芦收一瓢。

一过端午节，就像捅破了天，雨下得更大，而且接二连三。青纱帐里的沥水齐了腰，关省三和花中蕊躲不下去了。

关省三带领东北义勇军的一哨人马入了关，这一哨人马五光十色，人品很杂。关东的农民，奉军的散兵，拆伙的胡子，地主的团丁，炸狱的囚犯，会道门的徒众，茄子黄瓜一锅煮，乌合之众大杂烩。百八十人，六个山头，不少人还带着家小，每天鸡吵鹅斗。这一哨人马入关以后，人生地不熟，睁眼一团黑。当年，张大帅的奉军进关，烧、杀、抢、掠，每到一处驻防，打白米，骂白面，不打不骂小米饭；张口妈拉巴子，瞪眼拳打脚踢，奸淫妇女更是残忍，京东百姓恨之入骨。关外的人落生以后睡摇篮，后脑勺扁平，京东百姓一见扁脑勺子就红眼。关省三这伙人从入关头一天起，所到之处都站不住脚，最后流落到北运河支流的潮白河草莽中，找到一块落脚之地，路劫绑票为生。日久天长，人吃马喂之外还积攒了不少金、银、珠宝、现钞；为了以丰补歉，他们在通州的几大宝局入了股，月月分红，购买枪支子弹。于是，关省三便乔装改扮，常到通州城内走动。他在关外，原是武林中人，挖参、淘金、打猎，也走江湖卖艺，曾跟一个唱二人转的女戏子花中蕊相好。东北三省沦丧敌手，他加入一支义勇军打鬼子，便跟花中蕊失散了。有一回他到通州天乐茶园听戏，开锣跳加官，唱帽儿戏的竟是花中蕊。散戏以后，他便把花中蕊绑走，回营寨土屋藏娇。

日寇的一个炮兵小队，一个骑兵中队，殷汝耕的一个保安大队，包围进攻他们的营寨，把他们打得七零八落。被俘虏的青壮年枭首示众，老年男女当场活埋，有几分姿色的女人卖到妓院，小孩子都给了人贩子。关省三身背花中蕊，冲出重围，枪林弹雨中渡过潮白河，进入通州境内，隐蔽在潮白河和北运河之间的青纱帐中。

青纱帐里有一片连绵起伏的坟地，关省三解下腰刀，砍下柳枝搭窝棚；又掰下大抱的高粱叶子，垫在身下是褥子，盖在身上是被子。他的腰里缠绕着一袋子银圆，夜晚偷偷溜出青纱帐，到邻近的村庄小酒馆，买来烧酒、卤鸡、猪头肉和馒头、大饼，在主坟的青石供桌上吃起来。

花中蕊吓破了胆，不吃也不喝，一会儿哼哼唧唧，一会儿哭哭啼啼，一会儿又抽抽泣泣唱几句蹦蹦儿戏，颠三倒四。这个女人被绑到关省三的营寨，能够跟情人朝朝暮暮在一起，白天形影不离，夜晚同床共枕，头两三个月也还欢欢喜喜。可是，日子一长，便感到乏味。她从小学戏，吃开口饭，越烦闷就更犯戏瘾，早想脱离关省三，还回天乐茶园搭班。

天黑伸手不见掌，关省三摸着黑大块吃肉，大口喝酒。

“鬼，鬼！”

忽然，花中蕊一声鬼叫。关省三一跃而起，左手抽刀，右手拔枪。一个黑影钻进蓬蒿里，关省三投刀过去，只听惨叫一声，那个黑乎乎的东西疼得在草丛中打滚儿，他跳过去一脚踩住，哈哈笑道：“一只獾！”

“鬼从坟里伸出手……”花中蕊从窝棚里爬出半条身子，瘫软得像一堆稀泥，“扯我的腿……拉我当替身儿，我要死了。”

关省三把她抱到怀里，轻声唤道：“蕊儿，蕊儿！那是住在坟窟窿里的獾钻出来，你别疑神疑鬼。”

“逃到天津卫，我搭班唱戏……”花中蕊的牙齿磕得咯咯响，昏昏沉沉，呻吟不止，“挣出咱俩的粗茶淡饭，生儿养女过日子。”

“住口！”关省三恶狠狠地喝道，“我画地为牢站着死，就是不离京东。”

他又抱起酒葫芦，咕噜一口又咕噜一口，就像抱着水筲喝凉水；嘴里嚼着猪耳朵，吃不出滋味儿，就像嚼的是刨花锯末。喝了一阵闷酒，从胸膛里呼出一团团滚烫的热气，头大如斗想不出下一步该怎么走。

一个闪电一声雷，哗哗下起大雨，他扔下酒肉钻进窝棚。雨脚穿透窝棚的棚顶，雨水泡透铺在地上的高粱叶子。豆棵下坐窝的兔子四散奔逃，昏头昏脑撞进窝棚里，吓得花中蕊惊惊乍乍。熬到天亮，雨刚小下来，便听见青纱帐外人喊马叫，原来关省三昨晚打酒买肉露出马脚，一个保安中队正拉网搜捕。

关省三背起花中蕊，沿着高粱地的垄沟，深一脚浅一脚逃走，一整天东躲西藏，挨到天黑才又逃到一片柳棵子地，坐在高岗的大树下避雨。

大雨中也听得见村村庄庄的敲锣呐喊声，那是地主民团跟保安中队串通一气，严防他们进村避难。

“上天无路，入地无门啦！”花中蕊哭闹着，“我是你绑来的，你放了我，我一个人回通州去。”

关省三又气得吆喝道：“放你回通州，那是把你送入虎口，推下火坑！”

“高擎灯台灯下黑，回通州是一条活路。”花中蕊笑起来，“我只说是从你们的花票房子死里逃生，假戏真唱，就能遮人耳目。”

走投无路，关省三一声长叹，从腰间解下银圆袋子，说：“这几个钱你带走吧！补一补身子，买几件头面。”

花中蕊扑到他的怀里，哭道：“我跟你半路分手，无情无义，没脸拿你一文钱，你一个人身陷十面埋伏，还是留下来给你用吧！”

两人冒雨走泥泞小路，逃出包围圈，天黑渡过北运河，两人洒泪而别。

花中蕊回通州，关省三很不放心，在通州城外转了几圈儿，猛然想起自己还是通州几大宝局的股东，便投奔到总号得天厚堂的一处驿馆，休息几日，再找出路。

得天厚堂原是一家镖局。自从北运河停止了漕运，撤销了漕运总督府，大官离开了通州小城，大商号也没有残存几家。得天厚堂最初只给大宅门和大商号看家护院，可是财路太窄。老东家韩得当生财有道，又给宝局、烟馆、妓院看门守户，后来竟入股分成了，得天厚堂从开张到殷汝耕成立伪冀东自治政府，三十年时光，韩得当挣下万贯家财。他不但是宝局、烟馆、妓院拿头份儿的股东，还开了一家当铺、两座酒楼、三处客栈。但是，他出身低贱，名声恶臭，为人所不齿，临死才感到美中不足。他手拉着儿子韩秀的手，叮咛了一遍又一遍，要捞到一官半职，光宗耀祖。韩秀连连点头，咬破中指赌了咒，他才闭上眼睛。

韩得当一妻四妾，只有东海子妓院出身的小四姨太太，给他生了个儿子叫韩秀。

得天厚堂做明路生意，也做黑道买卖，它一直是通州最大的销赃窝主。韩秀执掌得天厚堂，更是胆大包天，他不但敢窝藏和转销贼赃，而且敢贩运军火，所以关省三早就跟他挂上了钩，而且入了股。

韩秀比他爹大有作为，他在城内外设有几处驿馆。城内的驿馆招待达官贵人和富商大贾，城外的驿馆招待打家劫舍的匪首、杀人越货的歹徒、抢男霸女的恶棍、敲诈勒索的地痞、身背缉捕文书的逃犯。分门别类，各得其所。关省三投奔的是旧城南门外的一座驿馆。

这一处住宅，背靠通州城，面对三岔口，四通八达，行动方便，每个房间都有地道。

关省三住的是里外两间，白天拉上窗帘睡觉，等候韩秀夜晚到来。

4

二十三岁的韩秀，长得白净子脸，两道长眉斜插入鬓，一双水汪汪笑眯眯的大眼睛，唇红齿白嘴儿甜；细腰身，宽肩膀，玉兰树似的身条儿。一见之下，不揭皮看瓤儿，谁都觉得他是个文雅而又潇洒的花花公子。

他没有上过学，念的是家馆。韩得当找了个吃光花净的八旗子弟出身的假名士，教他诗词歌赋和琴棋书画，他自幼喜欢听戏，韩得当找了个冒充杨小楼师弟的武生，教他长靠短打。他有时票两场，扮演《三岔口》的任堂惠，《血溅鸳鸯楼》的武松，《翠屏山》的石秀，《恶虎村》的黄天霸；不但盘子亮，嗓子好，而且功夫过硬，满身帅劲儿。外行看热闹，内行却要看板眼。懂行识货的人一过目，就识破他那花里胡哨的表演，全身都是毛病，占全了侉、野、卖俏、洒狗血。

然而，他虽是个娇哥儿，韩得当逼他苦练武艺，却不心软。冬练三九，夏练三伏，他学会了老爹的全身本领，更得到师父金钟罩的真传。

金钟罩是个种西瓜的田夫野老，他的瓜田坐落在一块伸入河面的连环套沙洲上。有一年，韩得当带着五个婆娘和十二岁的韩秀，乘坐一只画船，从通州下来，沿河游玩观景。船到连环套，只见瓜田里横躺竖卧着一个个斗大的西瓜，忍不住口馋起来，垂涎三尺，便命令他的亲随，将画船靠拢沙洲，大呼小叫地吆喝：“卖瓜的，送个瓜来！”

金钟罩光着上身，坐在瓜楼上乘凉，好像老和尚入定，一动不动。

“卖瓜的，你的耳朵叫猎枪震聋啦？”那个亲随嘴里不干不净。

金钟罩侧过脸，吼道：“想买我的瓜，到我的瓜楼来！”

“死爹哭娘的拧丧种！”那个亲随气哼哼跳下船，“摘四个上等成色的黑崩筋儿、谢花甜、鞑子蜜和鬼脸青。”

金钟罩挑了挑眼皮，斜了他一眼，问道："是你买吗？"

"然也。"

"张开你的嘴。"

"干什么？"

"我要看你有没有长一副好牙齿，配不配吃我的瓜。"

"你可知道得天厚堂的韩老东家？"那个亲随满脸傲慢，卖起字号，"他想吃你的瓜，算你家坟地有风水。"

金钟罩轻蔑地一笑，说："他想吃我的瓜，叫他下船来买。"

"你的口气不小呀！"

"我打个哈欠，能把你贴在墙上。"

韩得当怒气冲冲下了船，喝道："卖瓜的，和气生财，你怎么出口伤人，说出话来能把人噎死？"

金钟罩冷笑一声，说："我种出的瓜我做主，看谁顺眼我才卖给他。"

韩得当的脸黑起来，说："我花一分钱买一分货，不是伸手向你讨赏。"

"我不见钱眼开。"

"响锣一声，闷鼓一槌，你卖不卖？"

"那要看你服不服我这个瓜园的规矩。"

"打开天窗说亮话！"

"买我的瓜，当场吃光，不许带走，我的瓜子不外传。"

"好呀！蝎子拉屎——独（毒）一份儿。"

"我的瓜我掌刀。买瓜的人动口不动手。"

“你心甘情愿服侍我，我还能不赏你的脸吗？”

韩得当向船上打了个手势，招呼五个婆娘和儿子韩秀下船吃瓜。

金钟罩抱来一张苇席，铺在绿树浓荫下，韩得当、五个婆娘和小韩秀落座。金钟罩又一手提来一只大水筲，每只水筲里泡着一个大西瓜，他捞出一个，骨碌碌滚到韩得当面前。

“瓜刀呢？”那个亲随咽着口水问道。

金钟罩一声不吭，在水筲里洗净了手，然后挥起右掌，一掌切下去，大西瓜整整齐齐一分为二。

“呀！”韩得当倒吸了一口冷气，瞪大了眼睛。

“神掌！”韩秀虽小，却多少懂得一点门道，惊叫着跳起来。

金钟罩不动声色，又在每一半西瓜上连切几下，每一半西瓜都切成八瓣儿，不大不小，不漏汤水，像弯弯的月牙儿。

“吃瓜！”金钟罩扯动嘴角，笑了一笑。

“师兄！”韩得当站起身，高高拱手，“今日得见师兄手上的神功仙力，小弟大饱眼福，总算没有白活这一辈子。”

“吃瓜给瓜钱！”金钟罩冷冷淡淡地把手一伸。

韩得当向小四姨太太努了努嘴儿，小四姨太太赶忙上船，取来一个钱叉子，钱叉子里整整一百块银圆。

“师兄，这是小弟的一点敬意。”韩得当双手捧过了头，“山外青山天外天，能人背后有能人，今后还要请师兄多多指教。”

金钟罩却只捏出一块大洋，说：“我收下你这块银圆，还得再给你摘两个西瓜，才算买卖公平，童叟无欺。”

韩得当看出金钟罩是个重义轻财的人，眼珠一转，给儿子韩秀递了个眼色，说："秀儿，还不给师父磕头！"

韩秀鬼头蛤蟆眼儿，十分乖巧伶俐，马上双膝跪倒，叩了三个响头。

金钟罩却闪开身，不受这个礼，说："我已经收了个徒弟龙抬头，又认他当了干儿子，艺不外传了。"

"师父！"韩秀爬行几步，抱住金钟罩的双腿，"我不当您的干儿子，我是您的亲儿子。"

金钟罩左右为难了，他把韩秀抱起来，说："小少爷，你是个细皮嫩肉的娇哥儿，跟我学艺，吃不了苦。"

韩得当作了个大揖，说："师兄如能屈尊到得天厚堂，吃一碗安乐茶饭，不但犬子能够每天得到你的传授，小弟也能随时当面领教，岂不是三全其美？"

金钟罩冷笑道："没有受不了的罪，却有享不了的福，我这辈子只愿土里刨食。"说罢，转身就走。

"且慢！"韩得当抢上一步，张开双臂把金钟罩拦住，"小弟把犬子交给师兄了！棒下出孝子，不打不成才，您就严加管教，万不可心慈面软。"

金钟罩猛一转身，向韩秀虎起脸，大声断喝："扒下你身上的绫罗绸缎，瓜垄里拔草去！"

韩秀眼泪汪汪地望着他爹。

啪！韩得当抡起巴掌，把韩秀打了一个滚儿。

"狠心贼！"小四姨太太心疼得像从身上割下一条子肉，扑到儿子身上。

“贱货，滚回船上去！”韩得当挽着小四姨太太的头发，扔了个跟头流星，然后又给金钟罩深施一礼，“师兄，我在船上摆酒，请师兄开怀畅饮，高谈阔论。”

“你们还是赶快打道回府吧！”金钟罩挥手一指，“从本年本月本日的此时此刻起，三年零一节，这个孩子在我的门下吃苦受罪，你们都不许多管闲事乱插嘴。”

扒光了衣裳鞋袜的韩秀，低眉顺眼可怜相儿，韩得当狠了狠心，强忍着眼泪掉头而去。

韩秀在金钟罩的瓜园，一天天熬过三年零一节的时光，十六岁回到通州，得天厚堂那些吃刀枪饭的伙计，没有一个是他的对手。韩得当只怕他手下这些人碍着他的面子，不肯真杀实砍，便亲自出场，要跟儿子走几个回合。

爷儿俩出将入相上了场，脚站丁字步见了面。韩秀当胸抱拳，恭恭敬敬说了声：“老前辈，领教了。”韩得当大模大样还了礼，问道：“小朋友，你来自谁家门下，得过哪位武师传授？”韩秀答道：“晚生是通州得天厚堂韩家犬子，家传武艺，门里出身。”韩得当摇头，说：“你应该说出金钟罩师父的姓名。”韩秀忙又答道：“他老人家只许我管他叫师大爷，不许我管他叫师父。”韩得当脸色一暗，哼道：“他还是把你关在门外，不想把绝招儿传授给你。”

可是，交手之后，三五个回合过去，外行人看不出高低，内行人却已经分得出上下。韩得当跳出场子，哈哈大笑道：“龙生龙，凤生凤，将门出虎子，韩家的得天厚堂倒不了字号啦！”

韩秀一时片刻也没有忘记他爹的遗嘱，做梦都想头戴乌纱帽，却又自视甚高，不肯贱卖，武官要当个少校，文官得当个科长。一直无人问津，只有待价而沽了。伪冀东防共自治政府成立，他在天乐茶园挑班唱头牌的女伶董菊花家中，拜识了池宗墨；池宗墨只叫他充当一名夜巡保镖，并没有赏个官衔。池宗墨为人心胸狭隘，好端臭架子；韩秀大失所望，深悔拜错了庙门。他千方百计，挖空心思，想找个通天的门路，到殷汝耕的御前当差。

董菊花虽然别有用心，却也想替他打通内线；关省三到来，又多一块垫脚石。

韩秀身穿飘飘然的纺绸裤褂，胸脯子上挂着沉甸甸的金表链子，骑一辆银光闪闪的日本富士牌自行车，赶奔城外驿馆，跟关省三会面，有利可图。

5

梆打三更，钟敲双响，韩秀和关省三面前满桌佳肴，他们已经喝到下半夜，仍然互相劝饮，没有停杯。

三五斤陈酿老酒，韩秀喝下肚子，就像穿肠而过，出外走一趟小水，又能喝一斤。关省三借酒浇愁，三五斤酒就像浇到烧红的烙铁上，越喝心里的火苗子跳得越高。

“三哥，大丈夫心宽肚量大，并排跑六辆火车！”韩秀拍着关省三的肩膀，亲热中又带着戏谑，“你那一哨人马打散了，正是成全了你的美事；你在得天厚堂有股份，买一处住宅，娶上一妻一妾，过个快活似神仙的日子。”

“我跟日本鬼子、卖国贼，不能头顶一块天，脚踩一片地！”关省三拍案而起，两眼冒火，“我在你这儿避一避风雨，还要寻找打散的弟兄，集合起来抗日。”

“那也得留下一条后路，有个转身之地。”韩秀嘻嘻哈哈，吹了一声口哨，“乡下抗日，城里玩乐，脚踩两只船。你带来多少钱？我替你将本求利，一镢头刨出一座金窖。”

关省三从腰里解下那一袋子银圆，放在桌上，说：“兄弟，拜托你了。”

韩秀那一双眼睛能入木三分，眼角一瞥，就估量最多不过二百块，脸色一冷，皱起眉头问道：“你想在通州住几天？”

“出口气，转身就走。”

“怎么出气？”

“杀一个够本儿，杀两个死也值得。”

“杀谁？”

“你看杀谁？”

韩秀心中一动，愣了愣神儿，突然满脸堆笑，摇头晃脑卖弄学问，说：“唐朝有个大诗人，姓杜，名甫，表字少陵，人称杜工部。他有两句诗，字字值千金，上句是：‘射人先射马。’下句是：‘擒贼先擒王。’杀几个鸡毛蒜皮，破铜烂铁的角色，有失你这位顶天立地的好汉身份。”

“你是劝我杀殷汝耕？”关省三一点就透，“我怎能闯进阴宅，手起刀落？”

“明枪容易躲，暗箭最难防。”韩秀又点一句。

“你是叫我暗杀。”关省三急不可耐地问道，“狗咬刺猬，我怎么下嘴呢？”

“附耳过来！”韩秀咬着关省三的耳朵，挤眉弄眼，嘁嘁喳喳。

“好！”关省三高兴得酒喷了脸，又痛饮了一大杯，“杀死殷汝耕，把我五马分尸，也是一本万利。”

“丑话说在前面。”韩秀挂下脸子，“不是兄弟我胆小怕事，实在是得天厚堂树大招风，你得另找个藏身之处。”

“多谢兄弟关照！”关省三挺身而起，“事成之后，我远走高飞，连我在得天厚堂的股份都奉送了。”

韩秀双手捧酒，眼含着热泪，说：“三哥，祝你旗开得胜，马到成功！”

关省三一饮而尽，大步走出驿馆；韩秀也不停留，尾随而出。不大一会儿，两个人都进了城。关省三躲在董菊花香窠门外的墙角落，韩秀趴在董菊花香窠的房脊上；墙角落的关省三看不见房脊上的韩秀，房脊上的韩秀却看得见关省三。

董菊花的香窠，坐落在新城南街，原是一个下野官僚的后花园，三间静室，两间花房。董菊花租赁下来，两间花房改头换面，是招待客人的客厅，三间静室住的是她和她的养家妈董郭氏。

董郭氏是女牢子出身，后来改做贩卖幼女的生意。八岁的董菊花被她拐骗在手里，她见这个小丫头生得俏眉俊眼儿，嗓子甜脆，就找个师傅教戏，搭野台子戏班跑码头。董菊花能唱京戏的闺门旦、梆子的武旦，蹦蹦儿戏的玩笑旦，有时一场连唱三出。跑野台子唱红了，便高升到县城挑班挂头牌，成了董郭氏的一棵摇钱树。

戏班里的人，都是颠倒黑白过日子。白天睡觉，夜里撒欢儿，不到下半夜天快亮不能上床。散了夜戏，董郭氏陪同董菊花从戏园子回家，池宗墨早已等候多时。他们吃过夜宵，洗了澡，抽足了大烟，又到屋檐下吃西瓜。

池宗墨包占董菊花，已经几个月，不但一毛不拔，而且还在董菊花身上揩油，摆酒设宴，却要董郭氏和董菊花掏腰包。董郭氏和董菊花都恨透了他，但是他握有生杀大权，娘儿俩敢怒而不敢言。天乐茶园要靠得天厚堂撑腰，韩秀又常犯戏瘾票两场，跟董菊花合演对儿戏，两人互相利用之中又有两三分情投意合。于是，韩秀给董菊花出主意，到阴宅唱堂会，在台上要向殷汝耕频送秋波，眉目传情，引诱夜游渔色的殷汝耕，把池宗墨赶走，他俩也攀上了高枝儿。

吃过西瓜，池宗墨便喊困倦，董菊花只得换衣裳。就在这时，忽听门外车马声响，有人叩门。

“殷长官来了！”董菊花一惊一喜，情不自禁喊出了口。

“叭！叭！”门外突然又响起枪声。跟着，惊马嘶鸣，马车奔驰，有人大叫：“抓刺客！”敲门声也更紧急：“快开门，殷长官挂彩啦！”

董郭氏吓得面无人色，抱住门框，抖成一团。池宗墨像一只兔子，钻进董菊花的卧室，一头扎到合欢床下。董菊花却十分镇定，跑圆场似的快步迎了出去。

街门被一脚踹开，韩秀背进来一个血人。

“小祖宗儿！”董郭氏吓得尖叫，“您从哪儿捡来一具死尸，给我们招灾惹祸？”

“罪过！”董菊花喊道，“殷长官遇刺，您敢不救驾？”

“原来是大贵人！”董郭氏笑逐颜开，念了一声阿弥陀佛，“快到客厅去。”

韩秀把殷汝耕背进客厅，死猪不怕开水烫，董家母女又把殷汝耕从头上洗到脚下，不见半点伤痕。原来，关省三砍死了一个卫士，砍伤了一个卫士，死伤卫士的污血溅满了殷汝耕的全身。殷汝耕吓得三魂出了窍，气息奄奄，一副死不死、活不活的丑态。

董菊花身上那浓郁的香汗气味，一阵阵钻入昏迷中的殷汝耕的鼻孔，殷汝耕打了个大大的嚏喷，醒转过来。

“卫士，卫士！”殷汝耕惊魂未定地喊道。

“在！”侍立在客厅珠帘外的韩秀，高声答应，一个箭步跳进客厅。

头晕眼花的殷汝耕，看见一个身染血渍的年轻人跳进来，心有余悸，惊吓得又倒在董菊花怀里，恐慌地问道：“你……是谁？”

“得天厚堂韩秀！”韩秀打了个千，又像黄天霸似的站定，“您的卫士，死的死，亡的亡；是小人杀败刺客，又拦住惊马，将您请进董宅。”

韩秀的这些话，真假虚实都有。他在董菊花香窠的房脊上，看见关省三动了手，两名卫士慌乱中开枪，没有打中关省三，却被关省三砍死砍伤。惊马飞奔，关省三追车，他揭下一片铁瓦，打关省三一个冷不防；关省三被铁瓦打破了头，不敢再追，夺路而走，韩秀蹿房越脊，跳下墙来，先把那受伤的卫士砍死灭口，这才追上马车，救出殷汝耕。

“你救驾有功，我必有封赏。”殷汝耕发觉自己赤身裸体，慌忙扯过一床毛巾被遮丑，“下去侍候着！”

“多谢殷长官恩宠，韩秀却要请罪。”

“你何罪之有？”

“韩秀没有捉住刺客，不敢受封，不敢领赏。”

“你可知道刺客是谁？”

“虽然一闪而过，没有看得真切，可也能猜个八九不离十。”

“谁？”

韩秀故作玄虚，溜瞅了一下四外，才压低声音，从嗓子眼里挤出一个人的名字：“龙抬头。”

这时，紧急杂乱的脚步声闯进来，挤破董菊花的香窠，吆喝喊叫着：“你们把殷长官藏在哪个屋里，快交出来！”

董郭氏摇着一柄团扇，扭扭摆摆走出来，只见这些家伙有的是新城南门分驻所的警察，有的是驻守新城南门的保安队士兵；一个个衣冠不整，睡眼惺忪，刚从床上爬起来。

“殷长官洪福齐天，没伤着一层油皮儿。”董郭氏那神气活现的嘴脸，好像她是阴宅的大管家婆，“你们鸡猫乱叫，小心惊驾，那可不是闹着玩的。”

“我们要进去看看！”带队的一名巡官，走上台阶。

“混账！”池宗墨从董菊花的合欢床下爬出来，装模作样走出屋门，“我身为厅长，反倒比你们早到一步，你们不感到羞愧吗？”

巡官弯下了虾米腰，说：“回厅长的话，我们马上搜捕凶手。”

池宗墨又命令道：“你们护送殷长官回府，沿途要多加小心。”

“是。”巡官清了清嗓子，“请殷长官起驾！”

“你们都给我滚出去！”客厅里，殷汝耕暴跳如雷，咆哮一声。

这个“都”字，连池宗墨也包括在内。池宗墨灰头土脸，带领警察和保安队士兵，撤出董菊花的香窠，在四外的大街小巷布了岗，几个路口还架上机关枪。

董郭氏到灶上预备压惊酒菜，董菊花回屋洗净身子，换上了紧身的粉红衫儿、葱心绿洒花睡裤。家里缺少男人的衣裳，她打开戏箱，拿出一条彩裤和一件胖袄，给殷汝耕穿在身上。

殷汝耕站在穿衣镜前，左顾右盼，色眯眯地问董菊花道：“我这个扮相儿，像不像《战宛城》里的曹孟德？”

“您小看了自己！”董菊花挑逗地飞了个媚眼儿，“我怎么瞧您都像《游龙戏凤》里的正德皇帝。”

“那么，谁是李凤姐呢？”殷汝耕涎着脸儿追问道。

董菊花跷起兰花指，一指门外，说：“远在天边。”

“我看却在眼前。”殷汝耕像饿虎扑食，把董菊花搂在怀里。

6

龙抬头和韩秀一同在金钟罩门下学艺，两人大不一样。一个黑脸儿，一个白脸儿；一个虎头虎脑，一个粉皮嫩肉；一个直出直入不拐弯儿，一个转弯抹角玩花活儿；一个脾气犟得像桑木扁担，一个嘴儿甜得像蜂蜜拌糖。三年时光，龙抬头不知挨过多少打，韩秀却只罚过几回跪。

两个人的功夫，龙抬头占个硬字，韩秀占个巧字，金钟罩不许他们交手，也分不出高低上下。不过，年年正月十五闹元宵，三月三蟠桃会，挂锄歇伏串街卖艺，金钟罩都带他们走遍方圆几十里的武场。韩秀的武艺巧而俏，令人眼花缭乱，处处一片喝彩声，场场大出风头。龙抬头只知道一招一式不能偷工减料，却不会哗众取宠，费力而不讨好。于是，韩秀自以为比龙抬头高出一头。

他一直想跟龙抬头较量一下。

出师那一年的一天，金钟罩打一网鱼，师母宰两只鸡，瓜田柳下摆酒。

金钟罩和师母坐在主位，龙抬头和韩秀两旁相陪。韩秀打定主意，要把两位老人灌醉，便花言巧语念喜歌儿，一杯又一杯地给两位老人敬酒。两位老人都喝过了量，没有吃饭，就到瓜楼上睡觉去了。

饭桌上，只剩下龙抬头和韩秀两个人。韩秀拿过两只蓝花饭碗，抱起酒葫芦，咚咚咚倒满两大碗酒，捧起一碗递给龙抬头，说："哥儿们，千里搭长棚，今天是散伙的筵席，好离好散，你得赏我这个脸面。"说着，咕咚咚一口气喝了个一干二净，照了照碗底。

龙抬头虽然五大三粗，酒量却小，又看出韩秀不怀好意，便说了一句："多谢，我心领了。"把这一碗酒举过头，泼洒在地上。

"龙抬头，你敬酒不吃，那就是想吃罚酒！"韩秀张牙舞爪扑向龙抬头，要抓龙抬头的脖领子。

龙抬头一边躲闪，一边喊道："干爹，韩秀喝醉啦！"

韩秀只当他怯了阵，恶虎掏心扑了空，又一个飞脚踢过去，嘶叫着："龙抬头，我要打得你一辈子抬不起头！"

"干爹，韩秀要跟我打架！"龙抬头闪过这个飞脚，又向瓜楼上喊一回。

瓜楼上，二位老人一片鼾声。

韩秀越发肆无忌惮，拳脚更紧、更急、更狠，龙抬头步步倒退，不肯交手，向河边那茂密的柳棵子地逃去。

柳棵子地里，一片白沙绿草地，龙抬头舒展了一下腰腿，严阵以待。

韩秀追进柳棵子地，一副骄横傲慢的神气，说："龙抬头，这里没有外人，你服个软，我就高抬贵手饶了你。"

龙抬头微然一笑，说："韩秀，你是驴粪蛋子外面光，绣花枕头满肚子糠货，别自讨苦吃了。"

韩秀气急败坏，腾空而起，泰山压顶；龙抬头还是只守不攻，藏头裹脑，旱地拔葱。他就像一条泥鳅滴溜溜转，韩秀不但打不中他，抓不着他，反倒被他戏弄得气喘吁吁，头晕目眩。

陡地，龙抬头转守为攻，使了个连环扫堂腿。只见韩秀像一只毽子，被踢到半空，想要个鹞子翻身，落地生根，龙抬头却不等他站定，一个铁掌推门，又把韩秀推了个一溜十八滚儿。

"抬头，我服了你！"韩秀仰面朝天躺在地上，抱了抱拳。

"我不想抓尖咬群！"龙抬头走过去，伸手要把韩秀搀起来。

他一点也没有提防，韩秀正是要出其不意，攻其不备，盘龙绞柱把龙抬头掀翻在地。

"哈哈哈，"韩秀仰天拍掌大笑，"有勇无谋，你是匹夫。"

"胎里坏！"龙抬头骂了一声，几天不跟他说话。

也许是不打不成交。过了几天，得天厚堂打发一只雕花的画船，把韩秀接回去，韩秀拜别了金钟罩和师娘，手挽着龙抬头到渡口。

“抬头，这几年咱俩三天两日狗龇牙儿，都是我的过错。”韩秀一对一对儿淌眼泪，就像难舍难离的情人，“我回到城里会想你，只怕我一转身你就把我忘了。”

龙抬头铁着脸，说：“你逢年过节拜望二位老人家，咱俩也就见了面。”

“我有个妹子，跟我是一母所生，我想把她许配给你。”

“咱俩门不当，户不对，我不想高攀。”

“你到得天厚堂给我当帮手，三年之内叫你发大财。”

“一张槽上拴不下两匹儿马蛋子，咱俩不能一口锅里搅马勺。”

韩秀上了船，站在船头拱手，说：“抬头，得天厚堂空着一把金交椅，你想什么时候坐就什么时候坐。”

他回到县城，就劝他爹将龙抬头招门纳婿，他爹韩得当却一心想勾结官府，把女儿嫁给当官儿的。韩得当死后，他继承家业，妹子却又另有打算，不听他的安排。韩秀想拉拢龙抬头帮虎吃食，也就没能如愿，龙抬头到北运河上当了船老大。韩秀在城里虽是个强龙难斗的地头蛇，但是他做生意走水路，龙抬头已经是北运河上的群龙之首，二虎相争，两败俱伤，他对龙抬头一直以礼相待。

如果韩秀不想当官，也许还能跟龙抬头相安无事，但是官迷心窍，他就以小人之心，度君子之腹，只怕龙抬头抢占上风，压他一头，于是便给龙抬头制造一个杀身之罪。

此时，龙抬头的大船正停泊在下游渡口。听顺流而下的船夫捎来喜信，他的媳妇火烧云一胎给他生下一儿一女。便扔下大船，脚踩着风火轮似的回家来了。

火烧云是个俊俏的农家女子，只因胎气上了脸，鼻洼两大块蝴蝶斑，反而更显得标致。龙抬头走船，把她放在金钟罩的家里。她手脚闲不住，想给两位老人拆拆补补，洗洗涮涮，缝制过冬的棉裤棉袄。干娘怕闪了她的身子，不许她拈针扯线，说："儿呀！我跟你干爹，有抬头这个干儿子，就不算绝户，你得保住胎，生个大胖小子，给咱们金、龙两家传宗接代。"

火烧云咯咯笑道："借您的吉言，生下小子叫他姓金。"

"大丈夫行不更名，坐不改姓，他还是姓龙。"干娘另有安排，"等他长大了，你跟抬头给他娶个媳妇，生下儿子姓龙；我跟你干爹再给他娶个媳妇，生下儿子姓金，这叫一子两不绝。"

火烧云吓了一跳，叫道："咱们穷门小户的孩子，怎么能学财主家的公子哥儿，娶个大老婆，又讨小老婆？"

"咱们这是两头为正，不分大小。"干娘自有道理，"我跟你干爹本想再给抬头娶一房，只是抬头就像野鸟满天飞，难得照面，来不及开口。"

火烧云连连摆手，说："干娘呀！我给您生个双棒儿，一家一个；咱们不要那两头为正，大小不分。"

干娘双手合十，说："但愿子孙奶奶大发慈悲吧！"

生儿养女鬼门关，火烧云哪里想生个双棒儿？谁知，一句戏言，竟应了验。火烧云感到自己的身子越来越重，像一只大青石碌碡挂在了身上。肚子里的胎儿，抡胳臂踢腿，竖蜻蜓拿大顶，就像钻进铁扇公主肚子里的孙悟空，大闹天宫一般折腾起来。而且，她已经感觉到，不是一个小嘎子跟她淘气，而是小哥俩在她的肚子里玩耍。

今天大早，火烧云坐起来刚要穿衣裳，忽然肚子疼得她在瓜楼上打滚儿，等在瓜田里薅草的干娘赶到，兄妹二人已经呱呱坠地，一唱一和地啼哭。火烧云脸色惨白，嘴角却挂着称心如意的微笑。干娘调拌了凤仙花汁，在兄妹二人的眉间，点上艳红艳红的吉祥痣。门楣上挂起了一只小小的照妖镜和一柄三寸的避邪碧桃剑，还贴上一幅降魔符咒。

龙抬头一路飞奔，看见了瓜楼和树梢，已经太阳下山。满河的金光，像飞溅的火星子，他又看见金钟罩光着膀子，赤着双脚，一手托着破草帽，一手提着一串鱼，从河那边的树林里走下河来，微微摇晃着身子，整个上身露出水面，好像在水中行走。

“干爹！”龙抬头赶忙迎上前去。

金钟罩从水中跳上岸来，呵呵笑道：“你媳妇血亏，我给她掏几十颗鹌鹑蛋儿，捉几条鲫鱼，补补身子。”

龙抬头连声道谢，爷儿俩回到瓜田，轻手轻脚来到瓜楼下。瓜楼里无声无息，听不见产妇的呻吟和婴儿的动静。龙抬头按住心跳，轻声唤道：“云姐儿，云姐儿！”

干娘走出来，摇头摆手地说：“她刚睡着，别扰醒她！”

龙抬头不放心地问道：“干娘，他们母子平安吧？”

“谷秀双穗是大喜，可也大伤了元气。”干娘忧心忡忡，“你媳妇得吃补品。”

“鲫鱼！”金钟罩笑嘻嘻赶忙献宝，“还有鹌鹑蛋儿。”

“那只能补一时……”干娘忽然眉开眼笑，“到通州找小秀子，他家有成捆的人参，要几根来。”

“我怎能在他面前手背朝下？”龙抬头梗着脖子，从腰间的荷包里摸出三块大洋，“还是我自个儿花钱买。”

他隔窗看了看熟睡的妻子儿女，便又急忙上路。

7

那个年月，谁敢孤身一人，单枪匹马，黑夜行路？只有龙抬头艺高人胆大，身背一口钢刀，腰间挂一袋飞蝗石子，沿北运河的千里纤道，直奔通州东关码头。

枪子打不中不怕死的人，胆大包天也就一路平安。龙抬头两脚生风，行走如飞，并没有遇见恶虎拦路的强人，也没有碰上套白狼打杠子的歹徒，一口气走到通州才收脚。

东关码头，五方杂处，三教九流，七十二行。码头上常有抢劫、械斗和打群架发生，商号和船主都雇有护院保镖的，也就是得天厚堂包揽了东关的码头。

得天厚堂在东关码头开有酒楼、客栈和宝局子，韩秀在东关码头有一处住宅，一个月要在东关住几天。

龙抬头的大船不喜欢在东关码头泊岸，不得不停泊在东关码头时，他也很少下船。他一不嫖，二不赌，三不好酒贪杯，严守金钟罩的戒规。韩秀想拉他下水，请他到妓院吃花酒，他勃然大怒；酒楼上设宴，他不出席；自家宅院里吃一顿便饭，他也不肯赏光。所以，韩秀的宅院坐落何处，门朝哪面开，他都不知道。

他到一家客栈投宿，店小二见他的土布褂子里鼓鼓囊囊，只当是腰缠万贯，却不知那是一袋飞蝗石子，便给他开了个单间。这个单间正顶着墙角落，邻近男女茅房，租价减半，他还掏得起一夜的店钱。

这个单间不进一丝风，却很招蚊子。龙抬头洗了脸，擦了身，点起熏蚊子的盘香，吹熄了煤油灯，正要宽衣上床，忽听过道上轻轻脚步声。房门吱呀一响，扑进一股廉价脂粉的腻香味儿，闪进一个幽灵的影子。

“什么人？”龙抬头喝道。

那个幽灵似的影子反关上门，轻声贱气地问道：“二爷，你老一个人睡空床，不闷得慌吗？我来给你老解闷儿。”

龙抬头的脑瓜里，农民的道德观念根深蒂固，认定这类吃皮肉饭的女人都是寡廉鲜耻的贱货。万恶淫为首，武林清规最忌好色。他大吼一声：“滚出去！”

这个幽灵似的女人吓得转身就跑，却忘了房门已经关住，一头撞在门框上，仰面躺倒，呻吟着哭道：“二爷，你老……大发善心吧！”

龙抬头反倒于心不忍了，便划着了火柴点灯，叹口气问道：“你为什么不清清白白做个人，却干这个不干不净的肮脏生意？”

灯光下，只见那个女人双手捂着脸爬起来，背灯影脸朝外站着，抽泣着答道：“只恨我那个没有人味儿的后爹，欠下得天厚堂的宝局子一大笔赌账，逼我卖身挣钱，给他还债。”

“你后爹欠下得天厚堂多少钱？”

“一百多块大洋，每月五分利息。”

龙抬头沉吟了一下，又问道：“你那个后爹能不能改邪归正？”

那个女人摇摇头，说：“狗改不了吃屎。”

“我把你后爹杀了，你也就跳出了火坑。”

“父债子还，那一百多块钱的饥荒，还是背在我身上。”

“我开一开金口，韩秀也许能一笔勾销。”

“二爷，您是我的救命恩人，重生父母！”那个女人扑通跪倒，磕了个响头。

等她仰起脸儿，龙抬头大吃一惊，问道：“你不是花中蕊吗？”

花中蕊身穿已经洗得褪色的红袄绿裤，虽然满面搽着厚厚的胭脂和官粉，也掩饰不了憔悴的面容。她两腮挂着泪珠，点了点头，哽哽咽咽地说：“我……倒了牌子，没脸见人了。”

花中蕊原本也是庄稼人的女儿，孤儿寡母吃不上饭，她娘带着她嫁给一个地赖。这个地赖不但人品卑鄙，而且嗜赌成性。他见花中蕊眉眼清秀，又乖巧伶俐，正可换钱，便把她卖给了野台戏子班，一卖五年，写的是活契。她七岁学戏，也是京、梆、蹦蹦儿三下锅，十岁登台，给董菊花扮个丫鬟、宫女；十三岁出科，戏份儿年年长。不知挣了多少钱。都被这个地赖后爹推牌九、押大宝、抽白面、扎吗啡，花得一文不剩。进通州戏园子，搭董菊花的班唱折子戏的主角儿，连台戏的二路，虽不是一棵摇钱树，却也进项不小，后爹花钱就更像泼水。她被关省三绑走，后爹受不了穷，就扛着大板凳逼她娘串鸡毛店卖褥子。她娘染上了脏症，跳河自杀了。地赖眼看要饿死，想不到花中蕊自投罗网，失而复得。于是，这个吸血鬼又臭吃臭喝，狂嫖滥赌，逼迫花中蕊不但登台卖艺，还要夜夜卖身。

过去，花中蕊跑野台子，龙抬头常看她的戏，花中蕊跑码头，也常搭龙抬头的船，两人是熟脸儿。

“你不是给扁脑勺子当压寨夫人吗，怎么又落到这步田地？”关省三绑走花中蕊，通州轰动一时，龙抬头也有所闻。

“队伍打散了，我也就离开了关省三。”

“关省三还活着吗？”

“前几天还活着，谁知道他眼下在哪儿。”

“你应该跟他同生共死。”

“我才不愿跟他一块儿下葬。”

“你们这一行人，都是逢场作戏，怎么能有真情实意。”

“那要看跟谁了。”

花中蕊见龙抬头魁梧高大，威武雄壮，情不自禁感到心动，吹口气熄了灯，扑到龙抬头身上。

龙抬头连忙闪开，说：“我给你钱，你赶快回家吧！”

“黑灯瞎火，我怎么敢走？”花中蕊坐在床上哧哧笑道，“咱们就学那赵匡胤千里送京娘，同榻而眠，井水不犯河水。”

“你住这间房，我趴露天地。”龙抬头从身上掏出了两块大洋，扔给花中蕊，便拉开门出去了。

天亮，开了城门，龙抬头从东门进了城，到鼓楼前的十字街口，找了个饭摊，坐在大长条板凳上，要了一大碗豆腐脑儿，两套烧饼馃子，吃了起来。小饭摊四条长凳，坐满了人；有吃的有喝的，有说的有笑的，乱乱哄哄。

“姓关的露头了，上！”一声尖利刺耳的口哨，八九个凶眉恶眼的家伙，从小饭摊的板凳上跳起来，像一群窝子狗，一拥而上，扑向一条小胡同，包围了一个大高个子的行人。

“你们要干什么？”大高个子惊问道。

“捉刺客！”八九个凶眉恶眼的家伙里，有一个头目，吼叫一声像月黑夜的深巷犬吠，令人心惊肉跳。

此人名叫狼爪张八，韩得当的得意弟子，韩秀手下武艺最高强，也最心黑手狠的一名鹰犬，得天厚堂的一根顶梁柱。凡是寻衅闹事，聚众械斗，抢男霸女，都是狼爪张八出面，韩秀躲在幕后。这个家伙十二岁就因杀人坐牢，每回坐牢都能越狱逃走。他把脑袋拴在裤腰带上，就是不怕死；张口闭口脑袋掉了碗大的疤，二十年后又是一条好汉。凶狠、残暴而又愚蠢。

狼爪张八的一身功夫，最可怕的是他的手力：空手抓人，能把人开膛破肚，掏出五脏六腑。

大高个子面无惧色，冷冷一笑，说：“你捉你的刺客，我走我的路，咱们两便吧！”

“刺客就是你！”狼爪张八捋胳臂挽袖子，两只长满黑毛的手腕上，刺着吉祥咒的图案，“姓关的，乖乖地跟我走，这才是两便。”

“我不姓关。”

“睁着眼睛说瞎话！你说你姓什么？”

“我姓人，咱俩本是同根生。”

“胡说八道！我不是……不姓人。”

“那我就跟你无话可说了。”

“你能把张八爷说得心花怒放，高抬贵手饶你一命。”

“人有人言，兽有兽语，我不想白费唾沫。”

“好小子，你敢骂我！”狼爪张八大叫，“儿郎们！给我管教管教这个扁脑勺儿！”

“得令！”那七八个打手齐声答应。东、西、南、北、东南、西南、东北、西北，四面八方封住了大高个子的进退之路。

“等一等交手！”龙抬头从长条板凳上纵身一跳，翻过了饭摊的桌面，“我给你们双方和一把稀泥。”

好戏这才开场。

8

狼爪张八早就听说过龙抬头的名字，却没有见过龙抬头的面，他一听这个人的名字便无名火起，一见这个人的面也就分外眼红。

韩秀虚情假意，笑里藏刀。有时，龙抬头的大船在东关码头泊岸，韩秀亲自登船问候，要带狼爪张八一同前去，狼爪张八都扛着脑袋，两眼望天，不肯奉陪。他只看得起师父韩得当，别人都不在他的眼里。韩秀的武艺不但比他略高一筹，而且肚里的鬼点子更比他多得多，也可算是智勇双全，他嘴虽硬，心里却不能不服气。因而，韩秀竟对龙抬头屈尊，他觉得有失身份，损坏了得天厚堂的金字牌匾。

龙抬头想从东南一角突破，闯进狼爪张八包围大高个子的阵脚。他要从两个打手之间穿过去，这两个打手都是铁肩膀，左右靠拢把龙抬头夹住，想挤断龙抬头的肋骨。龙抬头应该快如闪电，躲过他们的左右夹攻，不想龙抬头反而存住脚步，甘愿被他们的铁肩膀紧紧夹得一动不动。龙抬头应该全身较劲，像一堵铜墙铁壁，把他们抗得东倒西歪，却又想不到龙抬头竟软绵绵没有一点气力，整个身子被那两个家伙挤得一阵比一阵瘪，好像剔了骨头抽了筋，膀阔腰圆只剩下一张皮。这两个家伙正十分得意，狼爪张八的脸上也挂着残忍的狞笑，忽听龙抬头发出一声天崩地裂的大叫，身不动膀不摇，两个家伙就像突然遭到雷击，跌跌撞撞倒了地，磕碰得鼻青眼肿。那几个打手惊吓得目瞪口呆，自动闪开一条路。

龙抬头走进场子，向狼爪张八和大高个子拱了拱手，说："二位争吵了半天，我一字不漏都听见了。依我看还是和为贵，忍为高，冤家宜解不宜结。"

"河边无青草，不用多驴嘴！"狼爪张八骂道。

"我看你安上一条尾巴，就是一头活驴！"龙抬头一口唾沫啐在狼爪张八的脸上。

狼爪张八哇呀哇呀怪叫："我撕了你！"疯狗一般扑上来。

龙抬头仍旧岿然不动，只是深深吸了一口气。狼爪张八的双手抓住龙抬头的胸膛，十指嵌进胸膛的肉里，却好像抓的是两团柳絮。狼爪张八吼叫着想撕下一片肉，两团柳絮陡地一变而为两个铁疙瘩，崩裂了狼爪张八的虎口，他慌忙撒开了手，一连倒退了三步。

龙抬头哈哈大笑道："姓张的，我尝过了你的狼爪，也该你尝一尝我的夯拳了！"说着，一拳捣在脚下的青石板路上，砸出一个大窟窿。

"抬头，大水冲了龙王庙啦！"满面春风的韩秀，从一条鸡肠子小巷里走出来，连连抱拳，"你、我和这位大高个子老哥，应该是一条船上的人。"

他一手挽住龙抬头，一手挽住大高个子，到得天厚堂吃酒席。

得天厚堂名声不小，门面却并不大，又分内外两柜。内柜在东海子的瓮城内，外柜在东关码头河神庙；两处的格局都是三间门面，迎面一条栏柜，栏柜里有个账房。走进去，一座院落，十几间房，是伙计们的住处，后院都是练武的场子。

韩秀原想到东海子内柜，叫几个妓女陪席吃花酒。关省三是响马习气，吃、喝、嫖、赌，甚至抽几口鸦片烟，都能应酬，但是并不着迷，更没有瘾。龙抬头却是土性不改，恪守武林清规，不能破戒。于是，他们又转身奔向旧城南门里的小楼饭馆，吃烧鲇鱼。

当时的通州城，经营吃穿两项生意，都是外地人。酱园子被山西人垄断；饭馆子被山东人包办；绸缎庄和布店被河北省的深（县）、武（强）、饶（阳）、安（平）、博野、蠡县人各占一条街。山东人的饭馆，福寿全和东兴居，比得上北京的同和居和丰泽园，牌匾也出自秀才出身的大军阀、山东蓬莱人吴佩孚的手笔。不过，最具有独特风味的小楼烧鲇鱼和大顺斋的糖火烧，还是本地人的手艺。西太后要尝遍天下名菜小吃，下令全国道、府、州、县进贡。有的贡品端到西太后面前，只不过咬一小口，咂一咂滋味儿；有的贡品只看一眼，闻一鼻子，便不耐烦地挥手命令撤下去。传说，通州的糖火烧和烧鲇鱼却很投合这位太后老佛爷的口味，连吃了三顿，仍然没有尽兴。大总管李莲英怕吃坏她的肚子，花言巧语哄她改换食谱，这才罢休。

古色古香的小楼，楼上雅座，楼下散座。韩秀也是股东之一，得天厚堂又有个伙计给小楼护院。所以，韩秀一进门，从掌柜的到小跑堂的，都满脸堆笑，垂手侍立。前呼后拥上了楼，要了个单间；大红漆圆桌面上摆满了五光十色的下酒菜，最后才上主菜烧鲇鱼。

韩秀亲自把盏，斟满三大杯酒，把一大杯酒捧过了头，满面孝敬神气，说："抬头，这一杯酒给咱们师父、师母添寿！大个子老哥，您也得赏光。"

三个人三杯酒入肚，韩秀又端起壶；龙抬头叉开一只手，捂住酒杯，说："韩秀，你想再叫我喝一碗，那得借我一笔钱。"

"多少？开个数目。"

"一百多块。"

"是你开口借贷，还是替别人转手？"

"我向你开口，当然是我借贷。"

"抬头呀！你这个直性子的人，怎么也学会了拐弯抹角。"

"你贼心眼子！"

"撒谎瞒不了当方人。"

"你借不借吧？"

"抬头，你就是饿死，也不会向我伸手。我敢断定，这是为了积德行善，借花献佛。"

"你猜中了，借不借吧？"

"这一百多块钱，我白送你了。"

"多谢。"

"你得带走。"

"绕个弯还回到你的荷包里。"

"白送给你，就是有去无回。"

"好吧！"

"一言为定？"

"一言为定。"

韩秀站起身，拍了拍巴掌，一声令下：“请！”并且亲自走到雅座单间门口，挑帘相迎。

楼梯上脚步声，一阵香风呛鼻子，竟是花中蕊强作欢颜，袅袅娜娜走进来。

“嗬！”大高个子失声惊叫。

龙抬头也吓了一跳。昨夜晚花中蕊到客栈卖淫，龙抬头花了钱却躲出去，天亮之前花中蕊便走了；怎么忽然摇身一变，浓妆艳抹，打扮得花枝招展，与昨夜晚判若两人？

“花老板从天而降，抬头你可不能不开怀畅饮了！”韩秀把一大碗酒递给花中蕊，叫她捧到龙抬头唇边，“花老板，龙大爷替你还了债，你得连敬龙大爷三杯。”

“慢！”龙抬头推开酒碗，“空话一文不值，我要眼见为实。”

“来人！”韩秀高叫一声。

“有！”得天厚堂的账房先生早已等候多时，踮着脚尖走进来。

韩秀打了个榧子，命令道：“把地赖的账单子还给花老板，划一根火柴烧成灰烬。”

“是！”账房先生把夹在胳肢窝里的钱褡子放在圆桌上，抽出一张张账单子，“这一笔二十三元四角，这一笔是三十四元五角，这一笔是四十五元六角，这一笔是五十六元七角八分……”念一笔递给花中蕊一张。

花中蕊眼含两泡泪水，接过一张却拿不住，账单子纷纷落到地上。

“解铃还得系铃人，我这个债主子亲自动手吧！”韩秀弯腰拾起账单子，一张张请龙抬头过目，然后一张张撕得粉碎，从窗口撒进南风，四散飘去。

龙抬头喜出望外，放声大笑道：“韩秀，你这个财狠食黑的家伙，哪一天换上了菩萨心肠？只怕是老虎挂念珠，假充善人吧？”

“抬头，你过去是隔着门缝看人，把我看扁了。”韩秀打了个手势，花中蕊贴到龙抬头身上，“带走吧！白送你一个小老婆。”

龙抬头不敢相信自己的耳朵，只当是韩秀跟他耍笑，便笑骂道：“一个老婆我管不起饭，两个老婆那就更跟着我挨饿了。”

“饿死我也心甘情愿！”花中蕊发自衷肠地喊道。

大高个子忽然猛扑过来，挽住花中蕊的青丝骂道：“忘恩负义的小贱人！”

“陈年的被子拆了灶的炕，我跟你的交情早凉了！”花中蕊挣扎着喊叫，“龙抬头才是我的意中人、心上人。”

“我杀了你的龙抬头！”大高个子又扑向龙抬头，想掐住龙抬头的脖子。

龙抬头只伸出一根手指，轻轻点在大高个子的身上。大高个子像锯倒的大树躺下来，口吐白沫，四肢抽搐。

“抬头，我把这个扁脑勺子也送给你了。”韩秀又卖个顺水人情，“他就是土匪头子关省三，值几个钱。”

“亏你说得出口！”龙抬头火冒三丈，“你赶快护送他出城，这是你们得天厚堂应尽的江湖义气。”

“他是暗杀殷长官的刺客。”

“好汉子！”

“我不想沾上他的嫌疑。”

“乏货！”

“抬头，你别乱插一脚，免得惹下杀身之祸。”

“我就是要两肋插刀！”龙抬头又在关省三身上点了一下，关省三活了过来，“姓关的，快跟我闯出这龙潭虎穴。”

“龙大爷，您也得把我带走！”花中蕊哭道。

韩秀当众撕碎的账单，早已是一张张废纸，他逼迫花中蕊另立卖身文书，不过是偷梁换柱。当着韩秀的面，她有苦难言，不敢说出真相。龙抬头一走，又得落入韩秀的魔掌，所以哇的一声哭起来。

龙抬头阴着脸沉吟了片刻，说：“你跟这位关大哥和好，我带你走。”

“牛不喝水，不能强按头。”花中蕊却不想改变主意，“吃了秤砣铁了心，我一心扑在你身上。”

“你这个水性杨花的娼妇！”龙抬头推开含泪乞怜的花中蕊，搀扶着软囊囊的关省三下楼。

“龙大爷，我听您的话！”花中蕊一想，留在通州被韩秀蹂躏，还不如跟在关省三身边出生入死，“等一等……”

韩秀像鹰抓小鸡，一拧她的胳膊，喝道：“你想给他俩陪葬吗？”

“我……我不想死。”

“警察和保安队正严拿刺客。他俩走不出三街两巷，就得陷入十面埋伏。”

“您应该拦住龙大爷。”

“我正是叫他中我的激将法，自寻死路。”

花中蕊扑向窗口，呼喊道：“龙大爷。快回……”

韩秀一掌把她打得鼻歪嘴斜，昏倒地上。

“少东家，少东家！”狼爪张八一步两阶跑上楼，“你怎么放虎归山呀？”

“归山路上，挖下了陷阱。”

“咱们应该扣下这两只虎，抢个头功，抓个重彩。”

“我却要借刀杀人，杀人不见血。”

“少东家，你……”

“吩咐账房，预备两口杉木十三圆的上等棺椁！”韩秀发出三声狞笑，“我要尽到友情，送他们入土为安。”

9

这个小说写到此处，戛然而止，像一只断尾巴蜻蜓。

老乐哥说到第一百六十场，还剩下三千六百字，心里发了慌，从乡下给我写来一封急信，问我从一百八十一场起，如何说下去。这时，一个出版社正三天一封信，五日一电报，每周打个长途电话，催促我早日完成长篇小说，尽快付印。于是，我只得摆脱一切杂务，逃避川流不息的访客，躲到一座不与城内通人烟的郊外小楼里，闭门不出，埋头写作，每日三餐都是面包、清茶和水果。这座小楼距离最近的公共汽车站六七里，沿途要穿过一片片稻田，一座座菜园，过两条小河，行人稀少。房间里一没有电话，二没有电视，三也没有收音机，更听不见喧嚣的市声；只有青草中的虫吟，绿树上的鸟啼，阵阵的乡风。谁也不知道我匿居此地，连我的所在单位也惊诧我的下落不明；只有我的妻子有时抽出中午下班的时间，悄悄前来看我是不是还安然无恙。

她不愿我一心二用，便自作主张给老乐哥回信，三页信纸一句话，如何“且听下回分解”，您瞧着办吧！

我并没有把敬柳亭说书放在心上，猜想一出三伏，也就风流云散了。谁想，这个说书场竟是雷打不动，而且从河边迁到校内，借一间教室，每晚三场。

说到第一百八十场，老乐哥山穷水尽，他又死守老规矩，述而不作，只能到此为止。但是，听众却不答应，这个问龙抬头和关省三能不能冲出重围？那个问花中蕊会不会被韩秀折磨致死？还有的问韩秀和狼爪张八将是何等下场？更有的人打破砂锅问到底，殷汝耕、池宗墨、董菊花和董郭氏如何处理？金钟罩、金师母和火烧云，以及龙抬头的一儿一女，后来又有多少故事？

老乐哥怎么趸来的怎么卖，答听众问也是一句话：你们瞧着办吧！

这一来，敬柳亭说书场上，可就百花齐放，百家争鸣了。

敬柳亭书场的听众男的多，女的少。但是，有男有女，又在河边野外，桑间陌上，也就难免说书场上相识，因共鸣而生情；敬柳亭是说书场，同时兼作婚姻介绍所。于是，河湾子的沙丘上，月光下的柳棵子地，云影幢幢的老树下，便有对对双双恋人幽会，比城市里的公园方便多了。其中有一对恋人，小伙子想当袁阔成，姑娘要超过刘兰芳，他们亲密合作，自编自演，连说二十场，给我这部断尾巴蜻蜓小说圆满收场。

身陷十面埋伏的龙抬头和关省三，杀出一条条血胡同，冲出城门，两人重整旗鼓，建立一支绿林抗日游击队。花中蕊几经周折，也逃出了虎口，跟关省三重归于好。韩秀作恶多端，死于龙抬头刀下，狼爪张八为虎作伥，被关省三一枪击毙。殷汝耕和池宗墨受到历史惩罚。董菊花和董郭氏不过是过眼云烟的角色，随波逐流，不知下落。金钟罩和师母寿活八十，火烧云和龙抬头白头偕老，他们的一儿一女也长大成才。

但是，他们被喝了倒彩。没有悲欢离合，没有喜怒哀乐，人物和情节都过于理想化，听众像喝蒸馏水，不感兴趣。

又有一位书迷跳出来，另起炉灶，也说二十场。

龙抬头和关省三没有杀出重围，被捕坐牢，认识了一位坐牢多年的共产党员，三人结拜为盟兄弟，杀死牢头，越狱潜逃，奔赴延安。花中蕊拒不受辱，坠楼而死。韩秀和狼爪张八当上伪军军官，战场上跟龙抬头和关省三率领的八路军北上支队独立营刀兵相见，被一举歼灭，两人都变了枪粪。殷汝耕、池宗墨、董菊花和董郭氏的命运，和那一对恋人的安排大致相同。金钟罩在龙抬头奔赴延安以后，保护火烧云母子三人，流落江湖；金师母留守瓜田，却被伪冀东自治政府逮捕，在公堂上怒骂奸贼，入狱后绝食身亡。后来，龙抬头带兵回到家乡抗日，金钟罩帮他教练战士，一个个战士都精通十八般武艺。火烧云在妇救会当干部。一儿一女长大，儿子习武，女儿习文。

他这二十场书虽然跌宕起伏，却把人说得昏昏欲睡，原因是应有尽有，高、大、全是致命伤。

又有个人，别出心裁，但是刚说上两场便被轰下了台。这个人读过不少流行小说，学会主观随意性。他的出奇之处，是花中蕊被韩秀献给殷汝耕，竟得殷汝耕的专宠，当上十三姨太太，她为报仇，枕边吹风，使得韩秀一直不被重用；又常被派到刀对刀、枪对枪的火线上，最后死在龙抬头手里。花中蕊思念龙抬头，渴望能见一面，便给殷汝耕想妙计，出奇兵，竟把龙抬头俘虏。她私入死牢，跟龙抬头倾诉衷肠；殷汝耕和池宗墨大怒，下令捉奸拿双，她放走了龙抬头，自己饮弹而亡。如此胡编乱造而又信口开河，听众哗然，只把他轰下台去，是很讲文明礼貌的。

他们就像老王卖瓜，自卖自夸，谁优谁劣，相持不下。跑到北京打官司，请我一句定高低。

一个个都自命不凡，我只得模棱两可答曰："文学创作应该大力提倡多样化，相同的题材可以有多种写法。时价不等于实价，只有人民和时间，才能最后确定作品的价值。"

他们又问道："您是不是还要往下写呢？"

我答道："乡亲们爱听，我还要写。"

"您打算怎么写呀？"

"博采你们众家之长，又有我自己的路数。"

"能不能透露一点参考消息？"

"饭熟了才能揭锅，目前无可奉告。"

第二章

1

写完长篇小说，交给出版社下厂付印，已是月圆桂香的中秋时节，但是我仍然住在郊外，不想回家。

跳出三界外，不在五行中，早有这个打算。然而，一方面是身不由己，一方面是不甘寂寞，就好像双腿陷进泥淖而不能自拔。文场如官场，也如市场，有几个不是争名于朝，逐利于市？淡泊以明志，宁静以致远，能有几人？

迫不得已而到郊外匿居，三个月少听多少噪音？耳根子清净，脑瓜子透亮，悔不早当出家人。

我在北京城里的那个家，虽然坐落在一条闹中取静的街巷，但是一天到晚的客人往来如梭，也就年无宁日，宾至如归，穿堂入室，欢声笑语，肆无忌惮。好像我这里不是一座私人住宅，而是一家随便出入的茶馆。妻子、儿女和我朝夕相处，却难得跟我说几句话。而且，热情好客，未必善有善报。我这个人嘴浅，一条直肠子，从不隐瞒自己的观点，也不会拐弯抹角，模棱两可，似是而非，真假难辨，说出的话像滑溜里脊。于是，某些人便利用我这个致命的弱点，逗我谈天说地，忘乎所以。说者无心，听者有意，这些“记者”便摘取我的片言只语，或添油加醋，或夸张放大，广播的广播，告密的告密。害得我得罪了人，还蒙在鼓里，不知从何而起。连吃哑巴亏，却又有苦说不出，气得我大犯泥人土性，在我的书房蝈笼斋的门楣上，挂起一面小镜子，照妖避邪。如果仍不管用，我还想买两张门神画，左有秦叔宝，右有尉迟恭；迎门墙上再挂一幅钟馗打鬼图，那就确保平安大吉了。

照妖镜适得其反，门神画和打鬼图又买不到，我才走为上计。

躲到郊外三个月，没有会过一回客，不说话也就不伤气，比人参鹿茸都大补。

此地交通不便，没有几家住户，又都早出晚归，我住下三个月还没跟一个人见过面。家家都封闭在自己那个单元房里，双保险的暗锁，不通有无，互不干扰。我住的那个单元，只有一间卧室，一个过厅，一个厨房，一个卫生间，位于小楼一角，自有一条楼梯，关起门当皇上，二十平方米的独立王国。

卧室又是书房，一床，一椅，一桌，一橱，如此而已。五音乱耳，五色乱目；我一不能分心，二不能走神儿，这间屋子一片素净，只在玻璃板下压着我的妻子的一幅手书，写的是清人李惺的四句箴言：“境遇休怨我不如人，不如我者尚众；学问休言我胜于人，胜于我者还多。”于是，我便更为心平气和，全神贯注，写我的小说，不愿还俗了。

我把自己“软禁”起来，不想见人，甚至整天挂着窗帘，不想看一眼窗外的风景。我完全沉浸在我的小说中的北运河风土人情里。虽然身居斗室，形只影单，却又好像在十八里运河滩上野跑，有时跟乡亲父老们“锄禾日当午，汗滴禾下土”，有时又“开轩面场圃，把酒话桑麻”，有时恍如身在“古柳斜阳赵家庄”，喜闻乐见“负鼓盲翁正作场”，看“童儿踏牛背，安稳如乘舟”，自己也好像返璞归真了……

但是，我的六根并没有除净。每到星期二上午十点半，我便坐立不安，心猿意马，执笔而不能为文，便离开写字台和座椅，走到窗口，把窗帘拉开，眼巴巴等候我的妻子的到来。这难以名状的心情，诚如诗云子曰：新婚不如久别。想不到我这个早已年逾不惑的“老冉冉其将至兮”的人，竟然又“解箨新篁不自持”，萌动了有如初恋少年的多情。

我的妻子工作很忙，星期日的家务更是忙上加忙，只有星期二能抽出三四个小时，骑自行车跑十多里路，看一看我这个遁入空门的丈夫。但是，或是由于交通阻塞，或是刚出大门便被来客缠住，她十回有八回不能准时到达我这里，这就害得我直呆呆站立窗口，像一座望妇石。

“望穿秋水，不见伊人的倩影……”我哼起解放前的一首电影插曲。

但是，刚哼出这两句，我便哑然失笑，赶忙咬住舌头收场。

我那一双深度散光近视眼，倒退三十年也不是清凌凌的秋水。而我的伊人，后影也许还能跟倩字沾边儿，她在少女时代会跳艺术舞蹈，有点基本功，徐娘半老落下一个好身段，也算风韵犹存。而我自幼不爱运动，一过四十，体形便不堪入目了。

郊外的绿柳、白杨、紫槐和法国梧桐，遮挡了视野，我从窗口只能远眺六十公尺，而我的眼睛的能见度不到三十米，误差很大。忽然，六十公尺外的土马路上，出现一个骑自行车人的身影，我怦然心动，望妇石活了，推开窗户，探出半个身子。六十公尺，五十公尺，四十公尺……骑自行车人的身影越来越近，我的心跳得更怦怦有声。谁想，三十九公尺，三十八公尺，三十七公尺，三十六公尺，三十五公尺……倩影就要映入我的眼帘，那辆自行车突然一个大转弯，人随车去，叫我大失所望。

如此一而再，再而三，甚至三而四，四而五，等到我的妻子光临驾到，我已经筋疲力尽，激动不起来了。

她比我更疲惫不堪。

一天到晚忙得团团转，累得只要坐下来，不由自主就打盹儿；不管吃多么有营养的东西，就是胖不了。她这个岁数儿，把头发编成一条辫子，然后梳成盘髻，最有风采。可是，忙得像拉满的弓，绷紧的弦，哪有这份闲情逸致？麻烦不如简便，简便不如方便，干脆还是讲究效率，实行现代化吧！留个不长不短的披肩发，每天早晨拿起拢子梳理几下，便可交差，花不了一分钟。时间就是金钱，效率就是生命，多么时髦呀（不过，身为大英帝国首相的撒切尔夫人，日理万机，寸阴寸金，每天梳头却要鼓捣一两个小时，岂非咄咄怪事）！懂得一点美学的人都知道，豆蔻年华的少女梳披肩发，给人以早熟的美感，富有诱惑力；中年妇人梳披肩发的艺术效果，却是令人感到憔悴和病态。好在女为悦己者容，我对妻子的发型，看着很顺眼。

我在家里，当惯了灶王爷。作为一家之主，我虽不是衣来伸手，却是饭来张口，身不动膀不摇的。但是，此时此地，看见我的妻子疲乏得奄奄一息，恻隐与爱怜之心油然而生，便不忍叫她再服劳役；开水焖油炸方便面，撕几片紫菜扔进面汤里，不过三分钟的工夫，我就把午饭端到她的面前，还给她剥开几个橘子。可谓士别七日，刮目相看，变得温柔体贴了。

一个星期一趟，适可而止。

她不愿打扰我的写作，却又怕我劳累过度；我不在她的身边，她每天都提心吊胆过日子。

“写完长篇小说，该给自个儿放一放假了吧？”她迂回婉转地问我道。

我沉默不语，想了又想，不能驳她的面子，便笑道：“以后每星期日回家休息一天。”

“星期六下午，我带着孩子们在家门口，夹道欢迎你。”

“别忘了放礼炮二十一响。”

“要不要陆、海、空军仪仗队？”

我们在玩笑中达成了协定。

一晃就是星期六，吃过午饭我正在斗室中百步走，然后休息一会儿就打道回府。

砰，砰，砰！一阵紧而又急的敲门声。

我只当是隔壁人家有客来访，脱鞋上了床，打开一本书催眠；敲门声有如擂鼓，敲得我如卧针毡。听来是直捣我这个藏身之穴。

是谁跟踪盯梢，发现了我的行迹？天下之大，难道就不能留给我一块蝈蝈笼子似的退身之地？我心惊肉跳，又非常窝火，光着脚下床开门。

门开一道缝儿，只见门外站立着我那满头大汗的妻子。

“你……你……”我差一点要宣布她是不受欢迎的人。

她喘息已定，却并不想进门，说：“你今晚别回家了。”

“怎么回事儿？”

“老乐哥找上门来……”

“我躲避别人，可不能不见老乐哥。”

“他已经走了。”

“你怎么不留他住两天？”

“乡文化站拨款，给他重修敬柳亭说书馆，他得亲自带工，只是催你赶快给他打本子。”

“星期日休息一天，星期一全力以赴。”

“不行！我答应他星期二就寄出有头有尾的一章。”

“你这可真是鞭打快牛了。”

于是，我只得又关起门来，将开了个头的《敬柳亭说书》接着写下去。每个星期，前三天写出初稿，后三天仔细抄改，我的妻子取走寄出去；老乐哥收到以后，经过他的艺术加工，通过他的嘴巴，在敬柳亭说书馆公之于众。

这个流水作业的创作方式，将产、供、销紧密连接在一起，很快就能知道听众的反应，随时调整小说的进展，充实小说的内容。文学进村，小说入户，正是我梦寐以求的夙愿，我写得十分起劲。

小说是什么东西？作家又是何许人也？我看，作为精神食粮的小说，正如饭馆或食堂的馒头、烙饼、饺子、面条、米饭、丝糕……红烧鲤鱼、宫保鸡丁、四喜丸子、焦熘肉片、小葱拌豆腐……生产精神食粮的作家，也正如饭馆或食堂的厨师，煎、炒、烹、炸、炖、烤……八仙过海，各显其能；但是顾客是否爱吃，吃下去是否有益于身心，才是检验厨师本领的首要标准。如果顾客一见作呕，难以下咽，或是食之无味，嚼着硌牙，那就说明写小说的大师傅手艺不高，应该反躬自省，改弦更张：顾客是上帝嘛！我还没见过哪一位厨师，做出顾客不爱吃的饭菜，不但毫不愧疚，反倒怒骂顾客生来没长着一副好牙齿。

以上，算是人话。也像说书人登台，先聊一通闲篇儿，与听众沟通思想，交流感情，书归正传之后才能如鱼游水。

2

古老的通州在夏、商、周三代，分属冀、幽二州，春秋战国时期是燕国的领土，秦朝隶属渔阳郡，有史可考两千多年。西汉正式设立县治，名曰路县。王莽篡位，改国号为新。路县也改称通路亭。东汉光武帝刘秀登基，又将通路亭恢复为潞县。这个特定的潞字，也就是水路的意思。当时的县城，在现今通州城东八里的古城村，后因城内大火，烧成一片废墟，才将县城迁移到目前这个地址。历经三国、西晋、东晋、前燕，北魏时升为潞郡。又经北齐、北周和隋，到唐高祖武德二年改为玄州，唐朝灭亡，五代、宋、辽县治小有变动。到金天德三年（公元一一五一）才命名通州，沿袭至今八百多年了。元朝筑起土城，至正二十八年（也是明洪武元年），朱元璋的主帅徐达攻克通州，第二年大将常遇春又在通州击败元兵的两次反扑。朱元璋下令改筑砖城，并以条石为城基。城门四座，东叫通运门，西叫朝天门，南叫迎薰门，北叫凝翠门；各门都有瓮城，重兵把守。又过了一百四十多年，明正德六年为保护西、南两座禄米仓，在旧城西南套建新城。新城周围长二千七百丈，城墙连垛高三丈五尺，与北京城墙高低相差无几，同时增开一座新城南门。此后，清朝和民国，都曾多次重修和加修城墙；把通州城修筑得像一口铁瓮，难以攻破。

通州城的中心，是隋朝动工而到唐朝完成的一座鼓楼，鼓楼前街和鼓楼后街，是城内的一大闹市。

鼓楼前街路西的文萃斋，是京东独一无二的书铺。

文萃斋书铺掌柜万盛亨，是个更名改姓的倒插门女婿，老伴才是文萃斋的真正东家。膝下无儿，老两口只有一女，名叫万守玉，字若霜，自号青霜剑客。

万守玉虽然自幼大门不出，二门不迈，但是近水楼台先得月，从小博览群书，心胸和眼力都非比寻常女子。她替老爹掌管金钱往来，精打细算，很有韬略。只因找不到一位称心如意的男子入赘，所以已经二十五六岁了，还是独处无郎。这两年万盛亨年事已高，虽没有耳聋眼花，却也显得手脚迟慢，难免一差二错，万守玉也就不得不垂帘听政，后来更不得不女扮男装，抛头露面，命令伙计们管她叫玉二掌柜。

她头戴黑缎红疙瘩的瓜皮小帽儿，身穿竹布长衫，挽着雪白的袖口，又戴一副墨镜。坐在栏柜里的高脚太师椅上，虽然一声不响，目光却在墨镜后面扫来扫去，谁想偷懒懈怠，都逃不过她的眼睛。

万守玉常听老爹艳羡商务印书馆买卖兴隆通四海，财源茂盛达三江；而商务印书馆当年也不过是个小小的书铺，只因注重改良，网罗人才，才得以从小到大。但是，老爹的艳羡不已，只不过像檐下的燕雀，仰望鹰击长空，叹为观止，并没有发奋图强的志向。然而万守玉却立下凌云壮志，只要招到一位王佐之才的丈夫，她便可大展宏图。

一位毕业于南开大学、祖籍京东的青年文人桑榆，自称是文人中的响马，也以响马为笔名，被人举荐到文萃斋做事，主管选购图书，也主编小册子的丛书。万盛亨给他的头衔是编修，这本是封建王朝翰林院留给榜眼和探花的官衔，可算推崇和器重了。万守玉一眼便看中了这个自命不凡却又怀才不遇的大学生，只觉得这是天赐良缘，桑响马正是她朝思暮想的意中人。

万守玉并不是一个轻佻女子，也并不想以色诱人；攻心为上，她礼贤下士，关心冷暖，要使桑响马不知不觉地陷入她的情网。

她并无娇艳的姿色，但是风韵十分清秀，尤其是穿戴男子的衣冠，颇有温文尔雅的神采。自从桑响马搬到内宅西厢房居住，她的行动举止，更表现得端庄大方。

一日三餐，桑响马和万盛亨同桌而食，老妈子服侍，但是每顿饭她都要亲自炒两个菜，亲自送到饭桌上，悄悄抛给桑响马一个含情的微笑。

万守玉从前柜回到内宅，便脱下男儿衣，换上女儿装，也不浓妆艳抹，只穿六七成新的素雅衣衫。她还没有出嫁，所以仍梳一条大辫子，额前飘洒刘海儿，瓜子脸上薄施脂粉，有一双令人捉摸不定的眼睛，薄嘴唇上挂着冷色的笑影。不到前柜去，她有时在闺房里看书写字，有时到正房陪伴老母说闲话儿，有时也到院子里浇浇花。

桑响马临窗编稿，偶一抬头，正跟窗外浇花的万守玉的目光相遇。

万守玉莞尔一笑，说："桑先生辛苦了。"

桑响马是个手脚闲不住、嘴也闲不住的人，放下手中的自来水笔，点起一支香烟，站起身走出西厢房门口，笑道："我见万小姐每日手不释卷，必能下笔如有神。我正想说动老掌柜，创办一种地方杂志，那就预先恭请万小姐撰写一篇诗文佳作了。”

“桑先生真会挖苦人！”万守玉的脸儿红了红，“我是个无才女子，怎敢有骚人墨客的雅兴？”

“非不能也，是不为也，万小姐不过是不屑于文章小道。”桑响马不拘小节，信口开河，“我看万小姐前柜理事，能力和手段都更胜万老掌柜一筹，文萃斋的前景也必定更加本固枝荣。”

万守玉长叹一声，幽怨地苦笑道：“女人好比笼中鸟，空有凌云志，难上九重天。”

“那就冲出牢笼！”桑响马是个热血性子，感情冲动，脱口而出，不知轻重，“如果用得着我，我不但要助一臂之力，而且甘愿两肋插刀。”

“那我就把文萃斋书铺交给桑先生，办成京东商务印书馆！”万守玉脸色煞白，火辣辣的目光盯着桑响马的眼睛，“即便赔光了老本，我也要看个热闹。”

“万小姐，我们真是同心同德，相见恨晚！”桑响马一阵冲动，上前紧紧握住万守玉的手。

万守玉猝不及防，吓得失声一叫：“哎呀！桑先生你……”忙又咬住嘴唇，惊慌四顾。

桑响马这才发觉自己举动失当，也慌忙松开了手，发窘地说了一声：“对不起。”急急回屋，落下窗帘。

万守玉按住怦怦乱跳的心房，定了定神儿，又隔窗问道：“桑先生，你是一位鹏程万里的人物，文萃斋这个小树林子，留得住你吗？”

沉默了片刻，桑响马撩开窗帘一角，答道：“倘若我能在文萃斋有所作为，那就不作野鸟满天飞了。”

万守玉的眼睛一阵放光，倚在西厢房的外窗台上，笑吟吟地追问道：“请问桑先生如何有所作为？”

桑响马的面孔忽然又冷冰冰的了，说：“我怕说出口来，惊吓了万小姐。”

“我自以为还不是个胆小如鼠的人！”万守玉柳眉倒竖，怒形于色。

桑响马想了想，抱歉地一笑，说：“我也胸无成竹，从长计议吧！”

从这一天起，他们常常隔窗谈心。万盛亨被蒙在鼓里，万盛亨的老伴睁一只眼闭一只眼，两人越来越知心了。

万守玉看中了桑响马，想跟桑响马结为夫妻，夫唱妇随。却不料另有一个男人正对她垂涎三尺，更想不到还有一个打扮成假小子的野姑娘，颠三倒四要嫁给她。

3

对万守玉垂涎三尺的那个男人，便是得天厚堂的掌柜韩秀。

这个家伙虽然好色，却并不色迷心窍；他跟形形色色的女人鬼混，没有一个女人能叫他动心；他更不想娶她们其中的哪个人做老婆。他要娶一个能给他掌管万贯家财，又出身于清白门第的姑娘，当得天厚堂的内掌柜。他偶然到文萃斋买过一回书，竟对万守玉一见钟情。

韩秀识字，茶余饭后爱看武侠、言情、黑幕小说消遣解闷儿。这些无聊文人粗制滥造的玩意儿，自有他的管事从各处搜罗而来，但是看得多了，也就倒了胃口，他想换一换口味，管事的出外收账，别的喽啰爪牙都目不识丁，不能给他找来新鲜货色。他便到宝局子推几盘牌九，路过文萃斋，一时兴之所至，便走了进去。

“伙计，给我找几本开心取乐儿的闲书！”韩秀倚着栏柜，打了个榧子，一副浪荡公子的神气。

站柜台的是一个学徒还没有满师的小伙计，别的伙友都在后边吃饭。

“请您看张恨水的《啼笑因缘》。”

“早吃肚里了。”

“那就看他的《金粉世家》。”

“我能倒背如流。”

“他还有一套四本的《满江红》。”

“刚看完。”

“刘云若的《红杏出墙记》，您想不想看？”

“也看过了。”

“《小扬州志》呢？”

“一年前就看了。”

小伙计想不出还有哪些新书可以投其所好，便把各式各样的陈年旧货搬出来。什么《三侠剑》《济公传》《包公案》《彭公案》《施公案》《刘公案》《大五义》《小五义》《大八义》《小八义》《薛仁贵征东》《十二寡妇征西》《三姨太太外传》《红绡帐秘闻》……他报一本，韩秀摇一回头，越来越不耐烦了。

“先生，看来您是一位有知识的人。”坐在柜台一端高背太师椅上的万守玉说了话，“我想，您一定爱看潞河中学的学生们所喜欢的新书。”

韩秀骄傲自大，目中无人，进门之后，并没有注意女扮男装的万守玉。

万守玉所坐的位置，商家的行话叫瞭高。一是为了监督伙计们不得偷懒，二是在伙计们处理失当的时候出面。中等店铺，瞭高的差不多都是二掌柜，做买卖经验丰富，最会察言观色，揣摩顾客心理，花言巧语拴住顾客，甜言蜜语引诱顾客，讨价还价不但伶牙俐齿，而且很会演戏，待到把顾客掌握在手里，便当机立断，拍板成交。

这一天，万守玉身穿杭纺长衫，头戴龙须草凉帽，摇着一把工笔花鸟画、瘦金书题诗的折扇，风度十分儒雅。

韩秀一听是个女子插话，吃了一惊。他也戴着一副墨镜，躲在深褐色的镜片后面仔细观看，只见这个身穿男装的女子，虽然姿色平常，却有一股超凡脱俗的风采，令人耳目为之一新。

“二掌柜，请多指教。”韩秀赶忙装模作样，从浪荡公子一变而为文墨书生。

“不敢。”万守玉走下太师椅，指点着小伙计从货架上搬下一本本新文艺书籍，摆放在柜台上，“小说虽是闲书，却有高低贵贱之分，应该择其善者而读之。”

“是，是。”

于是，万守玉报出几十本新文艺作家的作品。每报一本，韩秀点一回头，买下一本。最后，只得雇一辆人力车，将一大堆书拉回得天厚堂。

韩秀对于这些新文艺书籍，一点也不感兴趣。打开一本，看不上三行两句，便觉得没有多大意思。可是，万守玉给他留下的印象，却搅得他睁眼闭眼都是这位万小姐的倩影。

他缺乏自知之明，更少知人之智，自以为家财万贯，年貌相当，请出有头有脸的人物说媒，十拿九稳。

然而，他在万守玉眼里，只不过是一个舍得花钱的顾客，双方有买有卖，做完这笔生意，他也就像浮光掠影，从万守玉的心目中消失了。

真正给万守玉留下不可磨灭的深刻印象，而且把万守玉打搅得心神不宁的人，却是韩秀的妹子金簪儿，万守玉一见这个女扮男装的花花公子走进店门，便在太师椅上肉皮子发紧，坐立不安，总得找个借口，躲进后柜。

韩金簪儿跟韩秀是同父异母的兄妹。韩秀虽是他爹韩得当唯一的儿子，千顷地一棵苗，能够传宗接代，继承父业，但他是庶出。他的生身之母，是东海子妓院出身的四姨太太，身份下贱，下贱的母亲连累得儿子也大减成色。韩金簪儿虽是个女儿，却是明媒正娶的原配夫人所生，从娘胎里就带来高贵的身份。男尊女卑，韩秀占先；嫡庶之分，金簪儿又压韩秀一头，而且，韩得当的一身武艺，都是原配夫人的老爹所传，师父又兼岳父，韩得当在双重压力下怎敢亏待原配夫人？这位原配夫人虽然并不精通拳脚，却接下了老爹医治红伤的高超手艺；韩得当保镖、打擂、抢码头，多少回筋断骨折，都是原配夫人妙手回春，起死回生，他也就更不敢得罪这位救命星。原配夫人是个母夜叉，却粗中有细，很懂擒纵之术。哪个馋猫不贪腥儿，韩得当这一类的男人有谁不好色？钻狗洞，打野食儿，防不胜防，倒不如自己亲手喂他，定量供应，把他攥在自己的手心里。过门五年不生育，便给韩得当买了个二房；二房生女不生男，三年之后又给韩得当讨了个三房；三房两年不结果儿，给个东海子的妓女赎身当四房；四房生下韩秀，韩家后继有人了。于是，韩得当感激涕零，更加惧内。原配夫人十多年孵空窝，四十岁却怀了孕；老来得女，也是喜从天降。嫡出的女儿千金之体，原配夫人视若掌上明珠，韩得当更把女儿当小祖宗儿。

不知原配夫人是跟四姨太太赌气，还是有意栽培，韩金簪儿自幼就被她娘打扮成男孩，六岁跟她爹习武，十岁随她娘学治红伤。韩得当被全家上下和得天厚堂的伙计们尊称为太爷，原配夫人一声令下，这些人要称呼金簪儿为小太爷，而韩秀只不过是大少爷。韩得当死后，韩秀被尊称为大爷，韩金簪儿那小太爷的称呼仍然不变，兄妹二人旗鼓相当。

韩得当性情暴虐，对于手下人和小老婆，说话就瞪眼，开口便骂娘，一句话不入耳更招来拳打脚踢。韩秀惹他烦躁，也被他打得贼死。只有原配夫人耳提面命，像数落大儿女，他才低头哈腰，夹紧尾巴，满脸堆笑，不敢顶撞半句。有时，原配夫人勃然大怒，抓起鸡毛掸子，没头没脑地抽打他，他却打一下作一个揖，不敢躲一躲，闪一闪。后来，原配夫人老了，请韩金簪儿掌刑，韩得当便低三下四，嬉皮笑脸，只求女儿手下留情，高起轻落，打得不重。一来二去，日久天长，韩得当也就不得不在女儿面前矮三分，平日哄着、捧着、变着法儿讨好女儿，韩金簪儿也就在母夜叉面前替这位慈父美言。有一回，半夜三更韩得当挨打，疼痛难忍，只得呼叫：“小太爷，救命呀！”韩金簪儿从闺房中赶来，夺过老娘手里的鸡毛掸子，原配夫人娇惯女儿，反倒转怒为喜。从此，姨太太们挨韩得当的打，也喊："小太爷救命呀！"内宅传到外院，得天厚堂的喽啰爪牙挨韩得当的打向小太爷呼救，也百灵百验。

尽管韩金簪儿在家里享有天字第一号的地位，爹娘对她可算百依百顺，可是唯有在婚姻大事上，却不许她自己做主。韩得当和原配夫人都一心巴望她嫁给当官儿的，宁愿陪送一半家产，也在所不惜。然而，当大官儿的架子大，只肯娶她做小，她这个千金小姐当然不能为妾；当小官儿的架子不大，贪心不小，又都横竖不入韩得当和原配夫人的眼。高不成低不就，二十挂零还没有找着主儿。韩得当一死，韩秀顶门立户，只求跟她互不侵犯，不敢干涉她的内政。她那个母夜叉老娘，毕竟是个妇道人家，管不了她，也不敢管她，随她打着韩小太爷的旗号，在通州城里为所欲为。

最叫人啼笑皆非的是她扮成花花公子，到勾栏院嫖妓，还把她的两个贴身丫头打扮得花枝招展，扮演她的一妻一妾，三人同坐一辆马车，勾肩搭背，招摇过市。

她识字不多，吃饱了无聊也爱看闲书。她究竟是个女儿家，舞枪弄棒的武侠小说不如香艳哀婉的言情小说更有意思，于是，张恨水、刘云若、周瘦鹃、冯玉奇、陈慎言、耿小的等人的五光十色之作，塞满了她的床头枕畔。买书只有到文萃斋，这位小太爷便大驾光临万家书铺，看言情小说看得她昏了心迷了眼，竟然对假凤虚凰的万守玉一见倾心。

小太爷走进店门，便大摆架子，在专门招待贵客的锦垫太师椅上落座，搭起二郎腿，扮演小老婆的丫头赶忙给她点烟。她不但头戴压到眉梢的礼帽，身穿马褂长袍，鼻梁子上架着黑洞洞的墨镜，而且在上唇上粘着两撇小胡子。她在坐椅上没有坐相，颤悠着腿杆子，嘴里喷着烟圈儿，完全是一副纨绔子弟的模样儿。

“得天厚堂小太爷买书，报上书名来！”扮演大老婆的丫头吆喝道。

“是！”书铺伙计赶忙答应，“张恨水的《春明外史》，刘云若的《小巷斜阳》，冯玉奇的《荡妇奇闻》，耿小的的《野渡无人》，周瘦鹃的《续秋海棠》……”

伙计每报一本书的书名，韩金簪儿都心不在焉地点一点头，却并不出声，怕的是出声便露了馅儿。

只要韩金簪儿点头，扮演大老婆的丫头便像一只应声虫，口吐一个字：“买！”

一连气报出一百本书，书铺伙计累得口干舌燥，韩金簪儿仍然点头不已。原来她早已神不守舍，被万守玉勾走了魂儿。

万守玉身穿男装，好比唱青衣花衫的坤伶反串小生，刚中有柔，柔中有刚，半男不女，别有风情。韩金簪儿只见万守玉温文尔雅，满脸书卷之气，颇像张恨水《啼笑因缘》中的男主角樊家树，越看越觉得可爱。

万守玉虽然看不见墨镜后面的韩金簪儿的眼睛，却也发觉她正死盯着自己，身上一阵阵感到不自在。她虽幽居深闺，足不出户，没有见过韩氏兄妹的真面目，可也耳闻韩秀是个淫恶之徒，韩金簪儿是个荒唐女子。她想，这位得天厚堂的小太爷，想必就是淫恶之徒韩秀，于是有如芒刺在背，慌忙从太师椅上站起身，躲进后柜。

意中人一走，韩金簪儿也就起驾了。

但是，从这一天起，她每天都到文萃斋打个转，万守玉被她骚扰得不得安宁，只有躲到幕后，避而不见。

这反倒使韩金簪儿打定主意，找媒人了结这桩心愿。

4

韩秀请出的有头有脸的人物，是孔教会会长曲云舫。

曲云舫原是前清的通州知州，民国以后还当过两年通州知事，只因官场倾轧下了台，却又大言不惭，自命前朝遗臣，声称耻食周粟，把他的宅院命名为首阳山庐。不过，三妻四妾，丫头老妈，仍旧一应俱全，比伯夷叔齐惬意多了。这么支撑了十多年，过去搜刮而来的民脂民膏，渐渐匮乏；而艳妾勾搭俊仆私奔，小厮伙同丫头潜逃，又一次一次地洗劫他的积蓄，害得他大有饿死首阳山庐的前景。

就在这时，殷汝耕标榜风雅，拜到他的门下，包下他的吃、穿、花、用。不过，有人说，殷汝耕到首阳山庐去，与其说是听老师讲学，倒不如说是陪师妹谈心。

曲云舫有个居孀的女儿，闺字玉楼，自幼跟父亲饱读经书，十六岁花烛完婚，嫁给一个穷困落魄的小贝勒为妻，谁想未出蜜月就守了寡，返回娘家守节。那时候，曲云舫的首阳山庐还有大坛的金银，遗老的名望也颇有声势，城里的官商和乡镇的财主捧场，给玉楼小姐立了一座贞节牌坊。玉楼小姐以王妃贵人自命，又戴上了节妇的桂冠，架子十足，沽名钓誉，写下三百首劝诫天下女子恪守妇德的四言豆腐块诗。曲云舫给她刻印成书，刊布于世，而且写了一篇四六体的跋，说他的女儿是当代的曹大家，若不是为侍奉残年暮岁的老爹，原是要给丈夫殉葬的。可是，自从家道破落，端殷汝耕的饭碗以后，这位贞节牌坊上留名的玉楼小姐，便改写艳体诗，分外妖娆起来。现在，她已经年过三十五，殷汝耕早已对她不感兴趣，视如鸡肋，不过仍然按时开发她的月例钱。

曲云舫的首阳山庐，坐落在新城南街西口的大红牌楼胡同，两扇朱门高台阶，一所深宅大院；雕栏玉砌今犹在，只是朱颜改，昔日车如流水马如龙，今天门前冷落车马稀了。

外院，现在是通州孔教会的会所。孔教会并无固定收入，只靠四处募捐，支撑这个空架子。内院住的是曲云舫，小跨院是玉楼小姐的闺房。闺房重地，闲人免进，但是特殊人物可以穿堂入室。

钱能通神，何况孔教？一肚子男盗女娼的流氓头子韩秀，加入满嘴仁义道德的曲云舫的孔教会，也就不必大惊小怪。

夜晚，韩秀在花天酒地中玩耍游戏得尽欢而散，便乘车来到首阳山庐。

跳下车，上台阶敲门，好半天院里才响起踢踏踢踏的脚步声，一个六七十岁的罗锅子老头儿，咳嗽不止，呼噜气喘地把门打开。罗锅子老头儿原是东海子妓院的大茶壶，年老力衰，耳聋眼花了，被老鸨子一脚踢出来，正巧孔教会要雇一个价钱便宜的仆役，他只求吃一碗残羹剩饭，苟延残喘，就从妓院搬到孔教会当差，跟他的东家可算是瘸驴配破磨。

走进门就是外院，外院一间门道，还有四间倒座南房，是孔教会的办公处。内院相隔一道花墙，北房是曲云舫的卧室和书斋，还住着一个上炕老妈子。

全院一片漆黑，只有卧室里透出昏暗的灯光。

“曲会长！”韩秀喊了一声，“我来聆听您老人家讲解诗词歌赋。”

曲云舫正在卧榻上吞云吐雾。他的妻妾死的死，逃的逃，身边只靠这个上炕老妈子服侍他。一日三餐是小事，鸦片烟却不能少吸一口。

这个上炕老妈子，是曲云舫当通州知事时候的女牢头，一双恶眼，满脸横肉，还有几颗大粒儿黑麻子；五十老几了，还喜欢搽胭脂抹粉儿，蛮横而又风骚，正吹鼓了腮帮子陪伴曲云舫抽鸦片烟。

“喔……是韩秀贤侄吧？”曲云舫舍不得从嘴里拔出烟枪，“请到……跨院……”

韩秀巴不得深入一层。

跨院小门半掩，他蹑手蹑脚溜进去。这座小小的跨院方砖墁地，花木繁荫，玉楼小姐的香窠灯明火亮。

玉堂春好比花中蕊，
王公子好比那
飞来飞去的采花蜂……

玉楼小姐正在香窠里捏着嗓子，荒腔走板地低吟浅唱。

“好——啊！”韩秀像在戏园子里捧坤角，扯开喉咙喊了一嗓子。

“谁？”玉楼小姐的清唱戛然而止。

“我是那跳墙的张君瑞！”韩秀嬉皮笑脸地从花影中闪出来，“待月西厢下，迎风户半开。玉楼姐允许小弟进屋吗？”

“你应该找家父学习填词作诗，为什么贼头贼脑地窥视我的闺房？”香窠里，玉楼小姐那寒冷的口气，能拒人于千里之外。

“老人家正大享神仙之乐，没工夫搭理我。”韩秀涎着脸儿，蹭到香窠门口，“小弟学而不厌，只有请玉楼姐诲人不倦了。”

香窠两明一暗，满堂花梨紫檀的家具，四壁悬挂着名人字画，虽然已是陈年旧货，暗淡褪色，却仍不失典雅。一本正经的玉楼小姐，端坐在雕花座椅上，只穿家常便装，一身缟素，三寸金莲套一双红绫软底睡鞋，散发披肩，淡扫蛾眉清水脸儿，很像京戏《战宛城》里张绣的寡婶邹氏，冰肌而媚骨，正色而妖冶。

“子曰：‘非礼勿视，非礼勿听，非礼勿言，非礼勿动。’”玉楼小姐的冷脸子像结了冰，“天色大晚，男女有别，你擅入我的闺房，是非常失礼的。”

“回玉楼姐的话，小弟罪该万死。”韩秀油嘴滑舌，轻模贱样儿，“小弟今天在《冀东时报》副刊上拜读玉楼姐的诗作，只觉得字字珠玑，满纸香艳，令人佩服得五体投地，但是玉楼姐署名我耘，不知如何讲解？”

玉楼小姐牵了牵嘴角，掠过一抹冷嘲的微笑，答道：“天对地，雌对雄，大陆对长空，我耘对汝耕……你跟家父学了不少日子的平仄对仗，竟连这个如此浅显的道理都不懂，真是孺子不可教也。”

“惭愧，惭愧！”韩秀装作茅塞顿开，恍然大悟，“不过，小弟还有一事不明，要在玉楼姐面前讨教：玉楼姐是京东第一女才子，为什么在报上要用个好像男人的名字呢？”

“扑朔迷离，令人雾里看花，更有雅趣。”玉楼小姐咬文嚼字，情不自禁地摇头晃脑，耳环子叮当响。

韩秀还想打牙逗嘴儿，曲云舫在那个女牢头出身的上炕老妈子搀扶下走进来，连连道歉，说："韩秀贤侄，怠慢，怠慢。"

"不敢，不敢。"韩秀也逢场作戏，彬彬有礼起来。

曲云舫已经是个风烛残年的糟老头子，白斑马脸，几茎猫须，一张缺牙露齿的瘪嘴；大热的天还身穿团寿字古铜锦缎的夹袍和青呢马褂，头戴披风软巾，活像是刚从棺材里爬出来的行尸走肉。

在玉楼小姐的堂屋分宾主落座，韩秀在转入正题之前，假装斯文，毕恭毕敬地问道："曲老伯，最近又写了什么锦绣文章呢？"

"悲世风之不古，怒奸商之无行！"曲云舫虽然老朽，却一触即发便感情冲动，骷髅瘦手连连拍击桌案，"文萃斋书铺，本应该……传布古圣先贤之礼教，可恨奸商万某……利欲熏心，竟然大量出售诲淫诲盗之……邪恶著作，是可忍……孰不可忍！老夫责无旁贷，义不容辞，正为报纸写一篇《讨书贼檄》，笔伐这个奸商。"

"是，是。"韩秀心中暗笑，却故意摇头叹气，"小侄听说有一部《三姨太太外传》，专写大宅门里官宦人家的丑事儿，就像端起盆子给曲会长头上洒狗血。"

"更有甚者！……"曲云舫叉开五指拍在桌案上，疼得像弹弦子似的抖手，"文萃斋……竟然……牝鸡司晨……"

"什么，什么？"女牢头出身的上炕老妈子，不懂这句骂人不带脏字儿的成语，"什么叫……笨鸡……死沉？"

"我给您翻成大白话儿吧！"韩秀卖弄学问，"牝鸡司晨就是母鸡打鸣儿，阴盛阳衰，娘儿们为上。"

“粗俗！”玉楼小姐假装正经，走进里屋。

上炕老妈子反倒抱打不平，说：“文萃斋本来就是万老婆子的祖产，她不当家谁当家？”

“我骂的是万某人那个抛头露面的女儿！”曲云舫哼道，“奸商唯利是图，不惜以女儿的色相招揽顾客，真可谓寡廉鲜耻。”

韩秀拍着巴掌，喝彩道：“曲会长骂得好，骂得对，骂的正是该骂的地方。”

曲云舫自已是个秃子，却大言不惭骂和尚，里屋的玉楼小姐听出韩秀喝的是倒彩，便怒下逐客令。于是，韩秀和上炕老妈子搀扶曲云舫重回内院，另换话题。

5

韩金簪儿要找的媒人，名气虽然没有曲云舫大，可是威势并不比曲云舫小，在通州城内也不是个等闲之辈。

此人名叫马名骓，伪冀东防共自治政府第四保安总队的参谋处长。他年已三十而不娶，身为少校却只有一兵一卒。他这一兵一卒，一个是他的卫士，一个是他的马弁，左膀右臂，形影不离。不少高官的小姐，富贾的千金，想嫁给这个“剑眉星目，面如冠玉”的青年军官，他却一不高就，二不俯允，只喜欢在他的卫士和马弁陪同下，游玩于花街柳巷和戏园曲馆之间，常给唱京戏的董菊花和唱蹦蹦戏的花中蕊捧场。他也结交三教九流的江湖朋友，跟得天厚堂的韩秀和北运河上的船老大龙抬头，都是熟脸儿。不仅如此，他还跟本城的文人墨客有所交往，所以，他也是首阳山庐的座上客，找文萃斋的桑响马到西海子荡舟，把酒论文。

第四保安总队原是东北军的一个残缺不全的独立旅，殷汝耕成立伪冀东防共自治政府，国民党把这个旅白送给了殷汝耕，另立旗号叫保安总队。马名骓本是二十九军的一个连长，只因结交了一个念大学的共产党朋友，红透了脑门儿，被撤职查办。他是东北人，又上过中学，念过军校，转入保安总队便官升三级，不过却不许他带兵。他那位共产党朋友叮嘱他在红脑门上涂一层保护色，这才假戏真做，表演得像一只狂蜂浪蝶。但是，他从不在妓院留宿，也并不猎艳渔色，出入花天酒地，都是逢场作戏。

马名骓跟韩金簪儿相识，是在妓院里。马名骓是假意寻花问柳，做戏给别人看，韩金簪儿是真心演戏，自个儿乐在其中，两人都是醉翁之意不在酒。马名骓一眼就看出韩金簪儿是女扮男装，不但并不点破，反倒装得像不辨雌雄花了眼，故意以假当真，于是两人竟拜了把子。

保安总队是个货真价实的杂牌队伍，司令部的大小官佐也是七拼八凑。总队长的亲信都安插在副官处，参谋处形同虚设。凡是不许带兵的不可靠分子，驳不开面子而收留下来的非嫡系人员，都堆放在参谋处，挂名当差吃闲饭。总队长最看重的是副官处和军需处，都留在司令部内，守在总队长身边。参谋处却设在远离司令部的三官庙里。三官庙楼台殿阁，古色古香，青松翠柏，绿荫铺地。后院别有天地，清幽静雅，一座花光竹影中的小小院落，原是过去当家老道的禅院，眼下却是马名骓逍遥自在的官宅。

三间前出廊子的高房大屋，一间是卧室，一间是客厅，一间是书斋。左右两间耳房，一边住的是马弁，一边住的是卫士。

韩金簪儿虽然跟马名骓是磕过头的把兄弟，却只是在妓院、戏园、茶馆、酒肆见面，从没有到马名骓的私宅做客。这是她自作聪明，怕的是一不小心露了馅儿，进得去出不来。今天，她要以女儿身，请马名骓当媒人，也就不怕原形毕露了。

她不敢直入公堂，绕到后墙根角门，拍了拍门环叫道："大哥，马大哥！"

"马处长不会客！"门里，一个粗声大气的声音答道。

韩金簪儿听出这是马名骓那个虎背熊腰的卫士。

"我是他的韩二弟！"韩金簪儿忙道字号。

"热二姐儿也不见！"又一个丧门神似的声音，把她噎回来。

此人是马名骓那个膀阔腰圆的马弁。

"你们这两只蹲门狗，竟敢挡小太爷我的驾，好大胆子！"韩金簪儿火了起来，旱地拔葱，扒住墙头，鹞子翻身落进院里，"小太爷我云里飞雾里走，狗能拦得住？"

马名骓的卫士和马弁，本来跟韩金簪儿都很熟识，可是今天却铁面无私，大喝道："平民百姓不得擅入军事机关，你不听良言相劝，那就怪不得我们不留面子了！"说着，一个泰山压顶，一个白鹤亮翅，双管齐下，左右夹攻。

这两条汉子，原是和尚出身，自幼练的是童子功，拜过名师，闯过江湖。后来跟着船老大龙抬头吃水饭，三人一条大船，龙抬头掌舵，他俩撑篙，又从龙抬头身上偷艺，软硬功夫更有长进。只因嗜赌成性，负债累累，鞋底抹油溜之大吉，跑到保安总队当兵，被马名骓看中，留在身边服侍左右。马名骓跟龙抬头交上朋友，就是他俩牵的线儿。

前几天，逃亡到通州的关东好汉关省三，刺杀殷汝耕未遂，城内戒严难以脱身；龙抬头进城搭救关省三，也被警务处的便衣特务和得天厚堂的打手们紧盯不放，两人才到马名骓的官宅躲避一时。

所以，马名骓闭门谢客。

韩金簪儿艺高人胆大，面对两个彪形大汉，毫不畏怯。她前遮后挡，左腾右跳，就像一只青燕子巧斗两只大老雕。

“想不到这个黄毛丫头，还真名不虚传！”

韩金簪儿虽然以寡敌众，却仍耳聪目明，听见屋里有人品评她的武艺，她想此人必是武林行家，很懂板眼和门道。

她又听见马名骓那低低的笑声。

“名骓大哥！”韩金簪儿高声叫道，“你指使两只蹲门狗刁难兄弟，却猫在屋里坐山观虎斗，是他妈的什么用意？”

马名骓没有理睬她，却好像跟屋里的人笑道：“想听一听黄毛丫头骂大街吗？那是满嘴大五荤。”

刚才品评她武艺的那个人，压低声音说：“我怕脏了耳朵。”

“姓马的，我可要开骂啦！”韩金簪儿大喊大叫。

马名骓急忙走出来，连连作揖，笑着说：“兄弟，男子汉动手不动口，老娘儿们才骂人哩！”

他的卫士和马弁，见自己的长官出面讲和，便都收拳住脚。

“大哥，你这是唱的哪一出呀！”韩金簪儿汗湿了衣衫，满脸恼怒。

“为的是叫我这两名部下，跟兄弟你讨教几手高招儿。”说着，马名骓上前挽住韩金簪儿的胳臂，“看你汗流浃背，快进屋洗一洗吧！”

韩金簪儿身子一阵酥软，忙从马名骓的手掌中把胳臂抽出来，说：“你屋里有生人，我不进去。”

“屋里只有我和我的影子。”

“刚才我明明听见屋里有人说话。”

“那是我自言自语。”

“撒谎！”

“你进屋搜查呀？”

马名骓亲自挑起竹帘，韩金簪儿走进屋去，搜遍了卧室、书房和客厅，又到东西耳房仔细查看，果然没有外人，骂了一声：“活见鬼了！”

“脱下衣裳，洗洗身子，凉快凉快。”马名骓掩上客厅的两扇门，亲自给韩金簪儿倒满一盆水。

韩金簪儿双手紧紧裹住长衫，说：“我只跟你说两句话就走，不洗了。”

“但不知二弟对大哥有何吩咐？”马名骓斜着眼睛，笑眯眯地盯着韩金簪儿。

“我想……请你……给我说媒拉纤儿。”

“相中了谁？”

“文翠斋那个……瞭高的……小掌柜。”

“嗬！万守玉小姐，她比你大好几岁，女大五赛老母呀！”

“小姐？那个瞭高的……”

“万守玉小姐女扮男装，是个假小子。”

“你骗人哩！”

“信不信由你，我可以陪你去看个究竟。”

“走！”

“你得洗个脸呀！”马名骓扯住韩金簪儿的一条袖子，“泥头巴脑的人家怎么能看上你？”

“你撒手，放开我！”韩金簪儿心慌意乱，转身想破门而出。

哧的一声，撕破了长衫，韩金簪儿露出了马脚。

“二弟，原来你……”马名骓故作大吃一惊的样子，“你可真会以假乱真！早知如此我就先入为主了。”

“闭上你的眼睛！”韩金簪儿连连跺脚，“我只想嫁给那个瞭高的小掌柜。”

“难道就不肯赏我的脸？”马名骓假装酸溜溜地问道。

韩金簪儿红着脸，低下头，咬了咬嘴唇，说：“我只把你当作哥哥，没有动过心。”

“如果你亲眼看见瞭高小掌柜是个女子呢？”

“那我就死心了。”

“可是我的心不死啊！”

韩金簪儿扑哧一笑，说：“我就拿你当替身吧！”

6

当年，曲云舫和万盛亨本来过从甚密，后来却翻脸成仇了。

曲云舫困居首阳山庐，坐吃山空，常卖古玩字画，都是万盛亨替他出手。万盛亨虽然也从中得利，但是并不过分盘剥；曲云舫穷困潦倒中得遇这么一个不肯乘人之危落井下石的书商，感动得鼻涕一把，眼泪一把，几次要跟万盛亨结拜为金兰之好。万盛亨的头脑却很清醒，自己虽非贪得无厌的市侩，毕竟是个将本逐利的商贾，何必沽名钓誉，抬高身价？而且，他阅历丰富，老于世故，见过多少下野官僚，卸了任像上架的烟，上了台便一阔脸就变。所以，对于曲云舫的这个要求，一次又一次婉言谢绝。不过，曲云舫仍然要他的女儿管万盛亨叫叔叔，万盛亨难以推辞，就算默认了。于是，万盛亨也就在为玉楼小姐树立贞节牌坊的发起书上签了名，并且掏了钱。曲云舫自费刊印玉楼小姐的诗集，文萃斋曾给代售，白尽义务而没有取利。

但是，自从殷汝耕拜在曲云舫门下，玉楼小姐秽声四溢，万盛亨便跟曲家父女疏远了。

当时殷汝耕一身兼二任，既是蓟密区的行政督察专员，又是滦榆区行政督察专员。蓟密区行政督察专员公署驻在通州，滦榆区行政督察专员公署驻在唐山。殷汝耕正在日本华北驻屯军特务机关长土肥原大佐的导演下，奔走于唐山和通州之间，密谋成立伪冀东防共自治政府。殷汝耕在每个县都有他的代理人，曲云舫便是他在通州的代理人之一。

正像当婊子还要树牌坊，殷汝耕早就想当儿皇帝，却偏要演一出千呼万唤始出来的闹剧。他下令各县的代理人挖空心思，巧立名目，成立这个会那个会，每个会成立，便给他上劝进表。掩耳盗铃，自欺欺人，他好像是迫不得已而顺从民意，其实是司马昭之心路人皆知。

曲云舫领衔成立孔教会，亲自来到文萃斋书铺，拉万盛亨下水，当个会董。在万盛亨的心目中，孔孟之道乃是天经地义，他不入孔教会，便是对圣人的大不敬。因此，曲云舫刚一开口，他就答应下来。

殷汝耕出钱，曲云舫出面，在首阳山庐宴请孔教会的各位会董。酒过三巡，菜过五味，曲云舫拿出他早已写就的劝进表，叫各位会董签名。万盛亨接过劝进表一看，脸色大变，放下筷子，拱了拱手，要中途退席。

曲云舫急了眼，扯住万盛亨的一只袖子，问道："万会董有何高见，请当面讲。"

万盛亨不愿伤了和气，强笑道："鄙人只知经商，不谈国事。"

"成立冀东防共自治政府，对你的经商大为有利。"曲云舫又把万盛亨按坐在座椅上，玉楼小姐忙给满上一盅酒，"你在劝进表上写个名字，不费吹灰之力，却赚个拥戴有功，待到论功行赏，开国元勋必定封侯食邑。"

"签个名就能封侯，太便宜了！"万盛亨摇了摇头，"便宜没好货，我们商人最怕便宜咬了手。"

说罢，拂袖而去。

曲云舫碰了一鼻子灰，心中十分恼恨，可是他还没有阔起来，不到变脸的时候，也就隐忍不发。

殷汝耕沐猴而冠，粉墨登场；曲云舫为虎作伥，便睚眦必报。

自从桑响马应聘来到书铺，便劝说万盛亨要多卖进步的新文艺作品，向京津几家书店订货，进行君子交易。他所订购的书报杂志，一直如期如数到达，可是最近两天，掌管后柜书库的伙计点收新到的邮包，发现缺少六七种，共计四十二册。不但脱期，而且差数，发货单上却并无说明，令人迷惑不解。

万盛亨正在书库里急得打转，前柜突然乱成一团，一个伙计跑进书库，喊道："老掌柜，警察没收新书！您快去看看，问个明白。"

他急急忙忙到前柜，只见新书和存货，被扔到地上一大堆。

"你们这是干什么？"万盛亨心如刀割地喊道。

一个上唇留着一抹小黑胡髭的警官，龇牙一乐，答道："奉命查禁不良图书。"

万盛亨弯腰从地上拾起一本被踩上大黑脚印子的医学书籍，说："你们睁开眼看看，这是治病救人的书。"

"给谁治病？救什么人？"小胡髭警官翻着眼皮，"这些书要是给共产党买去，他们学会了自个儿给自个儿评脉、配药、开方子，得了病死不了，冀东还怎么防共？"

这真像对牛弹琴，白费唇舌，气得万盛亨只有打嗝儿。

两个闯进书库的警察，手提着两大捆书走出来。

"你们不能把这些书带走！"万盛亨爱书如命，抢他的书就像割他的肉。

小胡髭警官打了个呼哨，挥了挥手扬长而去。

万盛亨自从跟曲云舫失和，两人便从无来往，而且一个住北城，一个住南城，两人也从没再见过面。但是，眼看祸从天上来，将本逐利也就压倒了自命清高的万盛亨，他只得坐上一辆人力车，硬着头皮到首阳山庐，向曲云舫求助。

车过闹市，穿行万寿宫大街，万盛亨一阵阵感到羞耻，又命令车夫停车，不想到曲云舫面前丢人卖脸了。

正在这时，忽听一个男声女人叫道："万老掌柜，您好啊！"

他四下张望，原来路经菜市场，曲云舫那个女牢头出身的上炕老妈子挎着竹篮，正在割肉买菜。

“嗬！您一向可好？”万盛亨强作笑脸，又装出要下车的样子。

“不敢当，折煞我了！”女牢头出身的上炕老妈子连忙拦道，“万太太和守玉小姐可好？”

“承您惦念，她们还好。曲老夫子和玉楼小姐可都好？”

“劳您牵挂，他们父女都好。”

客套了这两句，便无话可说了。

万盛亨觉得反正不想向曲云舫屈尊，跟这个女人未尝不可以大度一些，便说：“当初跟曲老夫子一言失和，事后每一思及，常常自责不该过于浮躁，请代转曲老夫子乞谅。”

“他也是吃后悔药啊！”女牢头出身的上炕老妈子眼睛贼亮，却扮出一副苦脸儿，“实不相瞒，他自从跟您不再往来，常常自叹没有谈得投机的朋友。”

万盛亨见这个女人跟他喋喋不休，大庭广众之下很不雅观，便匆匆告辞，喝令车夫掉转车把，拉他回家。

回到家里，闷头孤坐，又懊悔起来。文萃斋和他一家面临凶险，还顾的是哪一家子的虚荣？于是，他急忙起身，决定忍辱求生，再到首阳山庐去。

正要出门，响起一阵敲门声。

“谁？”万守玉从闺房走出来，站在院里问道。

“守玉小姐，我那才貌双全的万大姑娘！”沙哑的嗓子发出呷呷的笑声，好像夜猫子进宅，“老身替我家老爷子，看望你家万老掌柜来了。”

万守玉开了门，只见曲云舫的那个女牢头出身的上炕老妈子，挎着沉甸甸的菜篮走得满头大汗，坐在门外的龙爪槐荫下喘气。

万盛亨正要有求于人，不敢怠慢，也从屋里三步两步来到门口，拱了拱手，说：“大嫂，快请到家中坐。”

“不敢打扰！我报个喜信就马不停蹄回家转。”女牢头出身的上炕老妈子嬉笑道，“我一时片刻不在家，我们那个老爷子就像孩儿离开了娘，瓜儿离开了秧。”

万盛亨忍住恶心，皱着眉头问道：“敝号正遭飞灾横祸，喜从何来啊？”

“我家老爷子要给万掌柜指明一条生意兴隆、财源茂盛的出路。”

“恕我老眼昏花，看不见你所说的锦绣前程。”

“我家老爷子一手托两家，请万老掌柜把守玉小姐许配给韩秀大爷，珠联璧合，美满良缘。”女牢头出身的上炕老妈子眉飞色舞，鼻眼乱动，“文萃斋有得天厚堂撑腰，就是贩卖烟土、军火、私盐，也没人敢管。”

“原来如此！”万盛亨一向自命清高，对于臭名昭著的得天厚堂和流氓头子韩秀，深恶痛绝，但是，眼下正走背字儿，只有息事宁人，便恼怒不形于色，心里窝火却说不敢高攀。

大家闺秀的万守玉，今天却一反常态，不想忍下这口肮脏气，口角舌尖冷峭地讥笑道：“还是留给你家玉楼小姐受用吧！连她那座贞节牌坊一同抬到得天厚堂。”

万盛亨洁身自好，万守玉守身如玉，惹下了塌天大祸。

7

警务处的黑狗子查抄文萃斋，桑响马正外出游逛了一天，天大黑才回柜上。

他一进西厢房，便关门闭户，倒在了床上，老妈子请他吃晚饭，黑洞洞的屋子里没有回声；万盛亨亲自到门外问候，他才闷声闷气地答道："我不饿，请您自便吧！"便又无声无息了。

吃过晚饭以后，万盛亨到商会求朋告友，请商会的头面人替他到警务处说几句，讨回被没收的书籍。老妈子插上街门，小院静悄悄，只有花畦里虫鸣唧唧，微风摇动花影婆娑。

桑响马在床上仰面朝天，瞪大了眼珠子死盯着顶棚。忽然，门声吱扭，灯光一亮，他眨了眨被灯光刺痛的眼睛，只见万守玉的身影飘进来。

"桑先生，你生病了吧？"万守玉轻声柔语地问道。

他连忙一骨碌从床上爬起来，摇了摇头，仍然两眼发直。

"是不是我们慢待了你？"万守玉又追问了一句。

他不摇头，也不点头，沉默不语。

"想必桑先生有难言之隐，我就不该打破砂锅问到底了。"说罢，万守玉转身要走。

"万小姐，我并无不可告人的秘密。"万守玉不想打破砂锅问到底，桑响马反倒开了口。

原来，在通州万寿宫大街天乐茶园挑班主演的京剧坤伶董菊花，过去到处跑野台子，常到天津的三不管杂巴地演出，正在南开大学念书的桑响马，扮演了几年的顾曲周郎的角色，两人的交情非同一般。前年，一腔热血的桑响马，出关加入义勇军，打了两年日本鬼子。队伍星散，落荒而归，董菊花已经被她的养家妈带到通州跑码头。桑响马于是赶到通州，就像游方和尚找个寺庙挂单，应聘在文萃斋挣一碗饭吃，为的是与董菊花能够朝夕相见。谁想，董菊花在通州打开了场面，有人送她个京东筱翠花的美名儿，先被伪防共自治政府秘书长池宗墨包占，后又被伪防共自治政府行政长官殷汝耕取池宗墨而代之。桑响马跟董菊花竟成咫尺天涯，隔墙如隔山，心中郁闷不乐。今天他下定决心要跟董菊花见上一面，不料董菊花的住宅已由得天厚堂的打手看家护院，不许他进门。他满肚子懊恼，到酒楼痛饮一醉，睡到傍晚才醒，回到文萃斋仍然昏昏沉沉，浑浑噩噩。

“桑先生未免儿女情长，英雄气短。”万守玉冷笑三声，“忠臣不事二主，烈女不嫁二夫。董菊花自己不能雪玉冰霜，你又何必为她的沉沦堕落伤感呢？”

“我恨自己有心无力，不能把她从火坑里救出来！”桑响马哭丧着脸，长吁短叹，“如果我腰缠万贯，我一定替她赎身，使她得到自由自主。”

“那我就等着瞧桑先生的好戏啦！”万守玉语意双关，带着愠怒的脸色离开西厢房。

董菊花是万守玉心上的一块病，她想见一见这个女戏子，究竟有何出息之处，能叫桑响马如此眷恋不已。只是老爹的家规严厉，难得外出的机会。

这一天，万盛亨坐火车到北京去，要跟荣宝斋和宝文堂做几笔生意。他入赘文萃斋书铺之前，曾在宝文堂学徒，出师之后又在荣宝斋当过伙计；书商中熟人很多，互相应酬，当天不会回来。

老爹一走，万守玉便无拘无束了。当晚，她换上老爹不常上身的一套袍褂，头上的礼帽压到眉梢，又戴上墨镜半遮面，打扮得齐齐整整，严严密密，邀请桑响马到天乐茶园听戏，桑响马只得奉陪。

天乐茶园是梆子、二黄、蹦蹦儿三下锅，夜戏从晚七点开锣，唱到晚十一点半散场。这天晚上的戏码，都是折子戏，开场跳过加官之后，插花着演出蹦蹦戏的《小老妈开嗙》《黄爱玉上坟》《马寡妇开店》，梆子戏的《夜审潘洪》和《劈山救母》；京戏两出，一出是《虹霓关》，一出是《游龙戏凤》，都是董菊花和韩秀客串主演，挂双头牌。在《虹霓关》里，董菊花扮演东方夫人，韩秀扮演王伯党。在《游龙戏凤》里，董菊花扮演李凤姐，韩秀反串老生，扮演正德皇帝。这两出戏，都有低级趣味的男女调情，董菊花更演得淫声浪语，骨酥肉麻，跟韩秀在台上飞眼吊膀子，令人目不忍睹，阵阵作呕。

“无耻，下流！”桑响马一见董菊花如此不要脸皮，又气恼又伤心，咒骂了一声，离席退场。

万守玉追着他走出戏园子，感到四肢无力，桑响马搀扶着她拐进一条胡同。她身上像发了高烧，呻吟着：“羞……羞死人了！”

“董菊花……不可救药了！”桑响马声音悲凉，大发感慨，“一个女演员，或者任何一个女人，只要贪图虚荣，重利轻义，不管她地位多高，名声多大，也终究不过是男人的玩物。我要把我和董菊花的故事，写成一部小说，以为后人的前车之鉴。”

“一个大学生和一个女戏子的旧情新怨，这不是张恨水《啼笑因缘》的翻版吗？”万守玉虽在老父的严禁之下，仍然利用管理店务的方便，偷看了不少五光十色的小说，“张恨水的《满江红》，写画家于水村和歌女李桃枝的悲欢离合，也是一个套子。”

桑响马不屑地一笑，说：“张恨水的小说，只有故事，没有人物，而且那些故事也是为了使报商书贾多赚几个钱，迎合市侩需要而编出来的，也就不尽合情合理，深究便要露出破绽，不能自圆其说。”

“你打算怎么写呢？”

“我要别出心裁。”

“只有人物，没有故事？”

“二者兼而有之。”

“一举两得。”

“不仅如此，还要有思想。”

“嗬！三全其美。”

他俩一路上相依相偎行走，没有发觉他们身后尾随着一辆盯梢的人力车。

走到万宅门口，桑响马想挣脱万守玉，上台阶敲门，万守玉却更紧紧地箍住他。桑响马慌忙把万守玉扯进门外的龙爪槐树影里。

“万小姐，你……你这是……？”

“桑先生，我要嫁给你。”

“我是个穷文人。”

“你学富五车。”

“我萍踪浪迹……”

“那就在文萃斋落地生根。”

“我耻为赘婿。”

“咱们另立门户。”

“万小姐，你还是找个门当户对的……”

“桑先生，难道你看不起我这个商人之女？”

“我怕误了你的终身。”

“你不娶我，才是害了我一辈子。”

“此话怎讲？”

“韩秀抬出曲云舫，逼我嫁给他。”

“一个人中败类，一个衣冠禽兽，你和万老掌柜万不可上他们的当。”

“如果你不娶我，我只有被迫嫁给韩秀，那就是你把我送入虎口。”

“好！我愿跟你祸福与共，相依为命。”

尾随盯梢的人力车，从他们身边飞奔而过，车上的人掩着脸一声奸笑，向万守玉和桑响马啐出一口唾沫。

这个藏头露尾的人，正是曲云舫那个女牢头出身的上炕老妈子。

殷汝耕遇刺，虽然不过是一场虚惊，却吓得他几天不敢走出官邸大门。今天晚上，曲云舫带着女儿玉楼小姐，到殷汝耕官邸问安，上炕老妈子的身份低贱，不能进府，就到天乐茶园解闷儿。这个旧日的女牢头，一双恶眼不但看台上的表演，而且溜瞅着台下的观众。她一眼就识破万守玉是女扮男装，料定其中必有缘故，便顾不得看台上的戏，只盯住台下这个可疑的看客。桑响马和万守玉中途退场，她也紧跟着走出来，尾随后面，看个究竟。

孔教会的会友，人模狗样儿，专门探听人家的阴私，尤其是男女之间的隐秘，报告会长曲云舫，然后派人到那家讲价，花了钱便能遮丑，不花钱便添油加醋，到处下蛆，搅得那家臭不可闻，无地自容。

这个女牢头出身的上炕老妈子，在万宅门口发现那位女扮男装的可疑看客，竟是万家的守玉小姐，乐得她在人力车上手舞足蹈，像一只叼住了天鹅肉的癞蛤蟆。

文萃斋书铺财大肉肥，万盛亨是个爱面子的人，正可以大敲一笔竹杠。

8

恪守朱子治家格言，万盛亨每日黎明即起，洒扫庭除，内外整洁。然后，轻开街门，到西海子公园散步，水边柳下打太极拳，做五禽之戏，活动筋骨，神清气爽。离开西海子公园，走的是猿行鹤步，到文萃斋叩门。他不许柜上的伙友睡懒觉，严格规定早睡早起；起床之后，在小院的天井打打拳，踢踢腿，举石礅子，发现有人赌博，溜出去嫖妓宿娼，马上解雇，毫不留情。

他从北京荣宝斋和宝文堂洽谈生意归来，第二天清晨一如既往，在西海子公园做完每日的功课，又到文萃斋书铺叫起。这时，刚刚五六点钟，街上只有他一个人行走。他这个人走路一向目不斜视，两眼只看前面，所以虽然距离书铺还有几十步，他便发现店铺的挡板上似有可疑之处。脚步加紧，跨上台阶，抬头一看，不由得激灵灵打了个寒噤。挡板上，一把明晃晃的匕首，钉住一幅画着一对光身子男女的黑帖。他倒退一步，险些栽下台阶。稳住脚步定住神，睁眼细看，光身子女人旁边写着三个字：万守玉；光身子男人旁边的三个字，便是桑响马。

他一阵头昏目眩，又一阵恶心翻胃，脚下站立不稳，便把一只手支撑在挡板上，身上一阵阵冷，一阵阵软。直到听见店铺里的伙友们已经起床，街上也传来行人的脚步声，他才抖索着手指，拔下匕首揭下黑帖，他把黑帖撕成碎片，又把匕首丢进路边一只装满脏土的垃圾箱里。

到店铺里匆匆转了一圈，万盛亨赶忙回家。

桑响马每天都睡到日上三竿，西厢房里仍然响着他那一呼一吸的鼾声，万盛亨觉得十分刺耳。万守玉已经起床，并且刷了牙，洗了脸，梳了头。万盛亨见她只穿着家常的茧绸小袄，黑绸肥裤，辫子盘了个圆髻，打扮得像个妇人，嫌恶地瞪了女儿一眼，走进自己的屋里，躺在床上胸膛窒闷，呼吸不畅，心乱得慌。女儿喊他吃早饭，他不耐烦地答应一声："不想吃！"便闭上眼睛，想沉静一会儿。

他是个书商，做生意不但是他的职业，而且是他的乐趣。尽管头脑里一团混乱，可是一闭眼便首先想到书铺的生意，只有在想过生意之后，才能考虑其他问题。

但是，今天却乱了章法。虽然闭上眼便想到书铺，然而想到书铺却又好像看见那幅黑帖。神不守舍，颠三倒四，浑身软绵绵没有气力；似睡似醒，似醒似睡，只记得老伴两回进屋，请示他午饭和晚饭吃什么饭菜，他都像梦呓一般答道："我不吃了，给桑先生……准备一菜一汤。"

桑响马应邀到文萃斋做事，讲定中午和晚上都是四菜一汤，不同的是中午吃面食，晚上吃米饭，今天不知何故，忽然一下子砍掉三个菜，老伴感到奇怪，正想问个明白，却听见他已经酣然入梦了。

年老喜欢清静，万盛亨早已跟老伴不同房，自己独处一室，老伴把床搬到女儿屋里去了。此时，他虽然满腹辛酸，很想找个知心的人倾诉衷肠，却又怕听妇人之见，不愿把老伴叫过来一吐为快，只得闷在肚里。

整个书铺，能跟他谈古论今的只有桑响马一人。他看得出来，桑响马虽非大泽龙蛇，却也不是池中之物，到文萃斋是大材小用，于是也就树大招风，给书铺招灾惹祸，那一张肮脏的黑帖便是不祥之兆，隐藏着杀机。如果不拉下脸来请桑响马离开文萃斋，只怕不仅查禁书报杂志，而且还要祸不单行。何况文萃斋的生意眼看就要萧条下来，也养不起百无一用的闲人。所以，三十六计，还是礼送桑响马另谋高就，最是上策。

请神容易送神难，也不能跟桑响马伤了脸面，前功尽弃。送佛送到西天，他要跟桑响马促膝长谈，诉说迫不得已的苦衷，请桑响马谅解他的处境，日后见面还是好朋友。

不知是刚刚天黑，还是已经半夜，万盛亨从昏昏迷迷中醒来，室内一片幽暗，只有玻璃窗上闪烁着点点灯光，那是住在西房的桑响马还没有睡觉，灯光映照到他这间卧室的玻璃窗上。

他急忙下床，脚刚沾地，却听见西厢房有叽叽咕咕的说话声，像是一男一女。他轻着脚步走到窗前，掀起窗帘，只见西厢房的窗帘上映出一男一女的身影，那个女子的身影很像万守玉。他浑身像起了火，血涌上头，难道女儿真像黑帖上所画，做下见不得人的丑事？不过，他是个世故很深的人，马上便把火气压下去，冷静下来。家丑不可外扬，以免为仇者快。他轻抽门闩，走了出去，站在花丛下，侧耳静听。

“桑先生，你不要走……”万守玉嘤嘤啜泣，悲悲切切，“我父亲今天不知受了谁的挑唆，减了三个菜，对你失礼了。我愿代父赔情，你还不能原谅吗？”

“万小姐，你们父女对我的恩情，我至死不忘。”桑响马发出一声哀叹，“但是，我知恩不能报，反而给文萃斋带来祸害，于心何忍？”

“只要咱们同心协力，文萃斋还是大有可为啊！”万守玉乞求地哭道，“难道你忘了……听戏回来……咱俩说过的话？”

“那天晚上我一时冲动……”桑响马又苦笑着叹了口气，“文萃斋正面临着生死存亡的抉择，老掌柜已经有所考虑了。”

“你看他是如何打算的？”

“今后只做纸、笔、墨、砚生意，任何图书都不再经营。”

“那岂不要变成一般的文具店吗？”

“要想苟活于乱世，只有如此。”

“我不甘心唯利是图。”

“不能不为万老掌柜前思后想。”

“你离开文萃斋，到哪儿去呢？”

“四海为家。”

“偌大通州，难道你就找不到立足之地？”

“苟且偷生，通州城里不愁讨不到残羹剩饭。”桑响马忽然激动起来，一拳捣在桌案上，“但是，我要的是人尽其才的用武之地！”

“你是一只鹰，鸟笼子怎么能关得住你？”万守玉又啼哭起来，

“可是，我这一辈子，只有在鸟笼子里苟活和等死了！”

“冲出牢笼！”桑响马又挥动着拳头，“海阔凭鱼跃，天高任鸟飞！”

“我被剪掉了翅膀，飞不出老爹的手心。”万守玉抽抽噎噎，悲声怨气，“从七岁起，老爹不许我走出家门一步，每天除了听小贩叫卖的吆喝声，过往行人的脚步声，就不知道外边的世界是什么样儿，冲出牢笼也不知飞向何方。”

“令尊什么都好，就是老脑筋害人不浅。”桑响马愤慨起来，便言辞激烈，“二十世纪是个科学、民主、自由、文明的时代，怎么能允许把一个青春的生命，囚禁在旧礼教的牢笼中？起来，反抗，冲出去！我支持你。”

“如果我冲不出去呢？”万守玉凄然一笑，“只能落得一把剪刀，一条麻绳，一包红矾，要了我的命。”

“有志者事竟成！”桑响马在重要关头，只会书呆子说空话，“你横下一条心，勇敢行动，就会像‘青山遮不住，毕竟东流去’，取得最后胜利。”

“那你就把我带走吧！”万守玉抓住桑响马的手，像要被大水淹死的人，抓住一棵草。

“我带你到哪儿去呢？”桑响马的豪言壮语一下便苍白无力了，“我还不知道我应该到哪儿去。”

“只要同生共死，你到哪儿我就到哪儿！”万守玉扑到桑响马身上。

花丛下的万盛亨，就像遭到当头一棒，只觉得天旋地转，尖叫一声，叫声凄厉，犹如被刀砍斧剁，令人毛骨悚然，咕咚倒在了花畦上。

万守玉从西厢房跑出来，抱起了老爹，连声呼唤着：“爹，爹！醒一醒，醒一醒呀！”

“你……你……”万盛亨口吐白沫，哆嗦成一团，“女大不可留，留来留去……留成仇。”

“爹，您老人家开恩吧！”万守玉掏出手帕，给老爹擦嘴，眼泪却又洒在老爹的脸面上，“把我……嫁给……桑先生……”

“什么桑先生？响马！”万盛亨咬牙切齿，“我也不把你……嫁给韩秀，要找个……找个……”他一阵气虚，昏厥过去。

桑响马不能袖手旁观，含羞忍怒把万盛亨抱回他的卧室，放到床上，便急忙退了出去，不辞而别，悄然离去。

守在老爹床头的万守玉，想哭没有眼泪，想追回桑响马却站不起身子，心碎了。

9

万盛亨形容枯槁，弱不胜衣，一天一夜好像老了十二岁。卧床不起只能添病，他挣扎着爬起来，手拄一根拐杖，到院里转着圈遛腿儿。全家上下鸦雀无声，都躲进各自的屋里，大气也不敢出。

突然，有人叫门。

“谁？”万盛亨的神经一阵紧张，心惊肉跳地问道。

“亨翁，老朽前来负荆请罪了！”

万盛亨慌忙开门，只见曲云舫乘坐四人抬的小轿来到门前。

万盛亨感动得热泪盈眶，深深作了一揖，说：“曲老夫子，您屈尊枉驾，光临寒舍，已使我羞愧得无地自容，快不要旧事重提了。”

将曲云舫迎进院里，万盛亨又吆喝老伴、女儿和女仆，到书房给曲云舫请安。

曲云舫见万守玉面无血色，目光呆滞，拈着猫须问道："守玉小姐的气色不佳，是不是玉体欠安？"

万守玉眼圈一红，扭过脸儿，呜呜咽咽地哭了。

"回房去！"万盛亨怒喝道，"在曲老夫子面前哭哭啼啼，成何体统？"

万守玉委委屈屈地走了。

"守玉小姐似有满腹心事。"曲云舫阴阳怪气，弦外有音，"她和小女玉楼，本是知心姐妹，亨翁是否准许她到舍下做几天客？"

当年，万盛亨和曲云舫友好往来，万守玉和玉楼小姐也过从甚密，常常你到我家住几天，我到你家住几日。两人同榻而眠，倾诉衷肠，通宵达旦，亲密无间。后来，玉楼小姐被殷汝耕姘占，秽声外传，万盛亨便不许万守玉与玉楼小姐接近；玉楼小姐也身不由己，不能自主，再也没有跟万守玉见过面。但是，两人书来信往，仍然互通音信。直到两家老人势同水火，她们才断绝来往。万守玉深知玉楼小姐也有她的难处，感情上并无怨恨，而且很想把自己的难言之隐，向她倾吐。

但是，万盛亨虽然迫不得已，为了身家性命的安全而在曲云舫面前低声下气，内心却十分鄙薄曲氏父女，怎肯叫女儿跳进首阳山庐的染缸？这分明是曲氏父女处心积虑，引诱她的女儿偷香窃玉，将一匹正品白绢染成贱价出售的青市布。

"守玉还要代我执掌前柜的生意，没有时间游戏玩耍了。"万盛亨干笑着，"而且，我正为她择婿而嫁，也不宜抛头露面，外出走动。"

"亨翁所虑极是。"曲云舫正襟危坐，道貌岸然起来，"茶馆、酒肆、戏园子，淫声恶语，良莠不齐，更非女子涉足之地。即便乔装改扮，也难遮人耳目，那就有辱清白家风了。"

"曲老夫子的言外之意……"

"看来亨翁一直被蒙在鼓里。"

"有话请当面讲。"

"有人看见，令爱身着男装，与贵斋伙计桑某人，摩肩携手，形影相随，到天乐茶园听淫伶演唱《小老妈开嗙》《黄爱玉上坟》和《马寡妇开店》等粉戏。"

"啊！"

"目睹此情此景的那个人，将此事报告了孔教会。我想亨翁家教严厉，守玉小姐端庄尊重，只怕是谎报不实。"

"哈哈哈哈！"万盛亨虽然心中又惊又恼，却强作镇静，放声大笑，"小女是效花木兰之代父从军，替我到天乐茶园审听几出流行戏曲，为的是敝斋要印刷发行这几出戏曲的唱本，所以也派遣桑某人陪同前往，斟酌戏文的辞藻。"

"好个老奸巨猾的万盛亨！"曲云舫心中暗道，"当面撒谎，随机应变，竟能滴水不漏。"

"此举未免有失检点，过在万某。"万盛亨越发假戏真唱起来，"承蒙曲老夫子指出不当之处，今后再不敢如此轻率了。"

"喔，喔喔……"曲云舫像嚼了一嘴的烂面条子，反倒无言答对了。

万盛亨转守为攻，要从曲云舫身上雁过拔毛，堆起笑脸说道："曲老夫子大驾光临，可见对盛亨关怀备至，盛亨正有一事不明，想在曲老夫子面前领教，并请曲老夫子代为疏通。”

“请讲，不要客气！”曲云舫振作一下精神，端了端架子。

“鄙人经营的书报杂志，都是当局许可印行的合法出版物，不知警务处为何要对小店进行查抄？”

“请问，哪个当局？”

“南京国民政府。”

“此地是何处？”

“冀东防共自治政府。”

“这个当局另有自己的国法。”曲云舫的口气和态度，俨然以伪冀东防共自治政府的文化班头自居，“不良图书，妖言惑众，必须严加禁止。冀东地处中日军事缓冲地带，人心与秩序尤其需要安定，查禁不良图书就更要雷厉风行。”

万盛亨的头上淌下了冷汗珠子，搓着两只手说：“鄙人数十年以售书取利，养家糊口，如此查禁，亏损惨重，岂不是断绝了我的生路？”

“你可以绝处逢生呀！”

“请曲老夫子指点迷津。”

“万老掌柜幕后自有谋士，何必问计于我？”

“我……哪儿来的谋士呀？”

“谁人不知，二掌柜桑响马为你出谋划策？”

“他算什么二掌柜呀？我不过是碍于荐举人的情面，留下他吃口闲饭罢了。”

“可见你家资丰厚，敢学孟尝君养士；查禁不良图书的亏损，只不过是九牛一毛而已。”

“我是个小本经营的书商，怎敢比孟尝君呢？”

“那就不要养士啦！”

“我已经把桑某人辞退了。”

“风传你打算把此人招为东床佳婿哩！”

“岂有此理！我的女儿早有了人家。”

“男家是……”

万盛亨本是为了面子上好看，顺口说了个谎，不料曲云舫老着脸皮，竟要刨根问底儿。他虽然没有被问得张口结舌，却也打了个愣怔。

自从看见店铺挡板上的黑帖，关于女儿的终身大事，万盛亨便大绞脑汁，在择婿上已经有了人选，只是怕女儿未必中意，还没有露出口风，眼前被曲云舫这一逼问，仓促间便打定了主意答道：“对面酱园子的少掌柜。”

文萃斋书铺对面，有一家山西人开的酱园子。掌柜的肉头肉脑，五短身材，满面油光，穿一件油渍渍的长袍，套一件虫吃鼠咬的马褂儿，头戴一顶瓜皮小帽，脚穿一双家做布鞋，走路摇摇摆摆像一只肥鸭子。他是个有名的守财奴，一文钱要生十分利，腰缠万贯却到处哭穷，满腹生意经却装得庸碌无能。他曾是孔祥熙的小厮，从山西来到通州。孔祥熙从潞河中学的前身协和书院毕业，到美国留学，把他留下来，只给他二两银子。他就以这二两银子做老本，投机倒把，放印子钱，积少成多，便逐年大富起来。他财狠食黑，娶个媳妇扔在老家，怕带出来住在通州花费大，而且三年才回一趟家。这一年带着一大笔红利衣锦荣归，进家一看，媳妇正在月子里，一窝替他生下两个儿子。他一点也不恼怒，反倒认为是双喜临门。这两个儿子长大起来，被他带到通州学徒。眼下，一个是写账先生，有名的铁算盘；一个在前柜卖货，有名的亏心秤。酱园子老板跟万盛亨不同行，也没有交易，更知道万盛亨为人刚正，跟他并无利害之争，不会暗算他，也不会向他借贷，所以愿意攀交。万盛亨看不起酱园子老板的俗不可耐，却不能轻视他的家财。酱园子老板见万盛亨是个老绝户，只有一位爱女，妆奁必定丰厚，将来书铺也得归在爱女名下，曾经找过几个媒人，对万盛亨死说活动，万盛亨不点头也没摇头，现在，火烧眉毛，万盛亨只有在铁算盘和亏心秤之间择婿，二者必居其一。

曲云舫临来之前，韩秀千叮咛万嘱咐，趁万盛亨在困境中一筹莫展，软硬兼施，替他将万守玉威逼利诱到手。谁想万盛亨快如闪电，将女儿另许他人，可恼可恨。

"咱们抛开这个题目吧！"曲云舫烦躁起来，"老朽今日登门拜望，是代表殷汝耕行政长官，向亨翁专诚致意。"

搬出了儿皇帝的招牌，来头不小，万盛亨大为紧张，问道："殷行政长官怎么会知道我这个小小书商？"

"亨翁乃京东书画巨富，家喻户晓，尽人皆知。"

"徒有虚名，何足挂齿。"

"殷行政长官的官邸即将全部竣工，客厅接待中外贵宾，是整个官邸的中枢和门面，所以要向亨翁求售几幅书画，装饰得高雅而华贵。"

万盛亨冷汗涔涔了，忙说："文萃斋虽然经营书画，却并无上品，只因曲老夫子将自己的珍藏交给盛亨转售，才抬高了文萃斋的名声。"

曲云舫的口气一变而更不耐烦了，说："那就从我拜托亨翁转售的书画里，挑选几件呈送殷长官，不会叫你赔钱的。"

“都已经卖光了啊！”万盛亨摊开双手。

曲云舫逼问道：“卖给了谁？”

“京津两地，还有本地的雅士。”

“把这些购买我的书画的本城雅士，开了名单给我，我要从他们那里赎回我的珍宝。”

“事隔多年，我已经想不起他们的名姓。”

“万掌柜，你想隐瞒真相是徒劳的！殷长官可以命令警察全城搜查。”

“那就未免强取豪夺了。”

曲云舫霍地站起来，这个已经是朽木之身的糟老头子，竟能暴跳如雷，拍着桌子吼叫道：“万盛亨！你……你不识抬举，那……那就怪不得我……不念旧谊了。”说着，一阵剧烈地咳嗽，脸憋得乌青，像要气噎而死。

万盛亨猛省到自己已经祸从口出，吓得慌了手脚，连忙给曲云舫捶背，说：“曲老夫子，息怒，息怒。”

“起轿！”曲云舫气急败坏，怀恨在心，怒冲冲而去。

10

这么多年我以写小说为生，而我的妻子却从不过问，这主要是因为她的工作太忙，顾不过来。她是个教书的，每天都抱回一大堆学生作业，够她看个饱，哪里还有看小说的时间和精力？假期里，比平时上课还要忙碌，手忙脚乱一天，筋疲力尽，瞌睡得要命，也就没有了看小说的兴致。有一年寒假，她从学校图书馆借来大仲马的《基督山恩仇记》，茶余饭后作为消遣，看这种外国骑士小说，就像吃水果和喝酸梅汤，最能消化食儿。于是，每天晚上，我在写字台上埋头写作，她坐在炉边的沙发上阅读大仲马的这部巨著。一连数日，我们虽然算不上夫唱妇随，却也有着近似男耕女织的情趣。不想有一天，我听到炉眼上的水壶快要熬干了，她看书入迷，听而不闻，竟顾不上把水壶挪动一下。我正写得手累，便想松动一下筋骨，伸了个懒腰，亲自动手。我起身转头，这才发现她手捧着《基督山恩仇记》，像捧着一块砖头，早已进入梦乡，几个晚上没有看完一页。我哑然一笑，却又一阵惨然。一个女人，在外要当优秀教师，在家要做贤妻良母，百事集于一身，何等辛劳！提高了妇女的地位，同时加重了妇女的负担，得失如何平衡？应该把妇女的家务劳动也计算在社会劳动之中，给予应有的对待，才算公道。

自从我给老乐哥说评书打本子以来，我的妻子在公务和家务的两项劳动之外，又充当了我和老乐哥之间的联系人，便不得不对我这部小说的写作操心劳神起来。

我每写两三千字，她便赶快给老乐哥寄去，以免耽误敬柳亭说书场的生意。这一来，我就像写连载小说；她在邮寄之前，校对一遍，也就是第一读者。

她对我这部小说始终抱怀疑态度。

“别忘了你是给说书艺人写小说呀！”我的妻子提醒我，“一没有刀光剑影，二没有千奇百怪，老乐哥怎么能拴得住听众呢？”

“你外行了！”我据理反驳，“评书有各种各样，艺人有不同流派，我跟老乐哥产销对路。”

“具体一点儿。”

“评书和评书艺人，有说文的，有讲武的，有讲说文武双全的，文武双全又分文中武和武中文。”

“谁是说文的？”

“解放前天津的陈士和，北京的赵英颇，都以说《聊斋志异》闻名。”

“谁是讲武的？”

“目前最有名的评书艺人袁阔成的叔叔袁杰英，解放前在通州万寿宫书馆说《三侠剑》，那真是刀刀见血，每一回书都有人头落地。”

“文中武是谁？”

“王杰魁说《小五义》，慢条斯理，精批细讲，幽默风趣，声情并茂。”

“武中文是谁？”

“连阔如说《三国演义》，铁马金戈，绘声绘色，气势磅礴中又常有文雅的闲笔。”

“老乐哥算哪一宗？”

“他师承京东说书名家小柳敬亭，兼有说文讲武，却又不是文中武和武中文。”

“那算什么？”

“以文带武，以武衬文，独具一格，自成一家。”

“你强词夺理！”我的妻子理屈词穷，却要倒打一耙，“你现在写的这个本子，我看有不少败笔。”

“请不吝赐教。”

“韩金簪儿找马名骓保媒那一节，有头无尾。”

“那是伏笔！下一本将见分晓。”

“马名骓收藏关省三和龙抬头，写在这一节里有什么必要？”

“那是悬念。”

“你已经提名道姓，他们就应该有所行动。”

“韩金簪儿力敌马名骓的卫士和马弁，屋里不是有人评头论足吗？就是他俩。”

“韩金簪儿进屋，怎么找不见他俩呢？”

“龙抬头爬进顶棚里，关省三钻进地窨子。”

“卧室里怎么会有地窨子？”

“马名骓是个双重身份的人，居安思危，不能不有个藏身之处和退身之路。”

“顶棚是高粱秸搭架子，糊上两层纸，龙抬头的体重至少在百斤以上，还不把顶棚压塌了？”

“他武艺高强，运用软功，身轻如尘。”

“神乎其神啦！”

“这就叫传奇色彩。”

“桑响马出走，哪里是他的归宿？”

“你猜。”

“只能投奔马名骓。”

“他这个人性情孤傲狷介，又跟马名骓交情不深，不肯给别人添麻烦。”

“那么他……”

“落入了韩秀的魔掌。”

“你的笔头一转，杀人不眨眼。”

“放心！我还不想把他处死。”

“谁救了他的命？”

“且听下回分解吧！”

“你叫万守玉嫁给酱园子少掌柜，太残酷了。”

“你的意思呢？”

“当然是在历尽劫难之后，跟桑响马结为啼笑姻缘。”

“那就流俗了。”

“我给你出个点子，必能妙笔生花。”

“讲！”

“韩秀贼心不死，在万守玉的花烛之夜，杀死酱园子少老板，抢走了万守玉；万守玉宁死不从，也被韩秀投入私牢，在牢中与桑响马相逢。两人在生死关头，得到龙抬头、关省三、马名骓和韩金簪儿的搭救……”

“异想天开！”

“合情合理！”

“馊主意。”

“你敢不敢进行民意测验？”

“怎么测验？”

“请老乐哥把你和我安排的不同情节，讲给听众，请听众评定谁优谁劣。”

“好！”我搁下笔，揉搓着酸痛的手腕子。

那么，也请读者们休息一下，静候佳音。

第三章

1

我的《敬柳亭说书》，是货真价实的遵命文学。

这部小说的发起，原是给说书人齐长乐老哥打本子，等米下锅，现炒现卖，写得十分粗疏。但是，在敬柳亭说书场上，经过老乐哥的口头艺术加工，却被他演说得有声有色，拴住了众多的听众，场场满座。每告一个段落，老乐哥便替我广泛听取听众的意见，然后，连同他的录音，送到北京我的家里。我虽然并不句句言听计从，却不能不考虑写得更适合老乐哥的演出，也不能不满足广大听众的合理愿望。因而，某些人物的命运安排，许多故事情节的处理，或被老乐哥主导，或为听众们左右，是我始料所不及，并非我的原来的艺术构思。在我将话本增删润色，整理成小说的时候，又接受了老乐哥的录音的影响。

而且，我的妻子在百忙中还给我出过一回主意。尽管我很不乐意接受，但是拗不过她的锲而不舍，只得同时并举，一个故事写出两种情节，请老乐哥在敬柳亭说书场上进行民意测验。

民意测验的结果，我失败了。顺民者昌，逆民者亡。我不得不舍弃我那自鸣得意的一套，顺乎民意，更改我的设想。

这很发人深省。

我们这一行人，大多自命不凡，也就自以为是，敝帚自珍自古为文人通病。关在屋子里写小说，拿到杂志上发表，送到出版社出版，便万事大吉，不像日用百货，能随时听到群众的呼声，于是便眼睛向上脸朝外。大人物夸一句，身价百倍；外国人叫声好，更涨行市。老百姓一不能奖赏名利，二不能请开洋荤，说好说歹管他哩！谁听他们的。

然而，给说书人打本子，却不能不也不敢不注意群众的反应。至少，打本子的人懂得，不以老百姓为上帝，说书场不上座儿，不但说书人要饿肚子，而且还要倒赔场租。现时而今眼目下，人人都想发家致富，只有缺心少肺的半疯儿，才肯赔本赚吆喝。

要想顺乎民意而创作，首先必须亲自体察民情，于是，我带上纸笔，来到敬柳亭说书场，耳闻、目睹、手写。

在京、津、河北二市一省的三县交界，有个蝈笼子镇。乡文化站投资，在蝈笼子镇的十字街头，搭起一座大棚，便是说书场。距离说书场不到一喊之地，有两间茅檐低小的泥棚草舍，便是特意为老乐哥修盖的招待所。

老乐哥在蝈笼子镇站脚大半年了，虽然并不打算长留久住，落地生根，却也不是说走就走的匆匆过客，所以也在房前屋后种瓜点豆，不但每天都有新鲜蔬菜可吃，而且寒酸的招待所被笼罩在四框绿荫中，一变而像隐士高贤的蜗庐，令人感到具有古朴之气的风雅。

我来到蝈笼子镇那天，吃过午饭下起雨，晚场不能演出了。小雨淋淋，烧酒半斤；我和老乐哥喝的是通州老窖大曲，吃的是蜗庐出产的青菜。酒逢知己千杯少，我们都喝得过了量，扔下酒盅便一个横躺，一个竖卧，残羹剩饭就摆在桌子上。然而，两人身子泥软，头脑却很清醒，都没有睡意。乡村夜雨，落地有声，点点有情。一对难得聚首的老朋友，伴着有情有声的夜雨掏心窝子，就像千条雨丝，万条雨线，掏也掏不完。

忆当年往事，谈目前新闻，没有主题，没有结构，没有章节，没有段落，也就没有句号。

我偏偏把此行的目的，忘到脖子后头了。

半夜，蚕吃桑叶沙沙响的抽丝毛毛雨，忽然一下子打住，豆棚瓜架还滴答着雨珠儿，大月亮便捅破了云帐钻出来。毛毛雨给月亮洗净了白玉盘的脸儿，满天遍地洒下柔和而又明亮的清光。夜风把潮湿的花草气味吹进窗口，躲进窝里沉寂了半天又半夜的鸟儿，不等天明就遛起嗓子，高音、低音、花腔都啼唱起来。成群搭伙的青蛙从水中跳上旱岸，只顾自己高兴，不管听众刺耳，一齐放开喉咙，噪音四起。

“哎呀！雨住了，快睡吧！”老乐哥慌了神儿，“打个盹儿就得爬起来，一省二市三个县的客人，眨眼之间就到，我又得一天赶三场，口干舌燥嗓子眼儿冒烟了。”

我着了急，说：“你还没有给我的小说提意见呀！”

他翻了个身，面壁而卧，说：“一省二市三个县的客人有多少张嘴，酸、辣、苦、甜、咸各有所好，你就听他们点菜吧！”说完这句话，他便打起呼噜，呼噜声的节奏十分匀调，他睡得心平气和。

我在蝈笼子镇住了七天，每天都到敬柳亭说书场，跟一省二市三个县的听众席地而坐，听他们评头论足，说长道短，不免羞愧难当，冷汗涔涔。人民大众的意见才是最高指示，我怎能不遵命而作?

2

伪冀东防共自治政府行政长官殷汝耕，是个比历史上的石敬瑭、刘豫、张邦昌更无耻的民族败类。他拜倒在日寇膝下，在距离北京只有四十里的通州，当上国中之国的儿皇帝。白天忙的是搜刮民脂民膏，黑夜便偷偷出府，寻花问柳，沉溺酒色。在唱京戏的坤伶董菊花门外，遭遇埋伏在墙角的刺客，虽然刺客没有伤着他一根汗毛，却吓得他亡魂丧胆，躲进官邸的密室，不但不敢登堂理事，而且怕见阳光。

他从深藏地下的密室里的红绡帐中，给兼任警务处长的秘书长池宗墨连下几道紧急手令，限期将刺客抓获归案。

保安队戒了严，城门紧闭，一条条大街上三步一岗，五步一哨；警狗子更串遍了每一条小巷，闯入民宅，翻箱倒柜。上千名军警像拉网打鱼，刺客却踪影不见。

殷汝耕气急败坏，暴跳如雷，传令召见池宗墨。

民间传说，唐太宗发动玄武门之变，杀死长兄三弟，逼迫老爹让位，登基坐殿当了皇上。可是，每到夜晚，只要他在龙床上一闭眼，便看见长兄三弟的鬼魂儿扑面而来，张牙舞爪掐他的脖子，把他惊吓得狂呼乱叫，席不安寝。后来还是军师徐懋公想出个高招儿，请唐太宗降旨，调大将秦叔宝和尉迟恭进宫伴驾，每晚在寝宫门口站岗，长兄三弟的鬼魂儿望而却步，从此销声匿迹，唐太宗才高枕无忧，吃得饱睡得香。此后，老百姓为了降妖避邪，将秦叔宝和尉迟恭的图像贴在门板上，秦叔宝和尉迟恭便成了民间的门神爷。殷汝耕想起这个史无可考的故事，便也照葫芦画瓢，想找两位神人守卫他的卧室。不过，却又另辟蹊径，独出心裁，跟唐太宗的手法不尽相同。他是个佛教徒，相信佛法无边，便叫他的情妇曲玉楼扮成观音大士，盘膝坐在红绡帐中，他枕着曲玉楼的腿睡觉，更为荒唐的是他又叫唱京戏的坤伶董菊花扮作女将樊梨花，箭上弦，刀出鞘，站立红绡帐外。

池宗墨奉命禀见，殷汝耕不得不下床，这两个女人才喘了一口气，舒展一下筋骨。曲玉楼揉搓着被压得麻木的双腿，董菊花捶打着累得酸痛的身腰。

“宗墨，你使我大失所望！”殷汝耕一见池宗墨的面，火冒三丈，“兴师动众，满城风雨，你怎么就抓不住一个小小的蟊贼？”

“请长官息怒，息怒。”池宗墨一副奴颜婢膝的神态，口气却像哄一个有头无脑的傻孩子，“来者不善，善者不来，我看这个刺客必有神秘莫测的背景。”

“难道他是共产党？”殷汝耕毛骨悚然，打了一个寒噤，从红绡帐中扯出一条毛巾被，裹在了身上。

“不排除这种可能性。但是……”池宗墨故意话到舌尖留半句，逗出殷汝耕的疑问。

“军统！”殷汝耕又像白日见鬼，失声尖叫，面无人色。

原来，殷汝耕胆敢冒天下之大不韪，在京门脸子的通州城内建立国中之国，不但有日寇做后盾，而且也曾得到蒋介石的认可。他手中握有蒋介石的一封亲笔信，更加有恃无恐，闹得天怒人怨，国人皆曰可杀。连国民党内的亲日分子，也觉得他未免过于不顾脸皮，不得不随声附和骂他几句，他却满不在乎，拍着胸脯大喊自己是孤臣孽子，仰承圣旨，忍辱负重。蒋介石见他这一张漏嘴竟要泄露天机，急忙命令军统特务头子戴笠，千方百计从殷汝耕手里把亲笔信收回来，必要时可以不择手段。

戴笠便打发能干的女将向影出马，到通州殷汝耕官邸盗书。

这个向影，大有来历，非同小可。她原是杨虎城将军的十七路军驻南京办事处处长胡某人的宠妾，戴笠为了刺探杨虎城将军的机密，故意跟胡某人拉关系，下帖子邀请胡某人到戴公馆跳舞打牌，听堂会戏。胡某人虽然不得不虚与委蛇，但是心存戒备，守口如瓶。戴笠在胡某人身上不得要领，却发现向影向他暗送秋波。这个女人姿色平常，然而眉能传情，目能说话，体态轻盈，像个鬼狐的精灵。更为特殊之处，是从她的身上散发出看不见摸不着的迷魂香，沁人七窍，令人沉醉。于是，戴笠明修栈道，暗度陈仓，向影早有此意，两人一拍即合。戴笠自从背地里跟向影打得火热，表面上便跟胡某人疏远起来。胡某人庆幸自己处置得当，解除了这个凶神恶煞的纠缠，却哪里知道，家贼更难提防，十七路军的重要军事情报，都被向影从胡某人的枕席之间偷盗到手，转送到戴笠的床榻之上。十七路军驻南京办事处接连泄密，杨虎城将军大为震怒，严令胡某人追查。过了筛子又过箩，查来查去好几遍，这才发觉向影最为可疑，胡某人正想严刑拷问这个内奸和淫妇，向影早已先行一步，携带金银珠宝、银行存折和一大包特密文件，躲进了戴公馆。胡某人对不起自己的主公，又戴上了绿帽子，没脸见人，更怕受到惩处，便挂冠而去，隐姓埋名，不知所终了。向影在戴公馆里鬼混了一个月，戴笠在她身上寻欢作乐已经尽兴，便将她送到杭州特高班受训一年。出科之后，向影还想回到戴笠身边侍奉左右，不料却接到戴笠十万火急的一道手令，命令她即刻北上通州，一试身手。她带着一封伪造的荐举信，叩开殷汝耕官邸的大门，接见之后便大量施放迷魂香，迷住了渔色成癖的儿皇帝，收留她为私人秘书，而且曲径通幽，出入密室。殷汝耕自从有向影侍寝，便无暇他顾了。这个儿皇帝荒淫无度，却又想长生不老，每晚临睡之前，都要吃一碗十全大补的汤面。做这碗汤面的厨师，是在他家三代为奴的一位老仆，绝对忠实可靠。不多不少只做一碗，便是此人一天的工作。向影与殷汝耕同床共枕一百日，才知道殷汝耕不惜花费巨额保险金，把蒋介石给他的亲笔信存放在北京东交民巷的一家外国银行里。盗书已不可能，向影密电戴笠，请示如何处置。戴笠复电，相机行事，半月为期，将殷汝耕杀死。然而，殷汝耕吃饭喝水都十分小心，客厅、书房、卧室、办公厅，都有贴身保镖、亲随卫士，找不到下手的机会。想不到这一天晚上，殷汝耕已经上床，十全大补汤面刚吃半碗，忽然卫士长报告，日本顾问官夤夜来访。殷汝耕不敢怠慢，放下半碗汤面，披衣下床会客。向影眼看戴笠的限期已到，心急发慌蒙了头，便顾不得深思熟虑，只觉得此刻机不可失，也就不择手段，在那半碗汤面里投下剧毒。殷汝耕会客回来，半碗汤面已经汤凉面冷，又传令老厨师回锅。老厨师恪守惯例，汤面出锅之前，要舀上一羹匙，亲口尝一尝火候和味道。谁想，这半碗汤面回锅之后，他舀上的半羹匙刚刚入口，便一阵腹痛，打了两个滚儿，伸腿瞪眼而亡。官邸一团混乱，向影在混乱中慌忙逃走，殷汝耕才如梦方醒，原来他所专宠的这个女人，竟是戴笠在他身边安放的一颗定时炸弹。

所以，他一说起军统便谈虎色变。

池宗墨胸有成竹地摇头一笑，说："戴笠虽然贼心不死，但是几乎赔了夫人又折兵，不会仓促之间又来莽撞行事。"

"那么，你说刺客是谁？"殷汝耕不耐烦地抬高了嗓门儿。

"蛇迹草灰，明眼人一看便知。"池宗墨仍然故弄玄虚，口气中却流露出自鸣得意。

"听你言下之意，我是个瞎子！"殷汝耕那金鱼眼珠，瞪得要胀出眼眶子。

"不敢……"

"说！"

池宗墨的一双恶眼，陡地盯住董菊花的两只媚眼，阴森森地问道："殷长官夜出官邸，微服私访，你是不是早已知情？"

董菊花脊梁骨直冒凉气，暗叫："苦也！"她攀上殷汝耕这个高枝儿，摆脱了池宗墨的霸占，想不到池宗墨怀恨在心，翻脸成仇，竟然罗织罪名，要将她置于死地。

"怎么你，你……"殷汝耕大惊失色，又勃然大怒，一把抓住董菊花的胸襟，"你也是向影！"

"冤哪！"董菊花像《三堂会审》里的苏三叫板，"殷长官，小妇人本是个下贱戏子，怎敢心存非分之想？您御驾光临寒舍，我做梦也不敢梦见福从天降，又怎会在我意料之中呢？"

"言之有理。"殷汝耕撒了手，"我到你家去，虽然早有此意却不曾对任何人讲过，连池秘书长也不知道，你怎么能事先知情？"

董菊花急忙下跪，抱住殷汝耕的双腿，喊道："殷长官明镜高悬！”

“你的假戏真唱骗不了我！”池宗墨的恶眼射出毒光，“董菊花，你对殷长官屈尊临幸，敢说一无所知？”

“一无所知。”

“没有人向你示意？”

“没……有……”

“究竟有没有？”池宗墨厉声喝道。

“有……有……”董菊花低眉顺眼，吞吞吐吐。

“谁？”池宗墨连珠炮一般追问道。

“得天厚堂……”董菊花还想兜圈子，绕弯子。

“得天厚堂是个大武行，从掌柜到伙计几十号人，哪一个？”

“韩……秀……”

“我早就料到是这个贼子！”池宗墨咬牙切齿地一阵奸笑，“他勾结刺客，以你为诱饵，阴谋暗杀殷长官，是不是这么一笔账？”

董菊花满肚子委屈，忍不住哭起来：“池大人，您这是……官报私仇。”

池宗墨一副狰狞嘴脸，恶狠狠地骂道：“董菊花，你是个狐媚子，韩秀是一条地头蛇，我绝不轻饶你们这一对男盗女娼！”

红绡帐中的玉楼小姐，探过身子在殷汝耕耳边说了几句悄悄话儿，殷汝耕连连点头，咳嗽一声，传下口谕：“拘捕韩秀，我要亲自坐堂问案。”他把董菊花交给玉楼小姐看管，穿戴上官服礼帽，走出密室，重见天日了。

3

韩秀早已恭候殷汝耕传唤他进府问话。

得天厚堂分文武两柜。文柜经管他家开办和投资的酒楼、饭庄、客栈、茶馆、妓院、宝局、戏园子；武柜雇用几十名打手，给大宅门和大商号看家护院，留下十几名在柜上机动，行话叫守营。给大宅门和大商号看家护院的打手，收入三成归己，七成交柜。谁家遭劫失盗，守营的十几名打手要全力以赴破案，破不了案得天厚堂就要包赔损失。哪个打手负了伤，得了病，柜上要担起养伤治病的费用。所以，打手们完全依附柜上，也都忠心保主。得天厚堂的老掌柜韩得当死后，留下一妻四妾，一儿数女。大老婆是一只母老虎，联合另外三个小老婆，抓住文柜。女儿们本不能继承家产，但是大老婆所生的女儿金簪儿却享有特权，韩得当生前便在大老婆威逼下立有文书，金簪儿可以跟韩秀平分秋色。韩秀是四姨太太所生，母子二人在家庭中处于孤立地位，在韩得当死后只不过掌管武柜。武柜不如文柜招财进宝。而且时代演变，许多大宅门和大商号每月给警察局交保险费，官府保障身家性命的安全。还有的大宅门和大商号自己买了枪，建立一支小小的私人武装，更为得心应手。武柜的生意一年年走下坡路，韩秀便一天比一天想当官。当官能发财，那又比文柜的油水大得多了。

八字还没有一撇儿，他就给自己画出一幅升官图，还给他的亲信爪牙各有封爵，只等殷汝耕颁下钦命圣旨，他便走马上任。

谁想，传唤他进府的不是殷汝耕的钦差大臣，而是池宗墨手下的几名警官，带来的不是委任状，而是拘捕文书。

韩秀根根汗毛都长着心眼儿，他心里十分明白，必是池宗墨在殷汝耕面前进谗言，才害得他唱这出《苏三起解》。

不过，通州自有警察，不管如何改朝换代，都跟得天厚堂暗中勾结，互相利用。所以，池宗墨的这几名警官，也很给韩秀留面子，直到殷汝耕官邸门口，才给他戴上手铐。

官邸里明岗暗哨，刀枪林立。韩秀进门便被搜了身，然后被几名警官紧傍住前后左右，一条黑布带子蒙住眼睛，穿游廊过游廊，转来转去不知拐绕了多少弯子，这才被押到大客厅的台阶下。

客厅里，大沙发上只坐殷汝耕一个人，池宗墨侧着身子坐在一张矮凳上，随时准备答问。这正是君臣之分，大有区别。

殷汝耕向站立在大厅明柱后面的侍从卫士打了个手势，下令："把韩秀押进来！"

"慢！"池宗墨急忙欠起身子，"韩秀的人品，近似吕布，虽然是小巫见大巫，却不可掉以轻心。"

"你的意思……"

"重演《白门楼》的故事。"

"想得周到。"

于是，韩秀被扒得精光。一名侍从卫士抱来一匹白布，两名侍从卫士把他绑扎起来，像一只刚刚破壳而出的白蛹，被抬进客厅。

这个场面，吓唬不了韩秀。上刀山，下油锅，滚钉板……是他爹韩得当的拿手好戏，他是个父传子的亡命徒。韩得当的这套亡命徒的伎俩，得自康小八的真传，所以韩秀跟康小八是一脉相承。

韩得当是京东康家营人，这个村出过一个大盗惯匪康小八。康小八在家乡无恶不作，韩得当的娘是个水性杨花的女子，十五岁便被康小八奸占，生下了韩得当。康小八玩腻了一扔，却又不许韩得当的娘改嫁。有谁想娶这个女人，他便将那个男人大卸八块，还给媒人家放一把火。后来，康小八作恶多端，在家乡难以存身，逃到北京，韩得当的娘才嫁给一个比她大三十岁的韩老头子。韩老头子是个开店的，兼营宝局子，娶妻不是为了得个贤内助，倒是为了招蜂引蝶，勾搭财大肉肥的顾客，韩得当的娘就更不守妇道了。直到韩得当长到十三岁，学过几套拳脚，也懂得了羞耻，百般辱骂他娘是破鞋烂袜儿，形影不离他娘的身边左右，他娘才不得不有所收敛。但是，客店和宝局子拴不住顾客，生意萧条起来。韩老头子贪财不要脸，眼看韩得当要堵死他的生财之道，气得大骂韩得当是杂种贼子。韩得当怒从心头起，恶向胆边生，三拳两脚把这个糟老头子打得七窍出血而亡。他娘见他惹下杀身之祸，从手腕上摘下康小八当年定情所赠的镀金镯子，交给他到北京投奔康小八。官府办案，他娘又哭哭啼啼，说他这是替生身亡父报夺妻之恨，将他的罪行大事化小，小事化了。他到北京找见了康小八，拿出他娘那只镀金镯子作证，康小八见他的长相跟自己一模一样，一眼就看出是货真价实。这时的康小八已经是北京九城闻名的大贼头子，跟不知多少女贼姘居，只因他长过梅毒大疮，都不能留后，于是认下韩得当做干儿子，等他在江湖上闯出路子再认祖归宗。不过，这个大贼头子另有教子之道。父子之间不仅要外貌上形似，而且要在人品上神似，便给他出了个难题，叫他连夜回家，割下他娘的人头，做父子相认的见面礼。出师得有名，这叫儿子给老子摘下头上的绿帽子。乌鸦反哺，羊羔跪乳，畜生还能母子连心。韩得当夜行百里，离家越近心肠越软，走到家门口更良心发现，只想扑到他娘的怀里哭一场。他是个杀人犯，不敢叫门，便爬墙上房，正要抱住天井的那棵红杏树溜下院子，却看见屋里灯明火亮，她娘跟本村的地保推杯换盏，打情骂俏，一股邪火点燃了杀母的恶念。蹲在树上等这一对男女死狗般睡熟，他从树上溜下来，破门而入，砍死奸夫，杀死生母，手提着两颗人头回北京呈交康小八，康小八忍不住夸他一句："真是我的种子！"康小八和他手下的流氓、地痞、嘎杂子，主要是在前门外活动。前门外的粮食店和煤市街，有几大镖局子，银行、钱庄、洋行、官仓、金店、布店、首饰楼、古玩铺……以及达官显宦的私宅，都跟镖局子接头，找镖客给他们守夜。后来，各家商号成立商会，办起商团，又包下镖局子，把守前门大栅栏和珠宝市。民国元年北京兵变，曹锟的第三镇大抢北京城，民国六年张勋复辟，段祺瑞带兵向北京进攻，两军在城里巷战，大栅栏和珠宝市有镖局子守卫，都没有遭受损失。镖局子专跟康小八作对，双方的人一碰头，哪儿遇见哪儿打。那时候，从珠市口往南到永定门，一片荒凉，人烟稀少，镖局子常和康小八的人打群架。康小八没有多少真功夫，就是心黑手狠。后来有了洋枪，他就买了一支洋枪藏在身上，看谁不顺眼，拔枪就把人家打死。有一回，他找个理发匠给他剃头，他一边剃着头一边顺口问道："你知道北京城里有个康八太爷吗？"剃头的说："那小子不是东西。"他忍住气问道："怎么不是东西？"剃头的说："他吃人饭不拉人屎，有一泡人屎还拉在了白菜心上。"他又问："你认识他？"剃头的说："不认识。"他掏出洋枪，说："我今天就叫你认识认识他。"一枪把剃头的打死了。康小八喜怒无常，杀人成性，他手下的人也寒了心，霸王的兵暗散，韩得当投靠了镖局子。康小八一个人单挑儿，打死的人越多，疑心越大，总是怀疑有人暗算他。黑夜里走道，身后只要有脚步声，回头就是一枪。但是，康小八的行踪虽然飘忽不定，韩得当却摸透了他的路数。正是他给官兵和镖局子带路，才把康小八逮住，剐在了菜市口，为各家镖局子铲除了一个死敌，于是在镖行出了名。他又自称出卖康小八是替母报仇，更被不明真相的人夸为孝子。此后，他到通州抢码头的手段，却又完全继承康小八的衣钵。直到年过四十，他才发生变化，忽然又把他那个假孝子的招牌打出来。他的家乡曾有个姓韩的秀才，穷困潦倒，流落他乡，未娶而亡，家里又是个绝户，早已被人忘得一干二净。亏得韩得当灵机一动，想起这个孤魂野鬼，便自认是这个韩秀才的遗腹子，不知从哪里捡来几块骨头，冒充韩秀才的遗骨；又把他娘从老家的荒坟里扒出来，各装一口金丝楠木的棺材，合葬在通州城郊，修起一座占地二亩的坟茔。每逢年节，他便率领妻妾子女，上坟祭奠，自己还要守庐三天。韩秀得到这个无耻之尤的老子的言传和身教，也就集凶残、暴虐、奸诈、狡猾于一身，并且青出于蓝而胜于蓝，有过之而无不及。

韩秀被抬进客厅，殷汝耕的侍从卫士给他摘下眼罩，他忽然发出一阵京剧小生在舞台上那夸张的笑声：“呵——呵哈——呵哈哈哈！……”尖利刺耳，傲慢不驯。

“韩秀！”池宗墨喝道，“在殷长官面前，不得放肆。”

韩秀笑过之后，紧跟着又是《白门楼》里的吕布道白：“大耳贼！焉忘当年辕门射戟乎？”

殷汝耕反倒哭笑不得，喝问道：“你怎么在我面前演起戏来？”

“是您把我当作三姓家奴的吕布呀！”韩秀虽被捆成白蛹，却能一跃而起，立地像一根玉柱，“但是不知殷长官为何扮演曹孟德？”

“这是秘书长的巧妙安排。”殷汝耕从肚皮里咕吧咕吧地笑出来，“宗墨……你……你是大耳贼！”

池宗墨气得脸色焦黄，口沫飞溅地叫道：“韩秀，你串通匪徒，谋刺殷长官，还不从实招来，低头认罪！”

“我救驾有功，何罪之有？”韩秀鼻孔里冷笑，“警务处人仰马翻，还是抓不到凶犯，是不是想逼迫我们得天厚堂，揽下这桩买卖？”

不等池宗墨继续审问，殷汝耕抢先问道：“你能把凶犯抓到吗？”

“那是个无能鼠辈，抓他如探囊取物。”韩秀满脸骄横神气，“不过，我们得天厚堂做的是生意，重赏之下才有勇夫。”

“你抓住那凶犯，就是我的御猫了。”殷汝耕吩咐侍从卫士给韩秀松绑，“我委任你为少校副卫士长，这是个千金难买的官职。”

“殷长官栽培！”韩秀匍匐下跪，五体投地，童子拜观音。殷汝耕只当他谢主隆恩，其实他是舒展一下被捆绑得麻木的筋骨。

“三天之内，能把凶犯抓到吗？”

“三天太多，一天又少，两天正好。”

“那你就快把他抓来吧！”

“杀鸡焉用宰牛刀？打发我手下的一名伙计，就把这桩区区小事办了。”

“你这只御猫不抓老鼠，有何用处？”

“深水下网，放长线钓大鱼，为您消除隐患。”

“何谓隐患？”

“散处京东各地的武林强手。”

“如何消除？”

“斩群龙之首。”

“为首的是何人？”

“连环套种瓜的金钟罩，大河上行船的龙抬头。”

“我命令保安队和警务处，扯下天罗地网，将他们生擒活捉。”

“您兵发八十三万，也只能唱一出《长坂坡》。”

“难道你能生擒活捉这两个人？”

“然也。”

“他们不是你的敌手？”

“我不是他们的敌手。”

被冷落在一旁的池宗墨，尖酸刻薄地哼道：“难道要靠你这张生有鼓簧之舌的嘴，一口气把他们吹倒？”

“驴下骡子，不值钱的是那张嘴；夜壶镶金边，值钱的也是那张嘴。”韩秀反唇相讥，一副流氓口吻，“我肚子里有神机妙算，一张嘴又能天花乱坠，就能以柔克刚，水能克火。”

“你敢大言不惭，我可不想竹篮打水一场空呀！”殷汝耕感到他言过其实，不禁半信半疑起来。

“我愿立军令状！”韩秀拍得胸脯山响，“不斩除京东武林的群龙之首，我把亲妹子送给殷长官当上炕的使唤丫头。”

“你这是坐庄又下注，赢家都是你。”池宗墨恨得咬牙，“你那出身微贱的妹子，怎配攀龙附凤？”

“我的妹子敢说是沉鱼落雁之容，闭月羞花之貌！”韩秀像个在集市上吆喝叫卖的小贩，“而且精通武艺，能给殷长官保镖。”

“言重了，言重了。”殷汝耕假装正经，却又掩饰不住好色之心，“哪一天府里有堂会，请你带令妹进府听戏。”

“多谢殷长官厚爱！”韩秀前屈一膝，垂手打了个千，“卑职荣任少校副卫士长，三生有幸，光宗耀祖，不过在收拾了金钟罩和龙抬头之前，暂时不要公开这个身份。”

“你是不是有所顾虑？”

“当年只因展雄飞被钦封御猫，才惹出了五鼠闹东京。”

“是的，还是不露形迹的好，咬人的狗不龇牙嘛！”

殷汝耕也会说俏皮话儿。

4

当年，通州有四大镖局，坐落在城内城外。其中以万全镖局的局面最大，康熙年间开张，金字牌匾，在关东、江南、西路都有分号。通州的总号，又分内外两个大柜，内柜做旱路生意，外柜做水路生意；内柜的门面在通州城里的万寿宫大街，外柜的门面在通州东关码头。

那个年月，民不聊生，野有饿殍，各地都有强人铤而走险，脑袋拴在裤带上，埋伏在荒郊野外，丛林草莽，河港芦荡，山间险路，三五成群或几十人一伙，打劫为生。于是，出远门的人，就不得不雇一些会武术的人一路护送，这就在五行八作之外，多了一个镖行。起先，这些会武术的人推着独轮小车，住在客店，等候客人雇用。两下讲定了价钱，客人上车，他们就推车上路，一天要走百八十里。后来买卖一天比一天发达，就立起了字号，开起车店，备有轿车和走马，规模大起来，便是镖局了。

不过，也仍然有跑散镖的。跑散镖的人大多是武林高手，名气很大，脾气也大，不重金礼聘，便不肯出马。而且，每年只走两三趟，见好就收，贪财贱卖就降低了身份，在江湖上牌子不亮了。

吃镖行饭，又能叫得响，就要精通水、旱、飞行、马上四门武艺。

旱地上，一个是拳脚，一个是兵刃。手无寸铁要会内家拳、外家拳、刀枪不入的金钟罩硬功夫，身轻如燕，柔似韧柳的软功夫。动起家伙，要会十八般兵器，最常用的是长枪大刀，强弓宝剑，还得会使用暗器，飞镖便是暗器之一。每只飞镖重一斤，所以又叫斤镖，念白了便成金镖。斤镖笨重，身上不能多带，最灵便的暗器是袖箭、飞蝗石子和紧背花装弩。走水路镖，要通水性，浮水如走平路，大江河淹不死，还要会使分水搅、雁月刺、梅花状元笔之类的短家伙。飞行本领，也就是飞檐走壁，蹿房越脊。一个旱地拔葱上了墙，要向下瞭望，看看庭院或花园里有没有沟、井、翻板，有没有护院看家狗，扔一颗问路石，还没有动静，才能从墙上跳下去，要轻如柳絮，落地无声。纵身攥住一丈多高的房椽子头，往上一翻，落在房檐上，不能有响动。上房之后走房脊，不能踩在卧瓦上，踩碎了卧瓦嘎嘣一声，就被屋里发觉了。马上的武艺，也就是要会骑马打仗。

万金镖局的旱路镖，北走张家口，到察哈尔、热河、绥远；西走山西、陕西，到西安为止；东出山海关，到奉天、吉林、黑龙江。水路镖只走南路，那就是从大运河直下天津卫、沧州、泊头、德州、济宁、高邮、扬州、镇江、苏州，直到杭州府。

那时候，不但单身客人要找保镖的，走马上任和卸任发财的官老爷更要找保镖的。就连地方官运送饷银和税款，不找镖局子保护也休想平安无事。

保镖的走路有走路的规矩，住店有住店的规矩。客人坐在车上，钱财货物装在车上，车上插着镖局的镖旗。保镖的骑马跟在车前车后，眼观六路，耳听八方，前后左右都得留神。傍晚，太阳落山之前，就要住店。进店以后，喝水吃饭，可不能洗脸。保镖的露天行路，洗了脸被风一吹就要裂口子。吃完了饭，留下人巡更守夜，以免夜间有什么闪失；不守夜的都抓紧睡觉，天不亮就要赶早上路。

水路镖和旱路镖的规矩大同小异，只不过不住店，而是靠码头。

没有做贼的，也就用不着保镖的；做贼的是保镖的衣食父母。

走镖的时候，一个镖头带着几个或十几个镖客，往返免不了跟强人打交道，两下里要过一过江湖行话。保镖的和为贵，忍为高，笑脸相迎，礼貌周全，强人也就佛受一炷香，高抬贵手，不抢不劫，顺利放行。也有那不吃这一套的，那就要比武较量，分个胜负，有时甚至拼个你死我活。不过，真正动手，百趟遇不见一回，所以镖客和强人互称朋友。

强人埋伏在暗处，冬天在坟圈、土岗、树坑里趴着，夏天就隐藏在青纱帐里。他们往往在大路正中摆放枣树枝子，有横着放的，有摆十字的，行话叫恶虎拦路。保镖的一看就知道遇见强人了，下马把枣树枝子挑开，同时做好准备，跟强人见面。

镖客箭上弦，刀出鞘，看住镖车。镖头却要赤手空拳，上前跟强人的头领答话。

“当家的辛苦！”镖头要连连拱手，抢先招呼一句。

强人的头领也回答一句："掌柜的辛苦。"

来言去语，客客气气，这就要论朋友，攀交情了。

如果是头一回见面，强人里的头领便要问道："朋友，贵姓高名？"镖头要赶快自报家门，却不能反问他的名姓，免得引起他的疑心。黑道上的朋友最怕打听他姓什么，叫什么，家住何处，这不但是为了自身的安全，更是为了不连累他的一家老小，三亲六故。接着，他又问："你们是给谁家走趟子？"镖头答道："小字号。"再说出是哪一家的镖行。然后，双方又用江湖黑话盘道。首先盘问双方是武林中哪家的师传，如果是同属一个门户，那就是朋友加兄弟，你让我一尺，我敬你一丈，大讲江湖义气。倘若门户不同，强人里的首领便要追问道："穿的是谁家的衣？"镖头赶快答道："穿的是朋友的衣。"又问："吃的是谁家的饭？"又答："吃的是朋友的饭。"这一对一答，是要让保镖的承认，镖行的饭碗子，本是黑道上的朋友赏给的。两下过完了行话，平安无事，放镖车过去，这叫借路。临别，镖头还要客气几句："当家的，你有什么带的吗？我们过几天就回来。"强人里的头领也客气地说："多谢了，没什么带的。"打一声呼哨，又回原处埋伏。

走镖，如果走的是熟路，沿途要喊镖号，也叫喊趟子。埋伏暗处的强人，一听是老朋友，便给个应声，不再出面，只打发个小喽啰挑开路障。住店或是过桥，保镖的给黑道上的朋友打招呼，也要喊镖号，但是跟路上的喊法不同，必须抑扬顿挫，迂回悠长，这叫凤凰三点头，可免黑夜遭到抢劫。

当年的连环套，是从通州到天津卫的北运河上的一大码头，一大关口。连环套距离县城不过六七十里，可是北运河三盘四绕，五拐六弯，七出八进，九曲十环，却要走一百二三十里。太阳一露头儿，大船从通州东关码头出发，到连环套，月上柳梢头，整整一白天。走水路镖，船上有镖客，旱路上也还有伴当，不是骑大叫驴，就是骑走骡子，沿途蹄声踏踏，呜哇乱叫。到连环套，大船泊岸，伴当住店，五更天明上路。一出连环套，旱路上是三岔口，大河也展开了河面，前不着村后不着店，白茫茫水天一色，二十里内满目荒凉，人烟稀少，强人出没，来无踪去无影。人多势众而又赶上黄道吉日，大船一帆风顺，沿岸护送的伴当也一路顺风。但是，一言不合翻了脸，不讲交情红了眼，那就难免冤打仇杀，刀兵相见。

但是，只要金钟罩出场，一声咳嗽，两下里便马上鸣金收兵，垂手站立，听他一开金口，没有一个敢牙迸半个不字。

这位金钟罩，一不进镖行，二不到绿林入伙，世代种瓜为生，他的武艺有多高，本领有多大，一辈子只亮过一回相，亲眼得见的人不多。那是有一年，万全镖局的镖客跟绿林的强人打得难解难分，互有伤亡，金钟罩出面说和，双方都不给面子。他一怒之下把自己扒了个赤条条一丝不挂，喝令双方各出六名百发百中的弓箭手，给他一个乱箭攒身。梆声一响，十二支箭一齐射来，众人收弓一看，只见他双手的指缝里夹住八支箭，牙咬住三支箭，还有一支箭钉在了他的肚脐眼儿上。他撒了手，八支箭落地，吹了一口气，那三支箭飞出百步以外，然后吆喝镖行的镖头，强人的头领，把钉在他肚脐眼儿上的那支箭拔出来。这两人都是有千斤膂力的彪形大汉，却用尽了吃奶的力气也拔不出一寸一厘，两人都连忙双膝跪倒，碰地磕响头，口称“师父，真是神人！”从此金钟罩张嘴便是金口玉言。

这个传奇故事，不管是真是假，多少年还挂在北运河沿岸百姓的嘴边上。他们看日本电视连续剧《姿三四郎》、意大利影片《佐罗》，中国的《少林寺》，撇嘴、摇头、冷笑，从鼻孔里哼道：“碰上咱们的金钟罩，他们都是上不了正席的小菜儿！”

子曰：“三十而立，四十而不惑，五十而知天命，六十而耳顺，七十而从心所欲不逾矩。”金钟罩三十岁那年在江湖上出人头地，四十岁自成一家，五十岁便“譬如北辰，众星拱之”。然而，一过五十，他便收住脚步，退守自己的瓜园，知足常乐，能忍自安了。他虽不是画地为牢，足不出户，却也是只在连环套的方圆左右打转；不赶集便少管闲事儿，不逛庙便眼不见心净。一片瓜园的收入，够老两口吃八成饱；河滩上有的是荒草野树，不愁灶下无柴；房前屋后几畦菜，夏天吃鲜的，冬天吃腌的；口馋了下河撒网打鱼，扯起弹弓打鸟——宁吃飞禽四两，不吃走兽半斤；身上衣裳脚下鞋，都是老伴纺线织布，亲手缝作。从惊蛰一犁土到立冬头场雪，他都光着脊梁赤着脚，瓢泼大雨才头戴自编的斗笠，身披自织的蓑衣。他好像一改本性，与世无争。白天收拾了瓜园的杂草，摇辘轳浇一遍垄沟，便到瓜楼上闭目打坐。孩子们在他眼皮下偷瓜，他并不追赶，也懒得吆喝。只有到夜深人静，他才找个背静角落，打拳踢脚，飞刀舞枪。雷鸣电闪风雨夜，鹅毛大雪三九天，呼啸压住雷声，拳脚快似闪电，枪挑雪花刀劈雨，才显出好汉不减当年勇。他闭门不收徒，练武怕人看，严守祖师爷的戒规，他这一身绝技只能世代单传。直到年交甲子，他才收下十一岁的龙抬头，这个孩子每天半夜悄悄追在他的身后，风雨无阻，也不怕天寒地冻，已经偷艺三年了。

龙抬头自幼父母双亡，跟着聋子爷爷长大。聋爷是金钟罩的干爹，又是金钟罩种瓜的师父，两家可算是父一辈子一辈的交情。龙抬头十三岁那年，聋爷老死，便搬到金钟罩家，既是徒弟又是干儿子了。唱戏的八年坐科，耍手艺三年出师，龙抬头在金钟罩身边习武十一年，金钟罩才放他到大船上背纤、撑篙、当舵手，走南闯北见世面。龙抬头严守师父给他立下的戒规，不嫖妓宿娼，不酗酒闹事，不赌钱偷盗，不抽大烟吸白面，不以强欺弱压人一头……以他的侠肝义胆，屈己待人，博得了有口皆碑的名声，金钟罩这才给他完婚。女方小名叫云姐儿，跟龙抬头是青梅竹马的童年伙伴。云姐儿的爹是个说书艺人，拜金钟罩的老伴做干娘，四处卖艺有金钟罩这座靠山，不受欺侮。云儿后来学唱京东大鼓，上场的艺名叫火烧云，嫁给龙抬头以后，便不再登台，留在家里服侍二老，为龙抬头生儿育女了。

金钟罩已经年逾古稀，乱世之中只求阖家团聚，老少平安。穷乡僻壤，孤陋寡闻，不知天下大势。

5

关省三刺杀伪冀东防共自治政府行政长官殷汝耕，没有打着狐狸反倒惹了一身骚；船老大龙抬头路遇不平，挺身而出，搭救了关省三。通州的通运门、朝天门、迎薰门、凝翠门和新城南门五门紧闭，保安队和警务处的便衣队，像拉网打鱼，包围圈越来越小。他们进退都已经无处藏身，只得钻进西海子公园的苇塘里。

进入苇塘深处，水没了顶，只能踩水。关省三的水性不强，舞动着手脚，时间一长便头昏、腿重、身子沉，水声哗哗响，他也呼哧呼哧的气喘如牛。

“不许出声！”龙抬头低低喝道，“仰躺在水面上，少费气力。”

关省三护住刀枪，刚一仰躺，沉重的身子就像一只碌碡坠入水中，只得扑通扑通乱蹬双腿，把身子从水中拔出来。

“大兄弟，我投案自首，不能再连累你了。”关省三灰心丧气，想从苇塘里凫出去。

龙抬头伸手抄住他的一条腿，说：“萍水相逢是缘分儿，见死不救是小人；西海子公园给咱们留着一条生路，我能带你出城去。”

“大兄弟，这条生路怎么走？”关省三回过头问道。

龙抬头踩水露出肚脐眼儿，压低声音说：“西海子有个通到城外护城河的水眼，咱俩扯断水眼的铁栅栏，扎个猛子从水眼钻出去。”

“我哪儿有这个本领呀！”关省三摇头，“你赶快钻水眼逃走，我跟他们拼个鱼死网破。”

龙抬头笑了笑，说：“那我也就舍命陪君子了。”

这时，苇塘岸边，马蹄声响，他俩都赶忙屏住呼吸，不敢出一口大气。

一队骑兵，封锁了西海子公园，带队的是保安总队参谋处长马名骓。

“报告马处长！”骑兵队的小头目咋咋呼呼地喊道，“请您下令，我带领弟兄们搜索苇塘。”

“你活腻啦？”那位马处长冷笑一声骂道，“明枪容易躲，暗箭最难防。你们加强警戒，天亮以后行动。”说罢，打马一鞭子，奔驰而去。

西海子公园沉寂下来，他们看得见骑兵吸烟的火光，听得见马喷鼻子的声音。这片苇塘，已经被紧紧围困。

“这个马处长是关东口音，我听你的口音也是关东人。”龙抬头跟关省三悄悄耳语，“老乡见老乡，两眼泪汪汪，你被他抓住，也许他能高抬贵手。”

关省三老大不高兴，说：“我被他抓住，那就咔嚓一声，人头落地了。”

“此人身在曹营心在汉，一定给你网开一面。”龙抬头又叮咛关省三道，“你被抓住以后，只说自己是偷鱼的，不许改口，我还能搭救你。”

仲夏时节，天亮得早，苇塘岸边马嘶人叫起来，龙抬头跟关省三道声再见，蹲个猛子无影无踪了。

“报告马处长，是不是开始搜索苇塘？”又是那个小头目兴致勃勃地催道。

“先打个招呼！”马处长下令。

兴致勃勃的小头目拉动枪栓，扯着脖子吆喝道：“苇塘里有人吗？赶快滚出来！我拍三声巴掌，不出来就叫你变枪粪。”

说着，啪，啪，啪！三声巴掌响。

“长官，别开枪！”关省三沉下手中刀，哭声喊叫，“我是偷鱼的。”

他赤条精光从苇塘里走出来。只见那位佩戴少校肩章的马处长，骑一匹雪里钻白马，年轻英武而又风度翩翩，剑眉星眼中流露着目中无人的傲气，手里玩弄一条镶银镂花把手的马鞭子，盛气凌人，高高在上。

骑兵队的小头目是个中尉，唰的一声拔出马刀，刀尖顶住关省三的胸口，奸笑道："我看你分明是暗杀殷长官的刺客，从实招来！"

"冤啊！"关省三叫屈，"我手无寸铁，怎么能当刺客？"

"你一没钓竿二没网，又怎么能偷鱼？"小头目逼问道。

关省三沉住了气，答道："我刚从奉天逃进关来，身无分文，买不起钓竿，更买不起渔网，只靠两手水里摸。"

马处长脸色一暗，命令那个小头目道："你把刀入鞘，叫他穿上衣裳。"

小头目只得收回刀来，问道："马处长，我看他十有八九是流窜京东的扁脑勺子土匪，是不是把他交给警务处？"

"扁脑勺子都是你的亲爹！"马处长破口大骂。

京东人管关东汉子叫扁脑勺儿，充满轻蔑、污辱和憎恶。骑兵队的小头目儿的脑瓜子发昏，一时疏忽，忘了马处长也是关东奉天人，脱口而出，自讨没趣。

马处长不但不想把关省三送交警务处，而且吩咐马弁掏出五块大洋，赏给关省三做个小本生意。关省三也不客气，接钱在手，转身就走。

"给马处长叩头谢赏！"骑兵队的小头目，刚才碰了长官一个钉子，这时赶忙讨好。

关省三站住脚，把五块大洋哗啦啦撒到地上。

马处长的脸色一变，皱起眉头刺了关省三一眼，骑兵队的小头目察言观色，又抽出马刀，拦住关省三的去路。却在这时，马处长的勤务兵从公馆跑来，在马处长身边嘁嘁喳喳，马处长连连点头，绷不住脸儿想笑出声来，眼里闪烁着恶作剧的目光。

“哈哈哈！”马处长忍不住连声大笑，马鞭子一指关省三，“我的老乡亲，原来你是骚鞑子拔烟袋，真会装傻充愣啊！”

“他是什么人？”骑兵队的小头目把寒光闪闪的马刀搁在了关省三的脖子上。

“得天厚堂韩秀老板的把兄弟，奉命乔装改扮，埋伏在西海子公园，摸鱼就是搜索刺客。”马名骓在马背上向关省三一抱拳，“老乡亲，请光临寒舍一叙，交个朋友。”

骑兵队的小头目，一听此人是韩秀的把兄弟，赶快收刀，连说：“得罪，得罪！”

关省三莫名其妙，就像丈二金刚摸不着头脑，可是为了能够脱身，不得不以假乱真，给马名骓作了个大揖，又向骑兵队的小头目拱了拱手，说：“我正是韩秀老板的伙计，虽然没有捉住刺客，也得赶快回柜上交差。”

“不忙，不忙。”马名骓向他的马弁和勤务兵递了个眼色，“你们伴送我的老乡亲回公馆，我到司令部销差，马上回家陪客。”

“是！”马弁和勤务兵答应一声，一左一右夹住关省三，“请！”

这两条彪形大汉像两堵墙，阳刚之气热烘烘烤人，关省三掂量一下自己的那点本领，单打一自己也不是敌手，只得听天由命，随他们去。

走进马名骓的公馆，哐啷一声院门关上了。

“师兄，贵客到。”马弁和勤务兵在客厅门口，压低嗓子报告了一声。

客厅里的师兄吩咐道：“给他换一身衣裳，带他来跟我填肚子。”

这位不露庐山真面目的人，口音虽然南腔北调，关省三却也听着有几分耳熟。马名骓的马弁和勤务兵不等他想个明白，推他到耳房里，找出一身半新不旧的保安队军装，叫他换上。

关省三又被带进客厅，只见迎面的太师椅上，大模大样坐着一位贵客。这位贵客头上戴着保安队军官的大檐帽，身上却穿的是一件肥大的道袍，打扮得稀奇古怪，一副墨镜遮住眼睛，看不出他是何许人也。

八仙桌上，两大盘肉，一大壶酒，这位贵客正大吃大喝。

“刺客关省三，恭喜啦！”头戴军帽身穿道袍的贵客，南腔北调的口音令人捉摸不定，“请坐，吃喝个酒足饭饱，我送你上路。”

关省三一听这几句话，蚕豆粒大的冷汗哗哗淌下来，判处死刑的罪犯，临刑之前，要喝断头酒，牢头道喜，就是通知犯人死到临头，口称送君上路，也就是喝过了断头酒便要押赴刑场。关省三想到这里，脑瓜子嗡的一声，一阵眼花耳鸣，后悔钻进马名骓的圈套，自投罗网，误入虎口。

来不及三思而行，关省三扭头就跑，不等站立窗外的马弁和勤务兵挡驾，端坐在太师椅上的贵客忽然腾空而起，抢先一步跳到门口，活像一堵封门的影壁。迟到一步的关省三就像头撞南墙，踉踉跄跄倒退，脚步零乱，自己的左腿绊右腿，跌坐在地上。

打扮得稀奇古怪而又南腔北调的贵客，摘下军帽和墨镜，真人露了相。

“龙……抬头师兄！”关省三呆头呆脑的满脸惊疑神色，“你……怎么来到马处长的公馆？”

“这里是咱俩的平安客店，长住短留都不取分文。”龙抬头伸手把他搀扶起来，“刚才正是我打发勤务兵师弟，前去请你。”

“你咋说我是韩秀的把兄弟呢？”

“这叫虚张声势。”

“你咋满嘴的南腔北调，改变了口音？”

“我的大船走南闯北，哪一方的土话我都会说几句，改变口音是为了弄虚作假。”

“你咋头戴军帽……”

“戴上军帽和墨镜，这叫蒙头盖脸，真假难分。”

“为啥又身穿道袍？”

“马处长的公馆，原是一位老道的禅院，老道云游四方，留下几件道袍，穿在我身上正够尺寸。”

“你跟马处长是哪一路的交情？”

“等他回来，你再听故事。”

龙抬头把关省三按坐在另一张太师椅上，给他连斟三大杯酒，喝下去暖一暖五脏六腑，待心安神定，马名骓回府，再作计较。

6

马名骓一去不回头，关省三心里七上八下的忐忑不安，龙抬头也坐不住了。

在家靠父母，出外靠朋友。龙抬头是个船老大，大运河上走船，闯江湖跑码头，吃水上饭，交游更广。不过，有的是志同道合，生死之交；有的是互相利用，酒肉之交；有的是萍水相逢，点头之交；有的是亲如兄弟，多年至交。他那成百上千的朋友当中，成分复杂，人品不一，占全了七十二行，下九流的居多。其中有一个人，虽是萍水相逢却志同道合，相识几天便亲如兄弟。此人是中共京东特委和民众救国会的主要负责人之一，化名很多，以不同身份从事地下活动。为阻止伪冀东防共自治政府成立，此人发动京东民众，以京东蓟县的盘山为中心，成立人民自卫军，打响了京东武装抗日的第一枪。但是，遭到日寇、国民党军和殷汝耕伪保安队的三路围攻，寡不敌众，队伍被打散了。人民自卫军的骨干分子化整为零，有的到堡垒户插枪隐蔽，有的摇身一变打入敌人内部，都为的是保存力量，待机而动。这时，党中央派遣几名身经百战的红军干部，从延安秘密来到华北，在北京西山的乡村，开办军训班。此人奉命调到西山受训，偷渡运河，中弹负伤，被龙抬头救到船上，龙抬头猜出此人的身份，此人也早已耳闻龙抬头的名字，两人心照不宣，一见如故。龙抬头随身带有红伤药，此人敷药三天便伤口愈合，于是请龙抬头到通州给马名骓捎个口信，叫马名骓护送他脱离险境。马名骓三年前在张家口的察绥抗日同盟军当骑兵连长，此人以随军记者的名义掩护共产党员的身份，在同盟军中活动，马名骓深受他的思想影响，又接受他的劝告，打入伪冀东防共自治政府保安队。龙抬头到马名骓的公馆，头一个照面见到的是马名骓的马弁和勤务兵，这两个人过去跟龙抬头在一条大船上当过船夫，见面分外亲热。龙抬头和马名骓之间，有这双重关系，也就自然交上了朋友。

马名骓能双手打枪，虽不是百发百中，却也是八九不离十。但是，枪一离手，赤手空拳，便没有了防身之术，所以，他很想学一点武艺。听说龙抬头的师父金钟罩的武艺出神入化，他便备下一份厚礼，到金钟罩的瓜园拜师。金钟罩的一身绝技，只肯传授龙抬头，不想开门收徒，就叫他跟龙抬头学艺。龙抬头刚刚二十挂零儿，比马名骓还小几岁，收徒年资不足，金钟罩便让马名骓管龙抬头叫师兄。顺便在这里说一句，龙抬头以此为例，收过不少师弟，若干年后，这些人便自称是金钟罩的弟子，外人只知其一不知其二，便以讹传讹，违背事实却被掩盖了真相。龙抬头以大河上走船为生，一年到头奔忙，只不过给马名骓开宗明义，口传几句而已，马名骓的那点本事，都是他的马弁和勤务兵教出来的。

龙抬头跟马名骓的交情，不深不浅，不远不近，来往不多，只因万不得已，这才不得不登门求助。他们两个人还算不得知己之交，所以马名骓迟迟不归，龙抬头不免心中生疑。

他等得烦躁起来，扔下筷子，推开酒杯，走出客厅。

就在这时，他听见马名骓在院门外，正跟一个人说话。

“二弟，进来坐一坐嘛！”从马名骓的语气中可以听出来，正跟一位交往密切的朋友死乞白赖，“咱们哥俩相好这么多日子，你还没有光临寒舍，吃我一顿饭，喝我一杯茶。”

“我这个人最不爱串门子。”那位朋友的嗓音不男不女，像个正在变嗓的少年，“你回家敲着木鱼念经，我可要到花天酒地里寻欢作乐去了。”

“来到我的门口都不肯进门，太不赏脸了！真是无情无义。”

“大白天的拉拉扯扯，叫人家看见是什么样子！”

只听扑通一声，马名骓被一掌推倒，一串脆笑中那个少年逃走了。

马名骓拍打身上的尘土，喊马弁和勤务兵开门。

“师兄，劳你久等了！对不起。”马名骓笑嘻嘻的满脸喜相。

龙抬头沉着脸问道：“马处长刚才在门外跟谁说话？”

马名骓挤了挤眼睛，走到龙抬头面前，低声笑道：“韩秀的妹子，金簪儿。”

“我听你管那个人叫二弟呀！”

“这个丫头一身男装，自称小韩太爷，只当别人不知道她是女的，还跟我磕头拜了把子；我也就糊涂庙里砌糊涂神儿，跟她逢场作戏。”

马名骓到保安队司令部销了差，又到他的参谋处拴了马，正要返回他的公馆，一出参谋处的门口便遇见了前来找他的韩金簪儿。这个自称小韩太爷的假小子，异想天开，邀他到一家日本妓院吃花酒。马名骓挂念着隐藏在家里的龙抬头和刺客，死说活劝也不肯奉陪。两人吵吵嚷嚷，不知不觉已经走到公馆门口，马名骓很怕她破门而入，却又不得不以守为攻，假装嬉皮笑脸，拉拉扯扯，硬要把韩金簪儿哄进家门，好像心怀叵测。韩金簪儿虽然自幼野生野长，缺少礼教，毕竟是个正值妙龄的女儿家，骨子里仍然时刻戒备，男女有别，不可大意。她一向不肯到马名骓的公馆作客，倒不是怕马名骓动手动脚，强行非礼，最怕的是自己把握不住，春心萌动，不能自持，一念之差失了身。

龙抬头又跟着马名骓回到客厅，只见关省三身心疲劳过度，喝酒过量，已经歪倒在太师椅上，昏沉沉酣睡。马名骓吩咐他的马弁，把关省三送到耳房睡觉，又命令勤务兵收拾八仙桌上的残酒剩菜，泡一壶香茶，挑几样点心，他要跟龙抬头且吃且谈。

“马处长，你是不是想娶这个韩金簪儿？”龙抬头开门见山地问道。

马名骓不好意思地笑了一下，说：“虽有此心，却还没有打定主意。”

“有朝一日花烛成婚，你可就是得天厚堂的娇客了。”

“龙师兄是不是怕我倒向韩秀一边？”

“韩家妻妾两党，兄妹不和，你娶了金簪儿，韩秀可就要跟你为敌作对了。”

“有你这位龙抬头师兄当靠山，我还怕他韩秀吗？”马名骓打了个哈哈，忙收起玩笑，恭恭敬敬问道，“金钟罩大伯的身板儿可好？”

龙抬头答道：“老人家口口声声说自己的身子骨儿大不如前了，可是一只手托住桑木扁担，还能带起二百斤的两筐大西瓜。”

马名骓一阵哈哈大笑，又问道：“大娘呢？”

龙抬头扮了个苦脸儿，说：“她老人家可受罪喽！”

“怎么回事儿？”马名骓吃了一惊。

龙抬头呵呵笑道：“我那个屋里的一胎生个双棒儿，老人家要服侍大小三口。”

“恭喜，恭喜！”马名骓双挑大拇指，“师兄真是好功夫，好福气，今晚上我得摆一桌喜酒，给你庆贺庆贺。”

“等孩子满月，我请你。”龙抬头站起身，“马处长，此地不可久留，你还是送我和关省三赶快出城吧！”

“街上正在严拿刺客，一见形迹可疑的人就抓起来，你还是在我这里多住几天，风声过去就走。”

“我那屋里的一胎双生亏了血，等我买回几根人参补身子。”

“买到手了吗？”

“住店遇见个串门户卖身的女人，我把买药的钱给她了。”

“嘻！原来龙师兄也贪爱野草闲花。”

“那个女人是唱蹦蹦戏的花中蕊，过去跟关省三相好；我给了她钱，又把店房让给她住了一夜，自个儿躲出去趴了一夜露天地。”

“后来又怎么跟关省三搅到一个案子里？”

“天亮进城，看见韩秀的打手狼爪张八拦劫关省三，一怒之下抱打不平，也就不能不带着他闯出龙潭虎穴。”

“可是，你走不了呀！”

“我想走就走，城墙挡不住，戒严拦不住，只是关省三一个人出不了城，这就得求你帮忙了。”

“请讲。”

“你到司令部讨个差遣，我跟关省三扮作你的马弁和勤务兵，混出城门。”

“我试试看。”

马名骓夹起公文包，便又匆匆离开公馆。

龙抬头带着关省三东躲西藏一天一夜，没有喘一口气，身子非常疲倦。马名骓走后，他便盘膝大坐在太师椅上，闭上双眼，像是老和尚入定，无声无息地打盹儿。

这是金钟罩传授给他的坐功。

武林中人，刀枪风险中过日子，难得大拆大卸地睡个整觉，必须学会随遇而安，到处可以打坐，凝神敛气，脑瓜子排除私心杂念，空空如也，打个盹儿便能养精蓄锐。当年，金钟罩教他这个功夫，把他带到河边，叫他爬上老龙腰河柳，坐在伸向河面的河柳枝丫上。风吹河柳摇曳不停，他稍一走神儿，便栽下河去，上岸还要挨一顿打。几历寒暑，百炼钢而成绕指柔，功夫到家了。

他连打了三回盹儿，养足了的精力够他折腾三天的，关省三却还沉睡不醒。

一直到黄昏时分，马名骓才垂头丧气地回来。

“能不能出城？”龙抬头急不可耐地问道。

“好险，好险！”马名骓懊恼交加，“你打发勤务兵给我送话，叫我把关省三说成是得天厚堂的打手，那个骑兵队的小子告了我的状，韩秀不认这个账，多亏金簪儿包揽下来，说是她曾派人到西海子搜捕刺客，我才没被扣押。”

这一来，龙抬头只得舍命陪君子，留在城里给关省三做伴了。

7

龙抬头和关省三躲藏在马名骓的公馆里，已经三天三夜，通州仍然满城风雨，难以乘虚而出。他们度日如年，马名骓每天到参谋处点个卯儿，便回家陪客，马弁和勤务兵是他的耳目，上街观看风向，打听消息。

这一天，马弁和勤务兵上街，关省三搬一把椅子，坐在院里看门，听墙外动静。客厅里的龙抬头和马名骓，隔帘看花影，说着闲话。

“龙师兄，你不要着急，很快就要烟消云散。”马名骓跷着二郎腿，悠闲自得地吸着香烟，“保安队和警务处越是闹得凶，越是在做官样文章，就像戏台上的锣鼓点打得越响，越是临近收场了。”

“我不放心的是得天厚堂。”龙抬头紧锁浓眉，阴沉着脸，“关省三刺杀殷汝耕，是韩秀出的主意，我救出了关省三，他还请我们吃酒；

眼下城里天翻地覆，他却一不出头，二不露面，不知他的闷葫芦里卖的什么药。”

“他是个势利小人，没有便宜不伸手。”马名骓掸了掸烟灰，微然一笑，“他那里有个风吹草动，金簪儿是我的耳目，马上就来报告。”

他的话刚落音，耳听八方的龙抬头听见房脊上似有脚步声，轻得像飞鸟落在树枝上，低声说了句：“有人！”马名骓这间客厅的顶棚，有个查看屋顶是不是漏雨的方眼，龙抬头拔地而起，像一缕青烟，钻了进去。

马名骓的里屋床下，撬开一扇砖板，有个地窖子。关省三躲进里屋，来人已经跳下院子，撬开砖板的声音会惊动来人，他只得趴在床下蜷缩一团。

“大哥，救救我！”一阵香风扑进客厅，这位不速之客原来是重现女相的韩金簪儿。

韩金簪儿今天上身穿的是藕荷色元宝小袄，下身穿一条纺绸灯笼裤，虽是个武林女子的打扮，搽胭脂抹粉的脸上却挂着泪珠儿，过去那顽皮无赖的神气一点也不见了。

“二弟，男儿有泪不轻弹呀！”马名骓头一回看见韩金簪儿哭鼻子，觉得十分有趣，便要笑起来，“嗬！原来现出原形，不过是个女流之辈，也就一把鼻涕两行泪了。”

“人家心如汤煮，你反倒拿人家开心取乐儿！”韩金簪儿双手捂脸，乱跺双脚，呜呜咽咽哭起来。

“妹子息怒，哥哥该死。”马名骓抱住韩金簪儿的双肩，嘴吹着耳朵问道，“出了什么事儿？”

“殷汝耕……这个淫贼色鬼，他……”韩金簪儿放声大哭，“他逼我给他当……上炕的……使唤丫头。”

“啊呀！”马名骓吓了一跳，“是不是韩秀卖你换官儿当？”

“这回你却冤枉他了。”韩金簪儿抹两把眼泪，收住了哭声，“池宗墨咬定暗杀殷汝耕的刺客必是得天厚堂的人，把我哥哥拘押到殷府，不交出凶犯，就得拿我折罪。”

管韩秀叫哥哥，马名骓也是头一回听见，是个新闻。

“这个交换条件，你怎么知道？”

“他们把我哥哥放出来，哥哥跪在我娘面前，一边哭，一边说，一边骂……”

“你愿意吗？”

“我要愿意，就不找你来了。”

“是韩秀逼你答应？”

“我哥哥宁愿坐牢杀头，也不肯委屈自己的妹子。”

“那你何必哭得这么伤心？”

“是我那昏了心的娘，想攀高枝儿，逼我答应下来，一年当丫头，二年便是姨太太，生个小子就被封为贵妃娘娘。”

“这个老婆子真会打如意算盘呀！”

“不许你骂我娘。”

“顺者为孝，那就听你娘的安排，进府去吧！”

“狠心贼！眼看我跳火坑，就不伸手拉我一把？”

“你心思不定，我怎么帮忙？”

“我想……”韩金簪儿那被泪水冲刷了脂粉的脸儿，红了一红，

“在你这位处长大人的公馆里，躲上几天。”

马名骓高兴得差一点儿脱口而出：“求之不得！”但是转念一想，这里还窝藏着龙抬头和关省三，哪里还有韩金簪儿的一席之地？便硬起心肠，一口回绝：“使不得！你娘和韩秀找我要人，我浑身都是嘴，也说不清道不明呀！”

“是我投奔了你，不是你拐骗人口。”

“闹到官府，谁知道你的胳臂肘儿往哪边拐？”

“原来你怕我倒打一耙，我扒出心来给你看！”韩金簪儿又犯起假小子的野性，扯开藕荷色元宝小袄，袒露出绣着并蒂花开的红绫兜肚。

“小姐，你文明一点儿！”马名骓半闭上眼睛，“男女授受不亲，姑娘家怎么能在男人面前大拆大卸呢？”

“我嫁给你！”韩金簪儿扑到他怀里，搂着他的脖子，“你敢要不敢要？”

“嘻！”马名骓端起架子，“什么敢要不敢要？我想不想要还说不定。”

“难道我配不上你？”韩金簪儿搡开马名骓，叉着腰，瞪着眼。

马名骓牵着她的手，走到客厅穿衣镜的面前，说：“咱俩先比一比模样儿。”

“你眉清目秀，唇红齿白，是个英俊小生。”韩金簪儿瞟了一眼镜子里的自己的形象，扭过脸去，“我是杨排风，可也不算丑八怪。”

“这一项，你至少低我一等。”马名骓又从条案上拿起一本书，“咱俩再比一比学问。”

“你比我认得的字儿多！”韩金簪儿夺过书本，扔回条案上。

马名骓又一拍腰间的手枪，说：“枪法上……”

“更不如你！”韩金簪儿又自认低他一头，“早领教过了。”

几个月前的一个春夜，马名骓和韩金簪儿在戏园子里听了一出《薛丁山三休三请樊梨花》，不禁想入非非。他觉得自己很像薛丁山，又早就猜出韩金簪儿是女扮男装，那么韩金簪儿也就很像樊梨花，越想越动心，不等散戏，就拉着韩金簪儿到酒楼喝个七八成醉，更是难舍难离，又带韩金簪儿来到北门外的靶场。他吩咐驻守靶场的士兵，在百步之外，点燃起百支高香，两支高香之间相距一步。然后，他脚站丁字步，从腰间拔出两支匣子枪，黑暗中左右开弓，百支闪烁火光的高香被打灭了八十八支。

“二弟，你看我算不算是个神枪手？”马名骓洋洋得意地问道。

“你还有十二支没有打灭哩！”

“保安队里，没有一个人能一口气打灭八十八支。”

“那就算你是神枪手。”

“你怕我不怕？”

“怕。”也许是夜风一吹，韩金簪儿又穿得单薄，哆嗦了一下。

于是，马名骓趁热打铁，借酒撒疯，动手动脚起来……后来的故事，他的记忆模糊了。

马名骓沉浸在自我陶醉中，一副骄傲的神态，说：“这一比，就把你比没了。”

“你这是以己之长，轻彼之短。”韩金簪儿上过三年学，又好读闲书，常听戏词儿，也学会几句文言字话，“论武艺呢？姑奶奶一个人收拾你这样的十个！也是打靶那个夜晚，早把你擒下马了。”

马名骓慌了神儿，连连摆手，说："我的枪法，你的武艺，各有所长，别提那一回的胡闹了。"

"你抓我的脸，我就揭你的短！"韩金篰儿咬牙切齿。

那一天马名骓酒盖脸儿，在韩金篰儿的嘴唇上亲了一下，韩金篰儿忍受了。可是，他还想得寸进尺，韩金篰儿便像猫扑老鼠，把他按倒在地，一条腿顶住他的腰眼，一只手拧过他的双臂，另一只手下了他的枪。

"你……你要干什么？"马名骓惊恐地挣扎着。

"阉了你！"韩金篰儿的口气十分粗野。

马名骓想打个滚儿爬起来，韩金篰儿就像一座石碑，压得他不能动窝儿。

"二弟，高抬贵手！"马名骓只得告饶。

"好人不当兵，好铁不打钉。你也是猴儿拉稀坏肠子了！"韩金篰儿咒骂着，扔下马名骓走了。

后来，还是马名骓赔礼道歉，两个人才又言归于好。

但是，此时此刻，自以为正占上风的马名骓被揭了短，大伤自尊心，恼羞成怒板起脸，说："金篰儿，婚姻乃终身大事，不能儿戏，我还得审一审你。"

"姑奶奶身正影儿不斜，脚正鞋不歪，审吧！"

"我且问你，你自幼女扮男装，跟小子们厮混，怎能守身如玉？"

"姑奶奶白璧无瑕，真正是黄花闺女。"

"有何为证？"

"我立下文书，你眼见为实。"

“金簪儿，果然如此，我娶你了。”

“原汤化原食，我也得审一审你。”

“审……审吧！”

“我也刨根问底，你过去可曾寻花问柳钻狗洞？”

“没……没……”

“嘴硬！”韩金簪儿又把马名骓扑倒，在他的大腿根上狠拧一把，好比上刑。

马名骓疼得呻吟连声：“有……有……”

“今后改不改？”

“痛改前非。”

“光棍怕掉过儿，烙饼得翻个儿；你想叫我严守妇道，不犯七出之条，自个儿也不能差了尺寸，乱了板眼。”

“当然，当然。”

“心口不一呢？”

“我敢吗？姑奶奶的拳头赛榔头，我不想被你捣得粉身碎骨。”

“告诉你！姑奶奶拳打南山猛虎，脚踢北海蛟龙！”

韩金簪儿的性格野得不顾一切，天真得百无禁忌，开怀大笑起来。

马名骓爬起身，噘着嘴说：“你愿意留下就留下，别吓唬人了。”

韩金簪儿翘起鼻子，说：“你想留下姑奶奶了，姑奶奶反倒要回去。”

“你这不是戏耍我吗？”马名骓又被她惹得火起来。

韩金簪儿扭腰晃膀子，撒着娇儿，说：“我是你白头到老的媳妇，不是露水姻缘的姘头，你得明媒正娶，大红轿子把我抬进门。”

“可是，你一回家，我那岳母老大人又要把你送进府去，那就呼天不应，唤地不灵了。”

“我骗她老人家，她的女儿早已经是有夫之妇了。”

“空口无凭的一句话，老人家不上你的当。”

“我就说这里装着马名骓的孩子！”韩金簪儿一拍肚皮，双手像搂着西瓜，“两个多月了。”

“哎呀！亏你想得出……”

顶棚里哈哈大笑，哗啦啦顶棚漏了个大窟窿，龙抬头整个儿摔下来。

8

龙抬头躲在顶棚里，全凭他聚起丹田一口气，身如蛛丝的软功。高粱秆搭成的棚架，内糊一层衬纸，外裱一层白雪莲纸，趴着五尺六寸七身长的大个子，竟能不露痕迹，没有声响，可见武功上的造诣之高了。但是，韩金簪儿妙语连珠，马名骓窘态百出，逗得龙抬头咬紧了嘴唇才没有笑出声来，然而笑入五脏六腑，丹田之气便有点松懈。等到韩金簪儿最后那句惊人妙语一出口，他再也忍耐不住，哈哈大笑，丹田气消，这才像一块石头落了地，四脚八叉摔下来了。

韩秀曾在金钟罩门下学艺，跟龙抬头是师兄弟，龙抬头到过得天厚堂，韩金簪儿见过他几回，可算熟脸儿。不过，这时候的韩金簪儿羞得无地自容，便闪到马名骓的身后，忸怩作态地叫道：“名骓，从哪儿钻出来的凶神恶煞，吓死我了！”

“这是从天而降的大媒人，咱俩的龙师兄。”马名骓只当他俩不相识，忙从身后把韩金簪儿扯到龙抬头面前，“师兄，这个小妇人是贱内韩金簪儿。”

“你才贱哩！”韩金簪儿啐了马名骓一口。

“那么，称你拙荆。”

“你才拙哩！”

“这两个称呼都不中意，那就只有糟糠了。”

“你才糟哩！”

“叫你什么才算不贱、不拙、不糟？”

“我是那穆桂英的降龙木！”说着，韩金簪儿飞起一脚，直奔龙抬头心窝。

龙抬头早有防备，一个金龙探爪，想抓住韩金簪儿的脚腕子，韩金簪儿手疾眼快，收腿拧旋子，燕子三剪水，跳到院里。

“有两下子！”龙抬头点了点头，“不愧是门里出身。”

“来，来，来！”韩金簪儿在院里的花荫下招手，“大媒人，敢不敢跟我这个降龙木大战三百回合？”

“金簪儿，不得无礼！”马名骓也想看一场热闹，却又不能不假意劝阻一下，“人家都是念完经打和尚，过了河才拆桥，你怎么不等花轿进门，就对媒人恩将仇报？”

“这叫以武会友，不打不相识。”韩金簪儿拉开架子，“雁过拔毛，我要跟这位大媒人讨教三招两式。”

“不敢当。”龙抬头走出客厅，“丑话说在前面，还请弟妹手下留情。”

“吃我这个黑虎掏心吧！”韩金簪儿腾空而起，扑了过来。

龙抬头迎上前去，并不躲闪，韩金簪儿的一只手掏他的胸窝，他不慌不忙伸出二指，夹住了韩金簪儿的手腕子。

韩金簪儿并不觉得像戴上了铁箍，却一动也不能动；手腕子也并不感到疼痛，半边身子却麻酥酥地难受。

“金簪儿，你有喜了！”龙抬头撒了手，又向客厅里大叫，“马处长，原来你们是先斩后奏，封我当媒人，不过是给你们遮羞。”

“男子汉假充老娘婆子，我撕烂你的嘴！”韩金簪儿不依不饶，又一掌劈下来。

“使拳弄脚，怎么能不通脉理？”龙抬头好像不敢还手，也不敢招架，藏头裹脑满院子跑，“我本想点你的穴，谁知一摸你的脉，胎气至少两个月了，可不敢惊动了你们那还没有出世的贵子。”

马名骓大步走出客厅，心中懊恼，脸色难看地问道：“龙师兄，当真？”

“说得有一字偏差，割我的舌头！”龙抬头递给马名骓一个眼色，又向房脊上喊道，“韩秀，下来吧！咱们一同喝杯喜酒。”

趴在游龙房脊上的韩秀，一个凤凰展翅，飘落下来，笑道：“师兄，踏破铁鞋无觅处，得来全不费工夫，看见你我就有了主心骨。”

韩金簪儿脸上一阵飞红，捂着脸跑进马名骓的卧室。

马名骓一见龙抬头递给他的眼色，心中已经明白：龙抬头刚才那一番话，是说给房脊上的韩秀听的，叫韩秀相信他和韩金簪儿早就木已成舟。但是，他鄙薄韩秀的为人，不想顺水推船，认下这个内兄。

“韩秀，你知道不知道我这里是官宅重地？”马名骓铁青着脸，还拔出手枪，“你上我的房，图谋不轨，已经犯了军法。”

“名骓，咱们已是骨肉至亲，就别跟我打官腔了。”韩秀嘻嘻哈哈，“我家大娘，逼我赶快找回小妹。金簪儿跟你形影不离，人所共知，我不找你又找谁？”

“为什么不敲门走正道，偏要学鸡鸣狗盗之徒？”

“马处长，你的脾气我也领略过一二，不看出个真假虚实，我敢跟你开口要人吗？”

龙抬头听他说得有几分道理，便给他们打圆场，说：“韩秀，金簪儿跟马处长已经私订终身，你这个当哥哥的，赶紧操办喜事，别等到瓜熟蒂落，双喜临门反倒要闹出笑话儿。”

三人走进客厅，韩秀唉声叹气，说：“师兄，金簪儿能嫁给马处长，不光是她的一辈子福气，也是得天厚堂韩家的满门荣光，只是殷长官点名叫她进府听差，我怕福无双至，祸不单行呀！”

“韩秀，你是个泥捏的软骨头！”龙抬头大怒，“得天厚堂有多少打手，你怎么就保不住自己的亲妹子？”

“得天厚堂从今天起关张了。”韩秀的脑瓜子耷拉到胸脯上，“我那个二掌柜狼爪张八，带领伙友们投了官，只剩下我这个孤家寡人。”

“狼爪张八是你爹的得意门徒，那些伙友也是你喂养多年的狗，怎么会拔你家的锅呢！”

“池宗墨封官许愿，把他们收编为警务处侦缉队；吃官饭财路广，油水大，捞钱多，怎么能不跳槽？”

“看来，你也想把亲妹子当见面礼，换个一官半职。”

“龙抬头，你隔门缝看人，把我瞧扁啦！”韩秀好像发了狂，乱蹦乱跳又乱叫，“脑袋掉了碗大的疤，把我碎尸万段也不能卖妹子！封我当一人之下，万人之上的大宰相，我也不能拿亲妹子做交换！”

龙抬头冷冷地问道：“你死都不怕，还有什么烦恼呢？”

“我忧虑的是马名骓得罪了殷长官，不杀头也得坐牢，金簪儿可就跟着吃苦了。”

马名骓把手一挥，说：“你不必操心。”

“我不能不为我的妹子想一想，更不能不为我家大娘想一想呀！”韩秀跟马名骓大吵大嚷。

龙抬头一拍韩秀的肩膀，说：“你这个家伙，眉头一皱就计上心来，还是把葫芦里的药倒出来吧！”

“我有上、中、下三策。”

“一口气都说出来。”

“名骓辞官，带着金簪儿和我家大娘，到北京城里或是天津租界，过个与世无争的安乐日子……”

“把我们吓跑了，你好把整个家产一口独吞呀！”卧室里，金簪儿叫道。

“狗咬吕洞宾，不识好人心。”韩秀假装苦笑两声，“中策是名骓辞官，跟我合伙掌管得天厚堂。”

马名骓一巴掌拍在八仙桌上，说：“我饿死也不吃这碗饭。”

“那就只有万不得已的下策了。”

“说吧！”

“名骓出力，抓住刺客，讨得殷长官欢心，转怒为喜，两全其美。”

马名骓还没有回答，卧室里的韩金簪儿又一声尖叫：“有贼！”

韩秀头一个踢开房门，马名骓和龙抬头目瞪口呆。

原来，韩金簪儿一个人待在卧室里闷得慌，便又想女扮男装变花样儿，她脱下藕荷色元宝小袄和纺绸灯笼裤，打算换上马名骓的一身少校军装。她见床下有一口大皮箱，便撩起床单，伸手想把皮箱拉出来，打开箱盖找衣服，不料刚一弯腰，还没有伸手，一眼便看见了趴在皮箱后面的关省三，吓得失声尖叫，心怦怦跳。

房门大开，韩金簪儿半裸着身子，慌忙扯过一床富贵牡丹的大红缎被子，紧紧裹在身上。

“这间屋子闹老鼠。”马名骓在韩秀背后，给韩金簪儿打手势，“一只老鼠就把你吓得惊惊乍乍，真是头发长胆子小。”

韩秀目光四射，问道：“是不是老鼠成了精？”

韩金簪儿裹着被子不敢抬手，努着嘴儿说：“床下有人。”

“是我荒唐……荒唐……”马名骓的鬓角淌下了冷汗，“叫了个大鼓妞儿……解一解闷儿……”

“男的！”

“她也喜欢女扮男装。”

韩秀跨上一步，向床下猛踢一脚，关省三哭丧着脸爬出来。

9

韩秀到马名骓的公馆，倒不是为了打探关省三的下落，而是前来送个顺水人情，同时也就不显山露水地给马名骓捅了一刀子。

他在殷汝耕面前立下军令状，拿韩金簪儿当抵押品，乃是一石二鸟的毒计，他早就算定，他家大娘眼窝子浅，一定满心欢喜，韩金簪儿却刀搁在脖子上也不点头。惹得儿皇帝龙颜大怒，他正可以倚势欺人，压倒他那个母老虎的大娘。马名骓一向傲性十足，目中无人，不但不会在殷汝耕面前卑躬屈膝，而且必定盛怒之下不顾利害，一时冲动娶韩金簪儿为妻，今后也就陷入遭嫉和厄运之中。虽然马名骓跟他远日无冤，近日无仇，但是他看到这个青年军官深得人心，受到欢迎，早已妒火中烧；此人立时马上即刻走背字儿，他的小人之心才感到痛快。

明是报喜，暗是报丧，想不到竟又发现了刺客，他不禁喜出望外，眼里闪烁贪婪的目光。

"关省三，你在这儿！"韩秀淌下了口水，"保安队眼观六路，可就忘了灯下黑。"

马名骓一手搀起关省三，一手暗中摸枪，说："这是我的乡亲贵客。"

"贵客呀贵客！"韩秀歪着嘴角一笑，"他能帮你升官发财，可算无价之宝。"

"韩秀，你看着眼热吧？"龙抬头整着脸子，"你把他抓走，送到府里请赏。"

"名骓的头功，我怎么敢抢？"韩秀嬉笑道，"这是我家金簪儿眼中有福，一镐头给名骓刨出个金窖。"

"也不能叫你可怜巴巴地吃素呀！"龙抬头的口气冷飕飕逼人，"你找到了窝主，也能领到一笔好赏。"

"你这不是叫我出卖自己的妹夫吗？"

“窝主不是马处长。”

“关省三躲在他的床下，不是他又是谁？”

“那是我逼迫他收留刺客暂避一时。”龙抬头反剪双手，“韩秀，把我五花大绑吧！”

韩秀熄灭了眼中邪火，哈哈一阵假笑，说：“咱们都别唱《三岔口》了。”

“马处长，你把我交出去吧！”关省三眼含热泪，“我不能给你和金簪儿姑娘招灾惹祸，也不能再累赘龙师兄了。”

“好汉子！”韩秀像在戏园子里叫好。

“我不想卖友求生！”马名骓满面通红，“龙师兄出城你留下，我要送佛送到西天。”

关省三却梗着脖子，说：“马处长，我投案自首，不能叫你落下骂名。”

韩秀眼珠子滴溜溜一转，满脸正色地问龙抬头道：“师兄，你心明眼亮，我韩秀子继父业，这几年有没有坏过镖局子传留下来的老规矩？”

龙抬头想了想，一时还真想不出来，便模棱两可地说：“你是个聪明人儿，不会不懂得江湖上最讲的是义气，每走一步都有人盯着你的脚印儿。”

“好！”韩秀四面拱手，“关省三从关外流落京东，常跟得天厚堂来往，我得按镖局子的老规矩办事，他进得城来，就得出得城去。”

镖行跟强人，好像是势不两立，其实是明仇暗友，互相利用，互相配合。强人腰里有了钱，也想进城吃一吃，喝一喝，玩一玩，乐一乐，便投奔镖局子。镖局子得前接后送，热情款待，保障人身安全。强人进城都打扮成买卖人，来到镖局子以后，谁跟他是熟脸儿，谁就陪他白天出去游逛，晚上回镖局子安歇。在外头吃饭，镖局子会账；在柜上吃饭，一日三餐有酒有肉。看戏和逛景，也是镖局子掏钱；买东西和逛窑子，那就得自己破钞。强人玩够了，镖局子送他出城，起五更坐镖局子的轿车，还有镖客护送。出城来到郊外，双方各道后会有期，高高兴兴分手。不过，强人进城活动，难免露出形迹，被官面上扫着影子，镖局子就得盯住了他，不能作案，不能出事，如果一个不留神，他被官面上拿住，镖局子就栽了。走镖就要遇到他的同伙报仇，结下了死对头。得天厚堂一直严守这条铁打铜铸的规矩，关省三和他的弟兄们被打散之前，每月都轮班到通州城里消遣几天，得天厚堂招待得十分周到。关省三爱恋唱蹦蹦戏的女戏子花中蕊，比别的弟兄们跟得天厚堂来往更多。

龙抬头怀疑其中有诈，说："你那个得天厚堂已经自身难保，破庙还能收留挂单的和尚？"

"船破有底，底破还有三千六百六十六颗钉！"韩秀昂头、挺胸、撑起膀子，就像黄天霸拜山的亮相，"关省三进城，一个是报弟兄们被打散这个仇，二是为了看望花中蕊。虽说没有杀死那位殷长官，也吓得他大伤元气丢了魂儿，出了半口气。可是花中蕊正半吐半咽在虎口里，关省三不能不尽一点人情呀。"

关省三动了心，问道："花中蕊现在在哪儿？"

"狼爪张八把她抓在了手里。"韩秀满脸悲天悯人的愁容，"不但夜夜霸占她的身子，还天天强取她的戏份儿。"

关省三更浑身起火，握得拳头的骨节咯咯响，说："我得把花中蕊从狼爪下救出来！”

“老关，不可为一个烟花女子坏了大事。”马名骓劝道，“你的脖子枕在刀刃上，还是三十六计走为上策，赶紧脱身。”

韩金簪儿的鼻孔哼了几哼，说：“天下多的是痴心女子负心郎，我要是遭上劫难，你也是闪开身子，袖手旁观？”

“你怎么能拿自己跟花中蕊相比呢？”马名骓眼望着龙抬头，“师兄，我是怕夜长梦多。”

龙抬头豹子眼圆睁，盯住韩秀，问道：“你能把关省三送出城？”

“我韩秀呱呱坠地，就说话算数儿。”

“送到哪里是一程？”

“出东城到大码头上船，出西城到八里桥上车，出南城过铁路，出北城到李进士坟地。”

“那你陪着我踩一踩这四条道。”

“天罗地网，也拦不住你上天入地呀！”

“花中蕊怎么安排？”

“一对鸳鸯儿，双飞双宿，两只筐我一肩挑了。”

“你送人，我接人，咱俩在哪儿接头？我可不想拜四方。”

“北门外李进士坟地。”

“还得定个日子。”

“哪一天开城门，哪一天就是黄道吉日。”

马名骓的马弁和勤务兵从街上回来了，他们看见保安队已经回营，只有警察、便衣队、狼爪张八和他的喽啰们串街走巷，盘查行人，东、西、南、北的城门也还没有开放。

"老关，我在城外等你。"龙抬头一手搭在关省三的肩上，一手搭在韩秀的肩上，话里有话，弦外有音，"韩秀保镖，没砸过牌子，老关若有个三长两短，江湖弟兄们一齐来摘得天厚堂的匾。"

"得天厚堂的几十年老字号，毁坏在狼爪张八手里了。"韩秀慨叹一声，"抬头，你虽有上天入地的本领，我看也不要硬撞天罗地网，还是到得天厚堂住两天，我送你出城更安全可靠。"

龙抬头笑了笑，说："我一不上天，二不入地，另有出城之路。"

"怎么走？"

"天黑之后，你给我送行。"

这句话也是一道命令，天黑之前韩秀不能离开马名骓的公馆。

韩秀挽起袖口，笑道：

"我亲手来炒几个菜，也算请大家喝我妹子和妹夫的定亲酒。"

"我给大师傅打杂儿。"龙抬头一捅关省三，"名角儿上场，你也跑跑龙套。"

韩秀、龙抬头和关省三到灶上，马弁和勤务兵把守院门。屋里只剩下马名骓和紧裹着一床富贵牡丹大红缎被子的韩金簪儿，如胶似漆，蜜里调油，谈情说爱。

这顿酒饭吃到掌灯时分，又是个月黑天，夜色如墨，行动起来更方便。

"抬头，起驾吧！"韩秀催道。

龙抬头又叮咛关省三几句，便跟韩秀手挽着手，走出客厅，一同飞身上墙，落地便是西海子公园的水边。

"韩秀，看我水遁！"龙抬头放开韩秀的手，脚尖点地，一跃而起，投入水中，只溅起一朵睡莲似的水花，便水平如镜不见人了。

龙抬头水遁而去。

韩秀呆若木鸡，山外青山天外天，能人背后有能人，殷汝耕的这只御猫，连打几个寒噤醒转过来，只能望水兴叹而已。

扒开西海子公园沟通护城河的铁栅栏，龙抬头又从护城河进入北运河，像一条游龙顺流而下，直到连环套，上岸回家。

10

我在蝈笼子镇的七天，亲眼见到老乐哥不但每日在敬柳亭连说三场，而且还出过两回堂会。我的笔，他的嘴，侍候听众的耳朵；说书场能叫座，堂会上却不一定讨好。说书场上说书，好比做大锅饭，虽然众口难调，但有个少数服从多数，大面上过得去，就可以了。堂会上说书，好比做小灶饭，东家要挑吃点菜，说书人就得因人而异，投其所好，一张嘴十样全能。

听众左右老乐哥的嘴，老乐哥的嘴支配着我的笔。我在蝈笼子镇的七天时间，一支笔跟着老乐哥的舌头转，身不由己写出三万多字，完全进入无我的境界。

“兄弟，委屈你了。”老乐哥很觉得过意不去，满脸歉色，“磨坊的磨，听驴的吧！”

他把我比作磨盘，自比拉着磨盘转的老驴，那么，我的小说便是在他的带动下磨出的米面。不过，以老驴自喻，又委屈他了。

“咱们这是现代化的磨坊。”我将他的比喻修正了一下，“你是电闸，给我动力。”

我写小说，喜欢开门见山而又云山雾罩，行云流水而又曲里拐弯。常有离题的闲笔，却要抛得出去，收得回来。我很想把我的小说写得像北京人的闲聊天儿，村妇乡女的说闲话儿，自然成趣，返璞归真。但是，七天过后，临行之前，我又把这三万多字浏览了一遍，感到我笔下的闲聊天儿和说闲话儿失之散乱，好像玉米面包饺子，捏不成个儿。

吃过晚饭，老乐哥抱来一个斗大的绿皮红瓤西瓜，月光花影下，我吃着西瓜仍然闷闷不乐。

“兄弟，都怪我这头老驴拉着磨乱转。”老乐哥手轻刀快，切出的一瓣瓣西瓜像月牙儿，不漏一点一滴汤水，“你要笔杆子三十多年，还能没有主心骨儿？磨盘乱转也离不了轴。”

是呀！天女散花，纷纷落地；群莺乱飞，还得回到树上；北运河沿途那七出八进的水汊子，最后都要归入大河的河槽。

老乐哥的话把我逗笑了，也把我点醒了。

盛夏，昼长夜短，吃完西瓜赶快睡觉，老乐哥头一沾枕，便酣然入梦；我却盘算着我的小说，环环相扣如何衔接，收因结果如何起落，直到大河两岸那一呼百应的鸡啼声声入耳，我还没有打盹儿。突然，从蝈笼子镇穿街而过的公路上，一辆日本雅马哈牌摩托车那加大油门的马达声，打破了黎明前的寂静，搅乱了我的渐入悟道的沉思。

“老梆子，滚起来！”在突突突的马达声伴奏下，一个粗野无礼的女人，扯着男子汉的大嗓门儿，堵住老乐哥的门口，大呼小叫。

我赶忙推一推老乐哥，低声说：“有人叫门。”

“这个香河县大娘儿们！”老乐哥嘟嘟哝哝骂道。

“她是什么人？”

“这个娘儿们能手伸到南边天的深圳，脚跨到跟苏联搭界的满洲里，是个神通广大的女二道贩子。”

“喂！”女二道贩子又一声高一声低地按起喇叭，“老梆子你是一口气上不来，伸腿瞪眼驾崩啦，还是叫花枝小媳妇儿的大腿压住身子，爬不起炕啦？”

“我梦见你张开大嘴，吞下一张十块钱的大票子，胀破了肚皮，正给你收尸。”

“你一定偷看我的肚脐眼儿了，老不死的！”

“借你的吉言，我还想再活一个甲子。”

“滚起来给我圈地撂摊儿，我进屋到炕上躺一躺，大大的有赏！”

“我不贪财。”

“你不是在银行开了个户头，零存整取，想跟你那白毛女的老婆子离婚，换个赛西施的第三者吗？”

“我这个榨不出油水的老干柴，不想自讨苦吃了。”

“老虎挂念珠儿假充善人！我到屋里跟你睡一宿，你准能给我装进一个大胖小子，敢不敢打赌？”

“你嘴上讲点卫生，屋里有贵客。”

“工商局的还是公安局的？”

“作家。”

“作家是赶哪趟牛车的？”

“写书。”

“多少钱写一斤？”

“写一本能卖两三千块。”

“我掏一万，叫他给我写两本。”

“你有什么可写的？”

“长途贩运，走南闯北，买卖兴隆通四海，财源茂盛达三江；修桥补路，办幼儿园，惜老怜贫做好事，积德行善赛观音。”

“还有不守妇道，偷野汉子……”

“头一名野汉子就是你这个馋嘴的老东西！”

“到河边刷牙去！你脏了贵客的耳朵。”

“这位贵客写过什么书？”

“我说的书就是他写的。”

“我正要找他，给他提意见。”

“你喝过几滴墨水？别忘了自己能吃几碗干饭。”

女二道贩子扔下摩托车闯进来，两只胳臂趴在外窗台上，说：“龙抬头把关省三交给了韩秀，明摆着上当，他也太缺心眼儿了。”

“韩秀暗中当上殷汝耕的走狗，还没有公开暴露身份，龙抬头也是万不得已，才把关省三交给他。”老乐哥跟女二道贩子隔窗答对，变成了我的代言人。

“那小子不是好东西，龙抬头也不是不知道呀！”

“龙抬头对他并不放心，所以才向他提出警告：关省三若有个三长两短，江湖上的弟兄们要摘得天厚堂的匾，韩秀懂得这两句话的分量，也就不敢不三思而行。”

“那么韩秀真把关省三送出城，进了嘴的肥肉又吐出来？”

“他自有借刀杀人之计。”

“借哪口刀？”

“关省三到狼爪张八家里搭救花中蕊，狼爪张八人多势众，把关省三捉住送官，功劳簿上却写的是韩秀的名字。”

“原来韩秀和狼爪张八演的是戏中戏呀！”

“这就叫阴一套，阳一套，狼狈为奸。”

“龙抬头是个粗心人，看不出韩秀装神弄鬼，怎么脑瓜儿精明的马名骓也糊涂了呢？”

“人有失手，马有露蹄，吃烧饼没有不掉芝麻粒儿的，老言古语说得好：智者千虑，也有一失嘛。”

“嘻！写书的一言不发，你这个说书的大包大揽，屎蜣螂掉驴槽里，装什么大料豆儿？”

我很想回答她：“两心相通，不谋而合。”可又怕跟这个村妇斗嘴吃亏，便假装酣睡，不吭一声。

“相好的，你就跟我敲牙帮骨吧！”老乐哥笑骂道，“武清县大能人带领他的人马，抄你的后路了。”

“哎呀！我得先下手为强。”女二道贩子慌忙出门，骑上摩托车，拨转车头圈地去了。

“这个武清县大能人是谁？”我问老乐哥道。

“那可是个人物！电工、木工、瓦工、钳工、铣工、车工、刨工、开拖拉机、驾驶大卡车小卧车，没有他不会的。”老乐哥赞不绝口，“几个大队的工厂、作坊都赔钱，他承包下来，办了个公司，每年的收入比香河县大娘儿们还多。”

这时，蝈笼子镇的东南西北，人喊马叫，汽车、拖拉机和手扶拖拉机响成一片，乱成一团。

我忽然想起三天前，有个什么综合公司的总经理，打发跑腿儿的给老乐哥捎话，叫老乐哥到他家出堂会，一天三场，每场两个小时五十元，只说给他一个人听。而且点名要听斗智不斗勇的段子，拴下的扣子不能一解就开，他才过瘾。虽然有钱能使鬼推磨，老乐哥却偏不见钱眼开，没有答应。我想，那个财大气粗的总经理，必是这位武清县大能人。

这时，十字街头，吵吵嚷嚷，有人骂街，有人叫阵，想必是摩拳擦掌，一触即发，听得出，那位女二道贩子正跟十几条汉子对骂，就要动手打架了。

我替女二道贩子提心吊胆，说："老乐哥，众怒难犯，她可要吃亏。"

"这伙子人是小本经营的个体户，抱成团跟大字号对垒。"老乐哥披衣下炕，"我得出场给他们划分地块，不然就要打出花红脑子。"

他刚走出屋门，豆棚瓜架下好像早蹲着个人，已经恭候多时。

"老乐大伯，您起得早呀！"那人站起身，嬉皮笑脸的是个小青年儿。

"早起三光，晚起三慌。"老乐哥清了清嗓子，大声呵斥那个小青年儿，"咱们通州人沾染上老北京习气，一身的酸懒架子。晚上不早睡，早晨必晚起，你一定是迟到了一步，没有地盘了吧？"

"老乐大伯，我包下您的说书场，谁跟我做买卖，拿着我的条子，白听您三场书，晚来也能占上风。"

"我为众人服务，不为一人服务。"

“老爷子，咱们爷儿俩都是通州人，人不亲土还亲哩！”

“就这一回。”

“祝您老人家万寿无疆！”

通州小青年儿高兴得吹起口哨，撒着欢儿跑了。

老乐哥也大步走了出去。

老乐哥给一省二市三个县的赶集人划出地块，井水不犯河水，各显神通而又相安无事。他不多说一句废话，转身又返回他的蜗庐。

我迎出柴门，已经天光大亮。

在我眼前，沿京津公路两侧，排开两条五光十色的长街，一片闹市风光。

“哎呀呀！”我大惊小怪，“这多么像五十年代初期的北京天桥、东晓市和通州城内的万寿宫大街。”

“蝈笼子镇是一块风水宝地！”老乐哥沉醉地点头赞叹。

是的，蝈笼子镇地处一省二市三个县的交叉口，占有多么得天独厚的位置。这座正在崛起的小城镇，也许有朝一日，能跟北京和天津鼎足而立。

我在这块风水宝地写小说，说给这块风水宝地的人们听，真乃三十六年创作生涯中的一大乐事。我还要接着写下去，而且很快就兑现。

第四章

1

财大气粗的女二道贩子，耍了个刘海儿戏金蟾之计，把我和老乐哥诓进她的深宅大院，铁将军把门三道锁，霸占起来。

这可不是耸人听闻。

老乐哥在一省二市交界的蝈笼子镇说书，我亲赴现场给他打本子，演的是双簧。蝈笼子镇的市场上，有三大名角儿：一个是香河县女二道贩子，河北省的；一个是武清县大能人，天津市的；一个是通州小青年儿，北京市的。三个人各有长短，却互不相让，为了招揽顾客，争夺生意，他们都想把老乐哥抢到手，借他的嘴报广告。老乐哥的敬柳亭说书场，听众来自一省二市三个县的四面八方，每天都有五百多人听书，一个月就是一万五六千人。他在书归正传之前要说一段闲话，闲话中夸奖哪一家，这一家就名传一省二市三个县，顾客多生意好。在全国性的大报上刊登豆腐块大的一个广告，要花两千块钱的广告费，省市级大报减半，也得上千元。电视台的广告费更加昂贵，每秒七十元，一分钟就是四千二百元；如果占用黄金时间，一分钟要掏六千块，每秒钟就是一百块。老乐哥报广告分文不取，香河县女二道贩子、武清县大能人和通州小青年儿怎能不红了眼地你争我夺？

三个人争老乐哥的手法各不相同。香河县女二道贩子咋咋呼呼，打情骂俏；武清县大能人礼贤下士，攻心为上；通州小青年儿嬉皮笑脸，死乞白赖。

老乐哥脸热心软，满脑瓜子乡土观念。他是通州人，通州小青年儿便充分利用乡亲情面，在竞争中占了上风。这个小伙子连包三十场，谁买他的货，拿着他自制的凭证，可以白听一场书。蝈笼子镇的市场是日出而聚，日落而散；他大吃大喝之后，满嘴喷着酒气，摇摇晃晃来到说书场，打断老乐哥的演出，跳上台去，老王卖瓜，自吹自擂。吹嘘自己，口沫飞溅，挖苦别人，嘴尖舌巧，对于香河县女二道贩子和武清县大能人，言语之间老大不敬。

女二道贩子本是个抓尖抢上的人，岂能容忍胎毛未干的黄口小儿如此放肆？她知道，三人争夺老乐哥，她一不能像通州小青年儿那样以乡情打动老乐哥的心，二不能像武清县大能人那样以礼貌感动老乐哥的心；她的拿手好戏，只有诓骗。在这方面，她自信比两个对手的本领大。但是，她也知道，老乐哥最怕沾惹她这个母夜叉，使用咋咋呼呼和打情骂俏的老手段，只能坏事；要想推陈出新就必须取长补短，于是她便把武清县大能人的礼贤下士和通州小青年儿的死乞白赖杂烩起来，向老乐哥发动进攻。

这天傍晚又下雨，老乐哥的晚场评书只能停演，我俩闷坐在他的茅庐里，要等雨下得小一点儿才能做饭。正在这时，一辆面包车突然停在柴门外，两大盏车灯的强光，穿破层层雨帘，照进茅庐的窗口，晃得我和老乐哥无处躲闪，只能双手捂眼。

“说书的师傅，写书的先生，小奴家前来接驾！”从面包车里跳下女二道贩子，身披着大红雨衣，还撑着一柄花伞，脚下是粉红色的高腰雨鞋。她捏着铁嗓钢喉大嗓门儿，装得像娇声嫩气、半大不小的丫头片子，令人感到稀奇古怪，肉皮子发紧。

老乐哥低低嘟哝一声：“这个娘儿们是母老虎挂念珠儿，假充观音大士，装神弄鬼没憋着好主意。”

我只想袖手旁观看热闹，玩笑道：“看来今晚你是在劫难逃了。”

“兄弟，你得助我一臂之力。”老乐哥心虚胆怯，“这个娘儿们没人样儿，我一个人抵挡不了她。”

女二道贩子已经走到茅庐外，却并不横冲直撞、破门而入，她规规矩矩站在雨里，客客气气说话：“老乐哥，你是说书人里的冒尖户，写书的先生是你的主心骨，我这个书迷，今晚上请你们老哥俩吃一顿酒饭，表一表我的敬意。”

“只怕喝的是断头酒，吃的是倒头饭！”老乐哥又小声唠叨了一句。

雨声哗哗响，女二道贩子没有听真，问道：“老乐哥，你说什么呀？”

我怕惹翻了这位能干的女将，连忙充当老乐哥的礼宾司长，说：“大嫂，外边雨大，请进屋里坐。”

“大雨天，月黑夜，一女二男不方便。”女二道贩子的回答和口气，真好像是个守身如玉的贤德妇人。

“猪鼻子插葱——装象！”老乐哥哼着鼻子，“长途汽车，通用粮票，什么样儿的男人你没见识过呀？”

女二道贩子只听见片言只语，莫名其妙，又问道：“生猪、大葱，长途贩运倒卖粮票，你念的是哪家子咒语呀？”

我感到老乐哥岂止是抵挡不了这位女二道贩子，简直是不堪一击，只得硬着头皮出面，应酬这位不速之客。

“大嫂，老乐哥今晚上要给我包猪肉大葱饺子。”我自以为随机应变，替老乐哥圆了场，“这些猪肉大葱，是拿通用粮票，跟长途汽车上的小商贩换来的，没有花一分钱。”

“吃不得，肉里有毒！”女二道贩子惊惊乍乍地叫道，“那些小商贩最不讲卫生，更不讲道理，谁知道是从哪儿扒来的死猪烂狗，剥了皮洗过两水，就当好肉卖。”

“那……咱们就改吃抻面吧！”我逢场作戏，假装跟老乐哥商量。

“要吃抻面到我家去！”女二道贩子更得理了，“我抻出的游丝面，长条儿一丈八，短条儿九尺九。”

老乐哥又哼道：“谁吃你那老娘儿们的裹脚条子！”

我一手捂住老乐哥的嘴，回答女二道贩子道：“大嫂，多谢你的盛情美意，可是我们受之有愧，还是不敢到府上叨扰。”

“写书的先生，你是人大代表，替老百姓说话办事，家家户户都应该管你的饭。”这位女二道贩子不知从哪里打听到我这个人大代表的身份，而且竟能随手拈来，为其所用，“人大代表不联系人民群众，那就违犯宪法啦！”

这顶端端正正的大帽子，就像一座五行山，压在我的头上，我这个公仆只有服从主人的命令。女二道贩子堵住了我的嘴，老乐哥也就不攻自破，束手就擒了。

我们坐上面包车，才知道开车的就是女二道贩子本人。一没有保镖的，二没有跟车的，一个妇道人家竟敢孤身一人在黑灯瞎火中冒雨开车，胆子之大，真可算是跟顾大嫂、孙二娘、扈三娘是挨肩的姐妹，排行老四。

这是一辆工具车，两排座位后面，可以堆放箱子、柜子、被褥行李、日常用品，长途旅行最有用处。

“相好的，你怎么不买一辆小卧车呀？”老乐哥当了俘虏，反倒油嘴滑舌起来，“坐着小卧车登州过府，上京下卫，那够多么排场。”

“坐小卧车不过是翻穿皮袄毛朝外，别人看着眼热，自个儿并不上算。”女二道贩子一只手转着方向盘，一只手点起一支香烟，“我走南闯北，这辆车随便找个地方停下来，折叠了两排座位，铺开被褥就睡觉，手里有自主权，还省了店钱。”

“活动洞房，打野食也方便。”老乐哥嘴上更疯了，“干脆我就搭你这辆车，全国各地转一圈儿，到哪儿就打场子说书，现代化的跑码头。”

“好个孝子，老娘正想用一用你这张嘴。”女二道贩子又开了荤，粗话儿像连珠炮，“我把你拴在裤带上，是为了晚上在枕边给我说书解闷，不是叫你跑野台子卖艺，我给你开的工钱，比你说书卖嘴赚得多。”

老乐哥逗嘴儿又没占着便宜。

面包车驶进香河县边界的一个小村，一进村口便拐入一座大门里。大门上挂着个农工商贸易公司的大招牌，大门里有一大二小三座院，好像编队飞行的一架长机和两架僚机。左边是客房，右边是住宅，中间是货栈；货栈是大四合院，客房和住宅是小三合院。女二道贩子没有把我们送到客房，却在她的住宅门前停了车，看来她摆下的是家宴，我正想认识她的家属都是些什么样的人。

天公也很知趣，就在此时雨住了。女二道贩子下车跑上台阶，哗啦啦从腰带上解下一串钥匙，咔嚓打开门上的大锁，转身说了声：

“二位贵客到家了，请进吧！”

我不禁倒吸一口冷气，难道她家是一座私牢？

硬着头皮下车，走进门里一看，这座私牢花木葱茏，别有洞天，把光绪皇帝囚禁此处也不算委屈他。正房三间，灯火通明；东厢房两间，没有开灯，有人在看彩电，玻璃窗上闪烁着红红绿绿的光影。家宴摆在两个明间的西厢房里，一个大白纱罩扣在桌面上，酒菜早已准备停当。

哐啷！女二道贩子插上门闩，顶住门杠。门外汽车转动，一定是她的手下人把车开回车库，不必她下命令就自动代劳了。

老乐哥一见这个阵势，又慌了手脚，低声问道：“女财主，你葫芦里装的什么药，唱的是哪一出呀？”

“我把你们二位霸占啦！”女二道贩子开怀大笑，“请你们住在三间正房里，写书的先生要给我写出收因结果；你这个说书的每天日夜两场，白天侍候我一家老小，晚场招待本村的乡亲们。”

“你这不是绑票吗？”老乐哥急了。

“惹恼了我还要撕票哩！”女二道贩子笑脸上带着杀气，“我就睡在门楼下，你想开门逃跑，我可会曹操撒癔症，抄起门杠敲碎你的脑瓜子。”

老乐哥还敢牙迸半个不字吗?

女二道贩子的如此行为，虽然蛮不讲理，我却觉得盛情可感，十分有趣，非常愉快地在囚禁中写作。

2

黑沉沉伸手不见掌的北运河上，龙抬头像一条游龙顺流而下，四十里水路浮了一个时辰，便回到连环套。

跳上岸来，一心想见媳妇火烧云和刚落生的一双儿女，脚下着急，走得匆忙，穿过柳棵子地就是瓜园，不提防好像被露出地面的老树根绊了一下，身不由己抢出几步，浑身较劲才收住脚。

“混账东西，你还知道回家呀？”黑暗中，师父金钟罩怒气冲冲骂道。

七十岁的老人两只夜明眼，京东武林有这等高深功夫的再无第二人。话又说回来，吃师父这个绊子，能不一头栽地，四脚八叉跌倒，京东武林又有几个？名师门下出高徒，龙抬头心中也很自鸣得意。他给师父请了个安，笑脸儿答道：“干爹，我给缠进一团乱麻里，好不容易抽出身。”

“想必是两脚陷进了花街柳巷，就忘了家里的妻儿老小！”金钟罩明知道这个亲生儿子一般的徒弟最不好色，可是心中窝着一团火，偏要如此骂他才消气。

龙抬头一不喊冤叫屈，二不说明真相，反倒火上浇油，又嬉笑道：“您老人家猜对了一半，我是叫花中蕊搅扰了一夜，不得安生。”

"孽障！"金钟罩大吼一声，河上的回声像打了个炸雷。喊声还没有落音，拳头已到面前了。

这正是龙抬头久已求之不得，想不到在师父盛怒之下，竟能如愿以偿。

龙抬头自从出师以后，几年来大河上走船，武艺高强，人品出众，名气一年比一年大，声望一年比一年高，师父金钟罩很少开口骂他，更不曾抬手打他，爷儿俩也再没交过手。有时，谈论武艺，说到招式，只不过站起身比画几下，走一走过场。龙抬头早就想跟师父真拳实脚较量一下，看一看自己这几年究竟有多少长进。可是探过几回口气，师父都不理睬。想不到今天略施小计，竟诓得师父上了当，扑上来动真格的了。

名师高徒交手，虽然是在漆黑的夜色中，也不像电影中的武打功夫片，大呼小叫，虚张声势，为的是增加票房价值，让外行人看个热闹。真正武林中人，看武打功夫片都轻蔑地发笑，说："小耍儿大嚷嚷，花招套子活儿。"北运河农村的老把式，讥笑得更尖刻，挖苦这些功夫片是狗打架，滚成一团却并不真实。京剧《三岔口》倒有几分像样儿，只不过戏剧化了，也有失真之处。

夜色中，柳棵子地里，龙抬头和金钟罩交手，爷儿俩很像合演《三岔口》。兜圈子，绕弯子，走马灯似的追逐，虚晃一拳，偷袭一脚，全出的是高招儿。打个照面算一个回合。十几个回合还没有分出高低上下。

在瓜楼下熬鲫鱼汤的干娘，听见了响动，大声问道："老头子，你吃饱了撑的，在柳棵子地里黄鼠狼拜北斗，折腾来折腾去消化食儿呀？”

金钟罩是京东武林中首屈一指的老把式，古稀老翁仍然所向无敌，可就是有点惧内。老伴一声吆喝，他赶忙收手，嚷道：“抬头，便宜了你！再有三个回合，我就把你擒住了。”

龙抬头却不服输，摇头笑道：“至少还得五个回合。”

这又扇起了金钟罩的火气，刚要动手，老伴又追问道：“老头子，你跟谁说话呀？”

“干娘，我回来啦！”龙抬头急忙答应，“干爹不问青红皂白，见面先给我一个下马威。”

干娘偏疼干儿子，忙说：“儿呀，快跑到娘身边来，看老东西敢捅你一指头！”

金钟罩无可奈何叹了口气，说：“老婆子，你才是不问青红皂白，光知道护犊子，只听信他的一面之词。”

龙抬头已经快步走到瓜楼下，先给干娘请安问好，然后问道：“云姐儿跟两个孩儿，没出毛病吧？”

“云姐儿还是血亏，脸像白菜叶子。”干娘愁容满面，“那一对双棒儿，七个月过头，八个月不足，七活八死，谁知道能不能保得住？”

“怎么会早产了呢？”

“她手脚闲不住，心火又盛，孩子不够月份，里生外熟，也就落地了。”

“是您老人家救了他们母子三人的命。”

“那天云姐儿一定要到河边打青柴，刚走到柳棵子地就肚子疼得打滚儿，爬回瓜楼，进门上炕，孩子就露了头。”

“也多亏干爹给她捉鲫鱼，掏鹌鹑蛋儿，云姐儿的身子才没有亏空得只剩下皮包骨。”

“你跑一趟通州，怎么没带回给她的补药呀？”金钟罩在龙抬头身后吼道，“想必是都花在花中蕊身上了。”

龙抬头解下缠在头上的紫花布褂子，掏出两根草参，说：“您看这两根草参还是上等货，堵住您老人家的嘴了吧？”

“老婆子，快给云姐儿炖人参汤！”金钟罩转怒为喜了。

龙抬头轻手轻脚爬上瓜楼，低声唤道：“云姐儿，云姐儿！”

连唤两声不答应，他推门一看，虚弱的母子三人，沉睡得像失去了知觉。

但是，门声吱呀，还是惊醒了火烧云。她想坐起来，却又有心无力，连一条胳臂都抬不动。

“你……怎么……一去几天……”火烧云气喘吁吁，“我……提心吊胆，只怕你有个一差二错，三长两短。”

龙抬头心里一阵发热，忙倒在火烧云的身边，一只胳臂支撑半边身子，把他到通州这几天的遭遇，从头到尾细说一遍。

“我把关省三留在了韩秀的得天厚堂，眼看着花中蕊落在狼爪张八手里，没有尽到江湖义气。”龙抬头感到羞愧，“可是我牵挂你们母子，又怕干爹干娘着急生气，才半路途中回来了。”

火烧云深明大义，说：“你得搭救关省三逃出虎口、花中蕊跳出火坑，怕的是韩秀口是心非，狼爪张八行凶作恶。”

“有你这位娘娘的大令，我就敢万马军中取上将人头。”龙抬头把火烧云抱在怀里，“不过，这两天我要看守娘娘庙，服侍你这个月子人。”

火烧云啐他一口，哧哧笑道：“真是什么样儿的师父教出什么样儿的徒弟，难道连怕老婆也口传心授？”

小两口儿正说着笑着，瓜楼下金钟罩突然大喊道：“云姐儿，喝人参汤呀！”

“轻声！”干娘抢白老头子，“纸糊驴大嗓门儿，惊吓了我的孙儿。”

金钟罩马上压低声音，说：“小老儿知罪。”

瓜楼上的云姐儿忍不住咯咯笑起来，咬着龙抬头的耳朵，说：“师父又教给你一招儿，看你能不能学个八九不离十？”

“不光是八九不离十，还要老尺加一，高出师父一头。”说着，龙抬头走下瓜楼。

干娘把一碗人参汤递给他，他却并不捧在手里，而是顶在头上。

“小冤家，你走上瓜楼就洒得一滴不剩了！”干娘吓得急赤白脸。

上下瓜楼，竖立着梯子，虽不是直上直下，却也像个陡坡。

“他敢洒出一滴儿，我饶不了他。”金钟罩粗声大气地说。

龙抬头微微一笑，脚尖轻轻点地，一个旱地拔葱，像一朵飞花飘上瓜楼。

“哎呀，这个孩子成精啦！”干娘吓得捂着胸口，却是又惊又喜。

“娘子，你少见多怪了。”金钟罩从鼻孔里哼了一声，“你儿子露这一手，比起他的师父，还欠火候儿。”

自从开园，瓜园里每天热闹得像赶庙会。云姐儿坐月子以后，干娘怕人多嘴杂，浊气冲了喜，又扰得云姐儿不能安睡，便下令瓜园不卖瓜，每天打发金钟罩挑着大筐串村叫卖。瓜园的三条通道挖沟断路，前来买瓜的人，都被挡了驾。

龙抬头想替师父挑着瓜担串村，金钟罩却不答应。老人是个红脸汉子，走南闯北重义轻利，卖瓜一不撒谎，二不用秤，赚不了多少钱。龙抬头性情暴躁，一言不合动了手，惹不了祸也得留下骂名。所以，他把龙抬头留在家里，把守三条通路，就像门神爷站岗，大鬼小鬼都不敢进来。

晚上爷儿俩换班，一个前半夜，一个后半夜。

一把钢刀，一只弹弓，一双眼睛能穿破夜色，龙抬头就像脚走流星，踩着风火轮子，东西南北穿梭一般走个不停。不但能眼观六路，而且能耳听八方，别说是偷瓜的人，即便是偷嘴的刺猬，也休想溜进瓜园。

转来转去，刚想偷个懒，在一条通道上站住脚，倚住一棵大树歇一歇，忽然脖子后头有人吹凉气，回马一看，是金钟罩老人。

老人身轻如燕，听不见脚步声，龙抬头没有发觉，这叫输了一招儿。

他不好意思地笑了笑，说："天色还早，您老人家再睡一会儿。"

"我怎么睡得着呢？"老人脸色难看，声音难听，"有个刺客冷不防给你一刀，你糊里糊涂就把命丢了。"

"哪个刺客能有您这一身功夫？"龙抬头给自己遮个羞脸儿，"换个别的人，百步之外我就听见他来了。"

"万不可艺高人胆大，大河里淹死会水的人。"

"您老人家放心，我记着'满招损，谦受益'六个字。"

“我看你心神不定。”

“您多疑了。”

“你一动一静，瞒不过我的昏花老眼。”

龙抬头明人不做暗事，只得说出实话：“云姐儿埋怨我不该轻信韩秀，也不该对花中蕊甩手不管。”

金钟罩沉思片刻，说：“是呀，送佛送到西天，你再到通州看一看。”

龙抬头二次夜奔通州，哪知道通州当天夜里发生一桩大血案，又造成师徒之间的一场误会。

3

这几日，文萃斋书铺老掌柜万盛亨失魂落魄，闷闷不乐。到傍晚，天黑下来，一阵阵心惊肉跳，慌慌张张把他的珍品名画装箱，藏进夹壁墙里，累得通身大汗，满头满脸灰尘。他长吁了一口气，这才觉得放了心，但是还不敢认为平安无事，上床睡觉。

他守着一盏孤灯，坐到半夜，渐渐感到支持不住，便伏案打了个盹儿。待他突然惊醒，一个夜叉也似满面乌黑的歹徒，手持钢刀，闯进了书房，他刚要叫嚷，歹徒将他一拳打昏。苏醒过来，手脚被牢牢捆住，嘴里塞着一条毛巾，眼睛蒙上了一块黑布。他拼命挣扎，想用舌头顶出那条毛巾团子，歹徒照他身上踢了一脚，又把毛巾往喉咙里捅进去，假装南腔北调，低低恶笑道：“老狗！你就等着十月之后，抱外孙子喝喜酒吧！”好似五雷轰顶，他又昏厥过去。

昏沉中，万盛亨恍惚听见从西厢房里传出一声凄惨的尖叫：“救人！……”便无声无息了。

等他又一回苏醒，不知何时已被扔到西厢房里，还被摘去了眼罩，只见房梁垂挂一条丝绳，悬挂着女儿的尸体。他肝肠寸断地大叫一声：“儿呀！”一口鲜血喷出了嘴里的毛巾团子。他挣脱不开捆绑的绳扣，便狂喊起来：“救命呀，救命呀！”这时，天已微明，过往行人，街坊邻居，都闻声赶来。砸开街门，扑进西厢房，七手八脚给他松了绑，又把万守玉的尸体放下来。他扑到女儿身上，女儿的身体已经僵直冰凉，他呼天号地哭喊着：“儿呀，爹害了你！”从眼里淌出了滚滚血泪。

陡地，有人叫道：“墙上有字！”

万盛亨抬起血泪滚滚的老眼，只见雪白的墙壁上歪歪扭扭写着三个字：“杀人者”三个字之后，却画的是摇头摆尾一条龙。他跳了起来，发指目张，疯了。他的老伴在上房也被松绑，摸墙靠壁走来，一见女儿尸体，仰面昏倒。那个老女仆给万家用工二十多年，万守玉就是她拉扯大的，这时压住悲痛，挺身而出，呼叫着：“老街旧邻，过路君子，大发慈悲，行行好，替我们到官府报案吧！”

“闪开！”

一名警官带领几名警察，摇晃着膀子闯进来。

这个警官竟是狼爪张八，几名警察也是得天厚堂的打手，只不过摇身一变吃官饭了。

身穿黄狗皮警察制服的众打手，像戏台上扮演虾兵蟹将的龙套，两厢排开站定，呼喝喊叫：“闲杂人等肃静，张队长要亲自侦破这桩凶杀案！”

狼爪张八眼下的官衔，是伪冀东防共自治政府警务处侦缉队队长。

这位沐猴而冠的侦缉队队长大摇大摆走上前来，难得的是他随身携带的一副望远镜，从脖颈子上摘下来架在鼻梁子上，东照一下，西扫一下，看了又看，忽然迸发出一阵狂笑：“孙悟空七十二变，也瞒不过我这一双千里眼！杀人者龙抬头，被我识破了。”

“怎见得了？”众打手捧哏。

“你们看墙上这条龙，画得清清楚楚，明明白白。”狼爪张八摇头晃脑，指指点点，“这条龙还仰起了脑壳，岂不正是龙抬头吗？”

“队长言之有理！”众打手又是一阵鸡猫子乱叫。

狼爪张八挽了挽袖口，淫邪地奸笑道：“驱散闲人，本队长要当场验尸。”

老女仆扑到万守玉的尸体上，喊道：“不许你碰我们小姐的清白女儿身！”

“只怕早就被人尝过鲜儿，不是原封货了。”狼爪张八伸出狼爪，把老女仆从万守玉的尸体上扯开，“我要过过目，看个究竟。”

他还要说出更下流的脏话，忽然感觉脑后一阵凉风袭来，急忙缩脖子蹲身，啪的一声，一颗飞蝗石子打在墙上。

“张八！”气得满脸通红的韩金簪儿，好像从天而降，“光天化日之下，我怎能容你丧心病狂，胡作非为？”

“嘻！原来是簪儿妹子。”狼爪张八捡起那颗碰墙落地的飞蝗石子，嬉皮笑脸地玩弄着，“你从哥哥手里趸走的小零碎儿，难道还想鲁班门前弄大斧，关公庙里要大刀，圣人家卖《百家姓》吗？”说着，两指捏住石子，手一较劲，石子碎成几块。

狼爪张八是韩家得天厚堂的老鹰犬，韩金簪儿六岁习武，还真是狼爪张八领她进门。

“举起手来！”一声断喝，已经跟韩金簪儿公开未婚夫妇关系的马名骓，手持双枪，扣着枪机，风度翩翩而来。

狼爪张八不得不举起双手，点头哈腰地问道：“马处长，您到此地有何贵干呀？”

“这条胡同，正在我管辖的守备区之内，我岂能坐视不管？”马名骓那咄咄逼人的目光，瞪着狼爪张八，“你本是刚收编的便衣警察，谁叫你来管这一段？”

伪保安总队的总队长跟伪防共自治政府的警务处处长争权夺利，擅自将通州城内划分东、西、南、北四个守备区，委任参谋处长马名骓为北城守备区的指挥官。

狼爪张八的嘴，紧贴马名骓的耳朵，喷着浓浊的口臭，说：“马处长，我家掌柜的吃肥肉，咱也喝荤汤；他当殷长官的御猫，我也就当上警务处的侦缉队长。”

“御猫！”马名骓捂着鼻子，吃了一惊，“早就听说殷长官要收个武林强手保驾，想不到竟是我的内兄。”

“本来就不想公开这个秘密身份呀！”洋洋得意的狼爪张八，忽然打了个寒噤，发觉自己已经走了嘴，惊慌起来，“马处长，天机不可泄露，不能一传十，十传百，闹得人人皆知。”

“你放心，我守口如瓶。”马名骓四下看了看，围观的人早吓得四散走光了，狼爪张八的众打手已把万盛亨一家锁进北屋，“张队长，这个案子交给我，你和你的弟兄们可以撤出现场了。”

“我本来就不是为了破案而来。”狼爪张八又在马名骓的耳边窃窃私语，马名骓心中作呕，难以忍受只得躲闪，“我要等孔教会的曲老会长大驾光临，点验了古玩字画，才能回警务处交差。”

“这跟古玩字画有什么相干？”马名骓假装迷惑不解地问道。

“殷长官喜爱……”狼爪张八话到嘴边留半句，咬住了舌头。

马名骓心中恍然大悟，忙说：“张队长，此处已是凶宅，是非之地不可久留，你赶快迎接曲老会长，办完了你们的事情，我也好着手破案。”

“是！”狼爪张八招了招手，众打手跟他急急离去。

马名骓快步走到北屋门前，一字一句地说：“万老掌柜，贼人不仅已经害命，而且还要图财，请多加小心。”

“长官，长官……”渐渐恢复了理智的万盛亨，声音虚弱地连连哀告，“求您法外施恩，传唤小老儿的门婿，操办这里的一切大事小情。”

“原来桑响马已经和令爱结为伉俪？”

“不……不……不是他。”

“那么是谁？”

“对面的……酱园子，少掌柜……铁算盘。”

马名骓身边，除了他的未婚妻韩金簪儿，便是他的马弁和卫士。北城守备区指挥官的头衔徒有虚名，没有总队长的命令，调动不了一兵一卒。

卫士跑到一路之隔的酱园子，酱园子老掌柜和铁算盘都不认这门亲事。

“他们是怕引火烧身，真是重利忘义的奸商！”马名骓愤愤地骂道，“万老掌柜，事关重大，十分危急，你还有没有三亲六故，能出面打这场官司？”

“小老儿……方寸已乱……”万盛亨老泪纵横，心乱如麻，“岁寒知松柏之后凋，只有请桑先生救我于水火了。”

“桑先生现在何处？”

“他……可能……也许……在城外潞河中学的朋友家里。”

“我派人去找他。”马名骓明白万盛亨那追悔莫及的心情，“请你们的一位女眷出来，协助我的妻子验尸。”

到城外的潞河中学要走二里路，只有马弁骑马往返一趟了。

北房的门被狼爪张八的打手上了锁，韩金簪儿推开窗户，跳进屋去，又抱着女仆跳出来。

韩金簪儿和老女仆走进西厢房，关上门窗。马名骓坐在花荫下，拧紧眉头，点起一支香烟，等候验尸的消息。

突然，只听韩金簪儿哇的一声大哭起来，老女仆一边哭泣，一边唠唠叨叨，马名骓扔掉香烟一跃而起，问道：“金簪儿，你哭什么呀？”

“我……看见了……万小姐的男装照片。”

马名骓一阵心恸，强忍住眼泪才没有夺眶而出。韩金簪儿在跟他订婚之前，一直女扮男装，曾经扑朔迷离，阴差阳错，爱上也喜欢女扮男装的万守玉，后来揭开谜团，这个粗野的江湖女子还伤心得大哭一场。少女情窦初开，初恋令人难忘；她一半玩笑一半正经，自称守过望门寡，无可奈何改嫁马名骓。马名骓虽然并不介意，却总觉得韩金簪儿爱那虚幻的情人，胜过自己。

“你把那张照片留下来作纪念吧！”马名骓通情达理。

韩金簪儿和老女仆给万守玉穿戴齐整，梳头洗脸，薄施脂粉，然后把万守玉的男装照片藏在怀里，满面泪痕走出来。

“万小姐守住了清白，被贼人掐死，贼人又把她吊起来，假充悬梁自尽。”韩金簪儿张开一只手，亮出一绺油汪汪的长发，“这是万小姐从贼人头上揪下来的，死攥在手里。”

“龙抬头是光头……”

“龙师兄行得端坐得正，是个顶天立地好汉子，怎能做出这样伤天害理之事！”

“看来是有人给他栽赃，那么此人是谁呢？”

马弁满头大汗而归，桑响马不在城外潞河中学。

万守玉的被害和桑响马的失踪共是两桩悬案。

4

在文萃斋书铺主管选购图书和主编丛书的桑响马，因遭万盛亨的疑忌，不愿闹得不可收拾，将来难以见面，便拎起他的旅行提箱，悄然离开万宅，沿着昏黄的路灯走出这条曲曲弯弯的胡同。

掏出怀表一看，已经是夜晚十点，城门早已关闭，客店也已闭门，今夜到何处投宿，暂且栖身一时呢？

走出胡同口，他正徘徊不定，忽然从几处阴暗的角落跳出几个凶眉恶眼的汉子将他包围，领头的便是狼爪张八。

“姓桑的，幸会，幸会！”狼爪张八拱着手，奇怪的笑声像月黑夜的深巷犬吠，令人心惊肉跳。

“你们是什么人？”桑响马虽然手无寸铁，却面无惧色。

狼爪张八脸色一变，面带杀气，说：“说出我的身份，道出我的名姓，只怕吓破了你的胆，惊丢了你的魂儿。”

桑响马不想跟他们多费唇舌，转身要走，狼爪张八打了个手势，几个打手四面挡道。

“你们是何居心，所为何来？”桑响马忍无可忍，提高了声音。

狼爪张八横眉立目，答道：“把你从通州城里轰出去！”

“谁的命令？”

“我看你不顺眼。”

“今后我们不要再见面就是了。”

“你是我的冤家对头！”

“我和你素不相识，冤家对头从何说起？”

“你肮脏了通州的风水，我吸口气就觉得心里恶心。”

“一只狼和一只羊同在河边喝水，那只狼想吃那只羊。那只羊说：‘我并没有招惹你呀！’那只狼说：‘你弄脏了我喝的水。’那只羊说：‘你在上游，我在下游，究竟是谁弄脏了河水呢？’”

“你拐弯抹角骂人！”

“我是打个比方，跟你讲理。”

“你把我比作一只狼，我岂不是成了畜生？”

“我也自比为羊呀！”

“我成了畜生，我爹我妈都不是人了。”

“这是多么荒诞的推理。”

“你又骂我是混蛋的秃驴！”

“我说的是荒诞的推理：荒唐的荒，诞生的诞，道理的理。”

“我听不懂你那酸溜溜的文言字话。”

“这只不过说明你把我赶出通州，是不合情理的。”

“那么，你想把我赶出通州？”

“我毫无此意。”

“你说我在上游喝水，岂不是我妨碍了你？”

“通州很大，你走大街，我走小巷，咱们可以既不共事，也不照面。”

“冤家路窄，低头不见抬头见。”

桑响马掰开揉碎地想把道理给他讲得一清二楚，态度温和地跟他委曲求和，想不到他是一头活驴，横不吃竖不咽，好赖话听不懂，也就不耐烦了，说：“你看着我不顺眼，不愿跟我头顶一块天，脚踩一块地，那就自幽谷而迁于乔木，眼不见心不烦。”

“听你的话音儿，还是叫我抱着脑瓜子滚蛋，姥姥！”

“话不投机半句多，再见。”

“通州城里，有你没我，有我没你！”狼爪张八的嘴像一只喷壶，飞溅唾沫星子。

桑响马放下旅行箱子，厉声问道：“你竟敢如此霸道，谁是你的靠山？请带我面见那个给你撑腰做主的人！”

“我打死你，就像捏一只跳蚤！”狼爪张八阴森森地狂笑，“下跪求饶，饶你一命。”

桑响马血涌上脸，扬起一双剑眉，说：“宁叫你打死，也不能叫你吓死！我见过比你更凶恶的歹徒，也不曾屈膝乞降。”

“你想请我动手吗？美的你！”狼爪张八满脸骄横，不可一世，“杀鸡焉用宰牛刀，有事弟子服其劳，只要我歪一歪嘴，他们就把你五马分尸。”

那几个蠢蠢欲动的打手，就像几条急不可耐的恶狗，摩拳擦掌跺着脚，狼爪张八一声令下，便扑上去又撕又咬。

这时，两匹马拉着一辆金漆彩画的敞篷四轮马车，从天乐茶园不快不慢地跑来。车上一男一女，女的半倚在男的身上，头枕在男的肩上；男的伸出一只胳臂，紧拢着女的肩膀，亲昵而又肉麻。

“掌柜的，今晚您跟董老板在台上过足了瘾？”几个打手垂手侍立，一个个都是胁肩谄笑，十足的奴才相儿。

狼爪张八也抢着讨好儿，谄媚地笑问道：“董老板，我们大爷前后武松，中间反串西门庆，给您这位潘金莲配得心满意足吧？”

桑响马仔细一看，认出男的是通州大流氓头子韩秀，女的正是那令人怨恨交加而又朝思暮想的旧情人、京戏坤伶董菊花。

董菊花也看见了桑响马，忙从韩秀的搂抱中挣脱出来，强作镇定，红着脸儿，说：“桑先生，久违了。”

桑响马很想痛骂这个不要脸的女戏子一顿，但是还没有来得及开口，韩秀已经表现出礼贤下士的风度，装出喜出望外的样子，说：“原来桑先生是菊花的老相识，那就不是外人了，请到寒舍一同吃夜宵吧！”说着，跳下马车，把桑响马叉腰抱上车去，狼爪张八的打手赶忙把那只旅行箱子递到车上。

车上能坐三个人，韩秀抢占了跟马车夫背靠背的单座上，把桑响马按坐在他原来的位置，跟董菊花肩并着肩。

桑响马虽是个念过大学的文墨书生，可是也出关到东北义勇军的杂牌队伍里滚过一些日子，沾染了关东响马的江湖习气，吃、喝、嫖、赌，甚至抽几口鸦片烟，都能逢场作戏，而且好色不迷，贪酒不醉，出不了丑。他今晚正无处栖身，对韩秀怀有好奇心，更对董菊花有点旧情复发，便乐得跟他们厮混一夜。

董菊花是假戏真做的老手，她给韩秀和桑响马各丢了一个媚眼儿，莞尔一笑，说："你们二位，一位是通州的武中魁元，一位是通州的文中泰斗，今晚结为朋友，真是双头牌唱合作戏，满堂彩的好上加好。"

"你这位菊坛皇后，把我捧上了天，愧不敢当。"韩秀说话，就像黄天霸拜山的道白，"我久闻桑先生的大名，只恨无缘攀交，今天意想不到，天从人愿，真是三生有幸。"

桑响马只是笑了笑，看他虚情假意做戏。

四轮马车直入得天厚堂的后花园小院，三人下车，韩秀跑在前面引路。小花园十分幽静，月色中淡淡的花气袭人；明灯亮烛的花厅内，四个丫头听见车轮声，便慌忙摆席，等他们走进花厅，一切都已齐备。

韩秀下令，两个丫头服侍董菊花，一个丫头服侍桑响马，一个丫头服侍他自己。洗手净面之后，韩秀便请桑响马和董菊花就座，一个丫头侍候席面，三个丫头打扇。

董菊花却双手按住椅背，扭摆着腰肢不肯坐下来，说："菊秀师弟，你这桌席面招待谁？太寒酸了。"

韩秀每犯戏瘾，便跟董菊花配戏，海报水牌上的艺名叫韩菊秀，管董菊花叫师姐。

“师姐，你是怪我慢待了桑先生，请你代我谢罪吧！”韩秀打躬作揖，动手动脚，“明天另备一桌丰盛酒席，专请桑先生，还是师姐陪客。”

说着，他亲自把盏，斟上三杯酒。

董菊花捏着酒盅，向桑响马微笑着点了点头，说：“桑先生，我借花献佛，敬你一杯。”

桑响马一饮而尽，却一言不发。

“董老板敬酒，桑先生要一醉方休。”韩秀给侍候桌面的大丫头递了个眼色，换上了彩釉大杯，“我还得求董师姐给我穿个针，引个线，搭座桥，和桑先生结为知己之友。”

“陈年的被子拆了灶的炕，我跟桑先生的交情早凉了。”董菊花好像满腹辛酸，满肚子委屈，“谁知道桑先生肯不肯赏我的脸？”

“陈年的老酒，日久天长味儿更醇！”韩秀跟董菊花一唱一和，眉来眼去，“董师姐和桑先生，好比玉堂春和王金龙，棒打不散，刀砍不断，收场也是三拉团圆。”

“人家王金龙后来当上了八府巡按，才把玉堂春救出火坑；死里逃生的烟花女子，摇身一变，一步登天，高升到凤冠霞帔的诰命夫人。”

“你怎见得桑先生就当不上八府巡按呢？”

“桑先生眼下端着文萃斋的饭碗，哪一天才能展翅摇翎飞上高枝儿？”

“实不相瞒，连文萃斋的饭碗也砸了！”三杯酒下肚，本想咬定牙关不开口的桑响马，被压不住的酒气冲开了紧闭的嘴。

韩秀一惊一喜，忙问道；“桑先生此言当真？”

“我夜晚流落街头，难道有假？”

“难道是万盛亨过河拆桥？”

“万老掌柜虽是个将本逐利的商贾，待我却是宽容厚道的。”

“那么是万守玉翻脸无情？”

“万小姐人品高洁，心地善良，不可冤枉这知书达理的女子。”

“究竟是谁夺走桑先生的衣食，我韩秀将他大卸八块，替你出这口气。”

“就是那儿皇帝的小朝廷！”桑响马拍案而起，醉眼通红，“韩掌柜，你这位……武中魁元，怎么能……心甘情愿……当亡国奴呢？你想跟我……结为生死之交，那咱们就……歃血为盟，驱日寇，杀国贼……”

韩秀急得脸色大变，不知如何是好；董菊花却手段高明，上前搂住桑响马的脖子，把满满的一大杯酒灌进桑响马的嘴里，柔声媚气地说：“桑先生，我陪你到客房歇息吧！”

桑响马醉成一摊烂泥，只得任人摆布。

韩秀瞪眼喝道：“董菊花，你已经受殷长官的恩宠，不得再被别人染指。”

“你染得还少吗？”

“食君之禄，报君之恩，我今后也不再碰一下你的肉皮儿。”

“你打算如何处置这个桑响马？”

“劝降。”韩秀一声狞笑，“不受招安就给他的脑袋搬家。”

“韩秀，我奉送你一句金玉良言。”董菊花的神态和身段，都像京戏里的观音大士，“多放生，少杀生，得饶人处且饶人。”

韩秀口念佛号："善哉，善哉！"

桑响马被搀到一间客房，一觉睡到下半夜，口干舌燥，喉咙冒烟，嘴唇起泡，昏头涨脑爬起来找水喝。一个守在床头的女人，忙给他捧上一杯早已预备的酸梅汤，他像久旱逢甘雨，连饮了五六杯，又咕咚一声躺倒。

女人在他身边躺下来，小声哭道："桑先生，救救我……"

"菊花，不要难过。"桑响马想看一眼这个同床共枕的女人，却睁不开酸涩疼痛的眼睛，"你和我……咱们俩……双宿双飞……比翼齐飞……远走高飞……"

他自言自语，好似梦呓，说着说着便又昏沉沉酣睡，女人啼哭不止，就像毛毛雨下个不停，给他催眠，睡得更死。

从黑甜乡中醒来，已经是满室阳光，天将正午，桑响马这才发现，陪伴他的女人，不是董菊花，而是唱蹦蹦戏的花中蕊。

5

桑响马被韩秀敬如上宾，住在得天厚堂后花园小院的客房里，有花中蕊日夜陪伴，安闲地度过了三日。

但是，三日之后，座上客却一变而为阶下囚。

卖艺而又卖身的花中蕊，虽被狼爪张八霸占，身子却归韩秀所有，韩秀传唤她到得天厚堂听候差遣，狼爪张八一时片刻也不敢强留。她来到得天厚堂，韩秀如此如此，这般这般，不过是叫她以色相迷人，诱惑桑响马投靠韩秀，然后进一步附逆。桑响马是个多情种子，又是旧文人性情，不但不以狎妓为可耻，反倒认为不如此便算不上名士风流，他可怜花中蕊的身世，同情花中蕊的处境，并不嫌弃花中蕊是个沦落风尘的残花败柳。相逢何必曾相识，同是天涯沦落人，桑响马不知不觉以被贬谪江州的白乐天自居，花中蕊也就是那老大嫁作商人妇的歌妓。而且，他要比白乐天有胆量，有魄力，一定要把花中蕊从张八和韩秀的魔爪上解救出来，自己做一个文人中的侠家，而不是百无一用的儒生。

花中蕊就像病重乱投医，她摆脱韩秀和狼爪张八的心切，就对桑响马那狂人疯话着了迷，跟桑响马蜜里调油，打得火热，早忘了韩秀把她打发到桑响马身边，不是为了男欢女爱，而是为了劝降招安，云里雾里过了三天，韩秀传唤她到花厅问话，她这才如梦方醒，吓得就像蹦蹦戏里唱的“冷水浇头怀里抱着冰”。不过，这个女人一向是得过且过的脾气，只要眼前讨个俏，皮肉不吃苦，眼睛眨也不眨，舌尖子就能蹦出一句谎话。所以，韩秀问她道：“姓桑的可接受了我的条件？”她不假思索，马上答道：“桑先生件件都依从您老人家。”韩秀大喜过望，连声吩咐大摆宴席。

酒宴摆下，韩秀又亲自到客房恭请桑响马，进门一揖到地，说：“桑先生，今后咱们就是一家人，兄弟相称了。”

桑响马十分纳闷儿，可又不知从何说起，只得连连摇头：“不敢高攀，不敢高攀。”

“大哥今后还要多多抬爱小弟哩！”韩秀只当桑响马是虚礼推让，“古有刘、关、张，今有桑、董、韩，都是三结义。”

“董……董……是谁？”

“菊花师姐呀！论年龄长幼为序，桑大哥是当头老大，我是尾巴尖的小三儿，董师姐便是那女中关二爷。”

“不伦不类，不伦不类！”桑响马摇头不已。

韩秀有点扫兴，扭脸刺了花中蕊一眼。

花中蕊打了个哆嗦，忙又施展她那临场抓哏的本领，嬉笑道：“梁山伯和祝英台不是就拜过把子吗？桑先生好比梁仁兄，董老板就是祝贤弟。”

桑响马勃然变色，嚷道：“祝英台忠贞不贰，抗婚殉情，董菊花自甘堕落，卖身求荣，芝兰萧艾，岂能相提并论？”

韩秀越听越不对头，脸色一沉，口气也冷下来，问道：“桑先生，花中蕊把我的条件转告你，你不是件件接受吗？”

“什么条件？”桑响马瞪大眼睛，“闻所未闻。”

“桑先生，您怎么贵人多忘事呀！”花中蕊自知她那小小的骗局一被揭破，免不了要挨韩秀一顿毒打，便以攻为守，反咬一口，“头一条就是跟董老板和韩大爷结拜为盟兄弟，您亲口答应的。”

“是吗？”桑响马被花中蕊的假戏真做给闹蒙了，“志同道合才能结拜，我跟他俩毫无共同之点呀！”

“君子一言，驷马难追！”花中蕊大哭着甩出一句脏话，“您拉出的屎还想坐回去吗？”

“臭婊子！”韩秀一把薅住花中蕊的头发，挽在手里，“你不是说他件件都依从我，怎么他又不认账了呢？”

“韩大爷，别……别打我，”花中蕊被韩秀挽着头发拎得两脚离地，惊恐万状，“我说的话句句属实，他还答应了您的第二个条件。”

桑响马问道：“第二个条件又提出哪些无理要求？”

“您到韩大爷的……得天厚堂……当二掌柜。”

“还有没有啦？”

“给董老板……编一出《新游龙戏凤》，叫人一看就知道龙是殷长官，凤是董老板。”

“我想起来啦！答应过的，”桑响马向韩秀喝道，“三弟，放开她，打发她回家！咱俩关上门说私房话。”

这真像是风云突变，韩秀迟迟疑疑撒了手，花中蕊一屁股跌坐在地上。

“韩大爷，放我走吗？”花中蕊眼泪汪汪地问道。

“滚！”韩秀把手一挥。

“等一等！”桑响马打开他的旅行箱，掏出他的钱夹子，“花中蕊，你跟我睡了三夜，也算一段露水姻缘，这几个钱是我的全部现款，你拿回家去过日子。”

花中蕊却不敢伸手，说：“桑先生，您点一点数目，交给韩大爷，看一看够交几个月的印子钱利息。”

“妈的，你在我大哥面前出我的丑！”韩秀也只得假充大方，“你把桑先生的赏钱带走，我免了你三个月的利息。”

花中蕊千恩万谢而去。

桑响马好像了却了一桩心事，神气轻松愉快起来，说：“来而不往非礼也，我答应了你三个条件，你也得不多不少，一报还一报。”

“咱们哥俩到花厅喝酒，边吃边谈。”韩秀兴高采烈，挽起桑响马的胳膊就走。

花厅敞着门，倒挂珍珠帘，坐在花厅内，隔帘可见门外的花光草色；四面打开窗户，清风穿堂而过，花厅里的人就像浸泡在潺潺流水中。

桑响马的性格中有玩世不恭的一面，他一见这满桌的美酒佳肴，便只有食欲，没有谈兴了，笑道："饭桌子上谈交易，有伤胃口，更吃不出滋味儿，咱们还是等茶余饭后，再谈不迟。"

韩秀此时不能不依他，桑响马便大吃大喝，谈笑风生；韩秀满腹狐疑，喝酒就像喝药，吃菜就像嚼蜡。

饭后，丫头收拾残席，端上切得的冰镇西瓜，韩秀劝道："大哥，润一润嗓子，书归正传吧！"

桑响马一口气连吃八块，抹了抹嘴巴，长吁一口气，说："你开出三个条件，我都答应。不过，漫天要价，坐地还钱，我在三个条件里另加三项要求，你们也不能回绝。"

"那是当然。"

"你们是一二三，我是三二一。"

"请讲。"

"《游龙戏凤》的故事，野史有所记载，我得如实写来。"

"千年的字纸会说话，书上怎么写，戏里就怎么唱。"

"正德皇帝是个荒淫无道的昏君，到处淫掠妇女；李凤姐原有个未婚夫，被正德皇帝掳到京城，宁死不从，绝食而死。"

"这不是明摆着指桑骂槐吗？殷长官要龙颜大怒的。"

"写五百年前的正德皇帝，五百年后的殷长官何必多疑？"

"我看别编什么新戏了，还是照老本子演吧！"

"你请我当得天厚堂的二掌柜，委屈了我的身份，降低了我的地位。没有虚名得有实惠，亏几斤差几两，我得找补回来。”

“你开个价码儿，说一不二。”

“我就是要这个说一不二，能够自作主张，你不得站在我的头上发号施令。”

“大哥，兄弟进府当差，公务繁忙，整个得天厚堂就交给大哥掌管了。”

“你、我和董菊花三结义，不但要情投意合，而且要志同道合。”

“对！写在金兰谱上。”

“好！我来执笔。”

“都写哪些词句，我先听听。”

“大哥桑响马，运筹帷幄，出谋划策，二弟董菊花，登台唱戏，唤起民众，三弟韩秀进府当差，伺机而动。”

“这些话不明不白，叫人似懂非懂。”

“还有两句，画龙点睛。”

“快说快讲。”

“杀敌灭奸，抗日救国！”

“姓桑的！”韩秀发觉自己被桑响马戏耍得像个乳臭小儿，火冒三丈而一跳八尺，“你包藏祸心，图谋不轨，敬酒不吃吃罚酒，那就怪不得我拿你的人头请赏了。”

于是，他把桑响马押入私牢，到伪冀东防共自治政府报功。

6

关于得天厚堂，通州城内有很多神秘的传闻。说它是一个番僧画图监造，院套院，有地道相通，房连房，门窗都有机关。囚禁桑响马的私牢，就在后花园小院，私牢深入地下，地上却一尺青石二尺黄土，栽种着一架遮天蔽地的藤萝。

桑响马被押进漆黑一团的私牢以后，饱尝了一顿毒刑拷打，半死不活，无人过问。

他被打得浑身肌肉像离了骨，四肢像解了体，皮肤上却不见一处伤痕。躺在潮湿腥臭的草垫子上，动一动窝儿，咳嗽一声，寸寸骨节和五脏六腑便一阵阵剧痛，也就不能挣扎和叫骂。最后，干渴得满嘴像是含着一把大粒子盐，想喊也叫不出声了，这比毒打更难忍受。

不知被熬煎了几天几夜，忽然从私牢的通道闪进一片阳光，吹进一股凉风，他抬起沉重的眼皮，只见韩秀坐在进出口最高一层的石阶上，吸着香烟，吃着西瓜，扇着扇子，一副得意忘形的嘴脸。

“姓桑的，胳膊能拧得过大腿吗？”韩秀把一块啃剩的西瓜皮扔下去，落在桑响马的身边，“你一个文弱书生，跟我作对，岂不是以卵击石，自不量力？”

桑响马多么想捡起这块西瓜皮啃几口，哪怕是伸出舌头舐一舐，也能解一解干渴。但是，士可杀而不可辱，他宁可渴死，也不能在这个口蜜腹剑的恶贼面前丢丑。

“韩……秀，你……无耻之尤！”桑响马那干裂的嘴唇动了几动，从嗓子眼儿里挤出这几个字。

“姓桑的，笑骂悉听尊便。”韩秀不气不恼，吃完一个西瓜，打了个饱嗝儿，“依警务处处长池宗墨之见，要眼看渴死你，饿死你，还是殷长官有九五之尊，天子重英豪，要慈航普度，送你一部他手抄注释、南京刻经处刻印的《金刚经》仔细拜读。南无阿弥陀佛，佛法无边，你要迷途知返，回头是岸呀！”

说着，他从背后取出一个黄绫包裹，走下台阶，送到私牢的铁栅栏内。他转身而去，一会儿便有两个打手抬来一筐西瓜一桶水，一个丫头送来四菜一汤的吃喝。

这一切安排，都是董菊花在殷汝耕枕边吹风，替桑响马美言，殷汝耕才想以佛经度化桑响马。

桑响马不但有了吃，有了喝，而且私牢房顶亮了灯，还要了一套文房四宝。他在昏黄的灯光下，阅读殷汝耕注释的《金刚经》，逐条驳斥，嬉笑怒骂，竟然自得其乐，乐而忘忧。

这一天夜里，他辗转难眠，便又灯下游戏文字，给《金刚经》大作眉批。忽然，私牢进出口又打开天窗，月落星稀，已是黎明时分，想不到韩秀打着灯笼走下台阶。

桑响马停住笔墨，只见这个恶贼的小白脸上，横三竖四几道伤痕，萎靡不振，蔫头耷脑，一副失魂落魄的哭丧相儿。

“桑先生……”韩秀有气无力，“把殷长官送您的《金刚经》，借给我看一看。”

“哈哈！”桑响马觉得滑稽可笑，“你这个作恶多端的恶贼，也想放下屠刀，立地成佛吗？”

“我……我……”韩秀吸溜着鼻子哭起来，像个娘儿们家，“我要……超度一位心上人的亡灵。”

“你心上有谁，谁就要遭灾受难。”桑响马冷笑着投笔而起，“是不是要把我绑赴刑场，你又来老虎挂念珠儿——假充善人？”

“不……不……”韩秀掏出手帕，一边擦眼泪一边摇着头，“我这个心上人，也是你的心上人。”

“谁？”

“万守玉小姐，被……船匪头子龙抬头……杀死了。”

“你……仔细讲来！”

“龙抬头夜入万宅，闯进万小姐闺房，强奸不遂，活活把万小姐勒死。”

“啊呀！”桑响马头嗡耳鸣，“你……听谁说？”

“刚才有人前来报告，万小姐的闺房墙壁上，龙抬头作案留名。”

“说谎！”

“信不信由你。”

“你这是对我软硬兼施，黔驴技穷，故意耸人听闻，给我当头一棒。”

“我随便胡说八道，怎能咒我的心上人被凶杀惨死呀！”

“住口！你这个衣冠禽兽，怎配对万守玉小姐心存非分之想？”

“我爱慕万守玉小姐，已经不是一年半载，也曾请人登门求婚。”

桑响马想起来，万守玉有一回向他隐隐约约透露，孔教会会长曲云舫充当某人的大媒，前来死皮赖脸为某人提亲，被她和万盛亨老掌柜回绝，曲云舫恼羞成怒而去。

看来这个某人，必是韩秀。

“韩秀，杀害万守玉小姐的凶手，就是你！”桑响马悲愤大叫，“你杀人作孽，还想借《金刚经》求得心安吗？”

韩秀作贼心虚，被桑响马的悲愤大叫惊吓得手一哆嗦，灯笼滚落下来。黑暗中，他的目光像两朵鬼火，龇着白牙尖声笑道：“我还要把你送到阴曹地府，跟万守玉小姐结个鬼婚。”

他心怀鬼胎，便又此地无银三百两，到连环套找金钟罩，告龙抬头的状。

龙抬头连夜到通州城外，本想打听刺客关省三的消息，却听说有人假借他的姓名，逼奸不遂而杀害万守玉小姐，他马上猜到这是有人暗算他。韩秀是通州城内黑道上的草头天子，黑道上干出的每一桩见不得人的勾当，虽不一定是他出面和动手，但是多多少少都跟他有点瓜葛。于是，龙抬头便到韩秀在旧城南门外的一处外宅，寻找韩秀问个究竟。

韩秀一不娶妻，二不纳妾，最喜欢钻狗洞搭姘头。他的这座外宅的主人，原是他手下的一个老打手，前些日子暴病而亡，他便鸠占鹊巢，淫乱这个老打手的妻女。

龙抬头扑了个空，搬了个凳子在院里坐等。新盖的茅房三天香，韩秀还没有吃得腻味，一定会来。

谁想，等到晌午大歪还不见韩秀的影子，他只得返回连环套，禀告师父，再作计较。

又是一条游龙走水路，还没有起晌就回到连环套，金钟罩正站在河边柳下等他。

“畜生，赶快上岸受死！”金钟罩大吼一声，眼里冒火。

龙抬头上岸，只见金钟罩满脸怒容，面带杀气，惊问道："干爹，您是从哪儿上来的一股邪火？"

"我宰了你这个采花淫贼！"金钟罩一个苍鹰扑兔，直奔龙抬头。

龙抬头很知道师父的这一招，出手厉害，他破解不开，不敢硬碰，急忙躲闪，向河边倒退，说："有话放在桌面上，打骂我都领罪。"

"你还想跟我装神弄鬼吗？"金钟罩又飞起饿虎掏心的一脚。

龙抬头扑通跳下河，河面上翻了个水花，露出头又问道："您这是听信了谁的谗言，中了谁的奸计？"

金钟罩正要下水生擒活捉龙抬头，被龙抬头这一问，问得打了个趔趄，收住脚步，却仍然怒气冲冲地问道："你进城一夜，造了多少孽？"

"儿子只跟您学过除暴安良，不会那抢男霸女。"

"那么，文萃斋的万小姐是怎么死的？"

"听说是歹人因奸不遂，把她杀死了。"

"哪个歹人？"

"我正想禀告师父，寻访捉拿凶手。"

"你在万小姐的闺房墙壁上留名，早已不打自招了。"

"冤枉！"龙抬头又气又急，从水中拔出身子，跳上岸来，"我在您身边长大，念了一年书，逃了十一个月学，请了二十九天假，赶上那个月还是小尽，没捏过一天笔杆子，哪里会留名写姓？"

金钟罩张口结舌了半晌，才自言自语："韩秀这小子，说得有头有尾，有根有梢，有鼻子有眼……"

"韩秀说了哪些话？"龙抬头忙问道，"他在哪儿？"

原来，金钟罩起早串村卖瓜，在渡口上遇见匆匆而来的韩秀。韩秀一见金钟罩的面，便装得神色惊慌，心如汤煮，说是前来送信：龙抬头因奸不遂杀害了万守玉小姐，胆大包天，墙上留名，通州城内已经满城风雨，惊官动府，应该赶快远走高飞，以免杀身之祸。金钟罩最恨触犯淫戒，也不问青红皂白，就要严惩龙抬头。

“心中无愧，不怕半夜三更鬼叫门。”金钟罩抓住龙抬头的手腕子，“我把韩秀拦在瓜田外，你跟他在我面前对质。”

“走！”龙抬头像被戴上了手铐。

但是，被拦在瓜田外道口的韩秀，却无影无踪了。

“韩秀，韩秀！”金钟罩连喊两声。

龙抬头四下张望，忽然发觉瓜楼后面风吹草动，马上警觉起来，低声对金钟罩说：“瓜楼后窗下有人。”

金钟罩望去，乱草蓬蒿中隐隐约约起伏波动，便大声喊老伴道：“你查看一下，谁敢到瓜楼下偷瓜！”

“老东西，你老眼昏花啦！”干娘骂道，“云姐儿跟孩子刚睡着，你把他们吵醒了，看我轻饶得了你。”

金钟罩吓得吐了吐舌头，说：“咱们还是转圈子找韩秀，别惹恼灶王奶奶。”

他们刚走不远，便听见瓜楼里的云姐儿从睡梦中发出一声惨叫：“来人！恶贼抢走了……我的孩子……孩子。”

“追！”金钟罩带着龙抬头追赶，却仍然抓住龙抬头的手腕不放。

爷儿俩沿着乱草蓬蒿中的脚印紧迫，互相牵扯跑不快，金钟罩不得不撒手，龙抬头的手腕上留下一道紫痕。

乱草蓬蒿中窜逃的贼影，正是韩秀。

7

韩秀最会在金钟罩老两口前装孝子，每趟到连环套，都要到瓜楼给金钟罩老两口磕头请安，然后就到瓜田里挑瓜吃。今日前来，金钟罩不但不许他到瓜楼行礼，还把他拦阻在瓜田外的断道口。他是个狡诈多疑之徒，一见此情此景，便知其中必有隐秘。等金钟罩满腔怒火到河边等候龙抬头，他便悄悄溜到瓜楼后窗外，眯起眼睛侧看。朦胧幽暗中，只见一个年轻俏丽的妇人，半光着膀子，睡在炕席上，揭起水红兜肚，一对孪生的婴儿睡着觉还嘬着奶头儿。

“这个女人怎么看着眼熟？”韩秀心中暗想，脑子里打转。

……嗬！想起来了。前两年，二百八十里北运河上的十二大码头，有个唱京东大鼓的妞儿，名叫火烧云，他也曾垂涎三尺，只因玫瑰花虽好，却满身带刺，不得下手。后来，听说火烧云嫁给了龙抬头，便没有再见过面。这个在瓜楼里给孩子喂奶的妇人，正是他曾朝思暮想的大鼓妞儿。于是，他要一饱眼福，看个够。

直到河边上金钟罩大喊大叫，一双贼眼才离开窗口，他此行的目的，原想诬陷龙抬头，借金钟罩之手除掉这个死敌，或是逼迫龙抬头进城投案，自投虎口。谁想金钟罩雷声大雨点小，不但没有在龙抬头身上下毒手，而且还要找他当面对质。千层篱笆都透风，一层纸怎能包得住火？言来语去有个嘴短，便要露出马脚，他这才跳进窗口，抢走龙抬头一个孩子，也算不虚此行。

韩秀一溜烟飞跑，只恨自己不是两条兔子腿，不能眨眼之间到通州。

远远传来急风暴雨似的马蹄声，韩秀举目一看，原来是马名骓带领一名卫士和一名马弁，沿河飞奔而来。

“名骓！名……骓……”韩秀怀里跑着哇哇大哭的孩子，上气不接下气，“快……借给我……一匹马。”

马名骓勒住缰绳，胯下的白马前蹄刨地一声嘶鸣，问道：“你怎么像一只丧家犬，又怎么干起拍花子这一行？”

“这个孩子……是龙抬头的。”韩秀声音沙哑，连咽几口唾沫，“他不投案就别想要这个孩子了。”

“把孩子交给我吧！”

“这个孩子是我的一大法宝。”

“你不给我孩子，我不借给你马。”

马名骓丢了个眼色，卫士下马，接过孩子，把缰绳递到韩秀的手里。

这时，金钟罩和龙抬头已经追到眼前一箭之地，韩秀上马想跑，那匹马蹿高一跳，翻蹄亮掌，又把他摔在地上。

金钟罩抢在龙抬头前面赶到，气得挓挲着胡子像根根松针，骂道：“韩秀，你这个人面兽心的贼子！”

“老不死的，你活腻了吧？”韩秀拔出手枪，手扳着枪机狞笑，“别看你是金钟罩铁布衫，只要我的二拇指一动，就结果了你的老命。”

他正凶眉恶眼，龙抬头悄悄脱下脚上的一只铁掌靸鞋，甩手流星扔了出去。韩秀已经躲闪不及，铁掌靸鞋像一块方砖打中了他的手腕子，手枪落了地，子弹飞上天。

他还想弯腰拾起手枪，龙抬头抢先一步，将手枪踢出八丈远。

“名骓，把你的马刀给我！”韩秀自知拳脚上的功夫比龙抬头略逊一筹，急忙向马名骓呼救。

马名骓在马背上像稳坐钓鱼台，悠闲地点起一支香烟，深吸了一口，吐出一串烟圈儿：“你们先在拳脚上见个高低上下，再拿刀动枪拼个你死我活。”

“姓马的，你吃里爬外，我要到殷长官面前告你的御状！”韩秀躲闪着龙抬头的强拳硬脚，破口大骂。

“咱俩还不知道谁能回通州呢！”马名骓冷笑道，“你看那棵大树后面，一支枪张着嘴，瞪着眼，不知是盯住你，还是盯住我？”

韩秀偷眼一瞥，一棵歪脖子老榆树后站立一个人，那人正是又女扮男装的韩金簪儿，黑洞洞的枪口瞄准了他，他的脊梁骨冒出一股凉气，心慌意乱，六神无主了。

韩秀和龙抬头的武艺相差无几，二虎相争，两强交手，谁胜谁负，就要看谁占天时地利，哪个气壮，哪个胆虚。不到万不得已，二虎不相争，两强不交手。这些年，韩秀对龙抬头以礼相待，龙抬头也避免跟他撕破脸皮，两人不但没有争强斗胜，而且没有同场练功，互相都不摸底。

虽不是麻秆儿打狼两头害怕，两人却都不敢轻敌。龙抬头勇猛，韩秀狡诈，硬碰硬龙抬头必胜，投机取巧韩秀高明。如果是在通州万寿宫大街高搭擂台，两人比武，一定会有许多精彩场面，吸引成千上万的看客。

刚才，韩秀自以为手里有枪，又有马名骓可做后盾，他倒很想跟龙抬头斗上百十回合，把龙抬头打败。但是，手枪飞了，马名骓袖手旁观，他已经感到身陷绝境，丧失了斗志，只想找个空子，夺路而走。

龙抬头劈头一掌，韩秀在慌乱中竟不知如何招架，亏他身轻如燕，躲闪得快，这一掌才劈了个空。但是，他感到了掌力灼人，好像被烫了一下。龙抬头一掌劈空，便亮出了半个身子，韩秀如果飞起一脚，踢不中龙抬头的要害，也能转守为攻。然而，他怕龙抬头这是虚晃一招，便仍然采取守势，没有还手。于是，龙抬头反倒抢了个上风，又踢他一个飞脚。这一脚不是踢他的肋骨，而是直奔他的胸口，虽然又被他巧妙躲过，胸口也感到脚力的重量。他的心一阵发冷，暗叫厉害，虚汗就淌下来了。龙抬头见他虚弱，收了脚又出拳头，泰山压顶砸下去。韩秀来不及躲闪，只得抬起胳膊架住龙抬头的手腕子，这就是较量硬功夫了。韩秀的胳膊一阵麻木，自知硬拼只有吃亏，心神更慌乱了。龙抬头没有想到这个沉溺酒色的公子哥儿，竟没有被他的三绝招打倒，也感到惊奇，估不透他还有多大本领。

但是，金钟罩的眼力入木三分，怒喝一声："韩秀贼子，你输啦！"

韩秀跪倒在地，匍匐爬行到金钟罩面前，抱住金钟罩的双腿，哭道，"我宁愿死在您老人家脚下，也不愿败在龙抬头手里。"

金钟罩一阵心软，问道："畜生，你能知过必改吗？"

韩秀连叩三个响头，说："孩儿从今以后改邪归正，听师父的话。"

坐在马背上看热闹的马名骓，高声冷笑道："金大伯，我替殷汝耕给您道谢了！"

金钟罩眨着眼睛问道："殷汝耕为什么要给我道谢？"

"您把他心爱的御猫放回去了呀！"

"谁是御猫？"

"就是跪在您膝下的人。"

韩秀像吞下烟油子的蛇，蜷缩着身子哆嗦起来。

金钟罩那跺得碎碾台磨盘的一只铁脚，踏在韩秀的胸脯上，厉声问道："姓马的是不是冤枉你？"

"师父……"韩秀被这一跺，口吐鲜血，"让我……站起来回话。"

金钟罩抬起脚来，韩秀手按着地爬起身，虽然面如死灰，目光却更险恶，狠盯了马名骓一眼。

"金大伯，杀死他！"马名骓打着寒噤喊道，"心慈面软，后患无穷。"

"谋事在人，成事在天，天啊！"韩秀想到枉费心机一场空，心里一阵绞痛，脸上痛苦扭曲，"动手结果我的性命，一个是我师父，一个是我自己，别人不配。"

"狗血不能肮脏人手。"金钟罩不忍杀生，找个借口，"贼子，你自己动手吧！"

"马名骓，给我一把刺刀！"韩秀的两手抖抖索索，"我要当着师父的面，开膛破肚扒肠子。"

马名骓的卫士拔下刺刀，扔在地上。

韩秀艰难地哈下腰去，慢慢腾腾捡起刺刀，好像拖延时间，苟延残喘，一副贪生怕死的可怜相儿。

马名骓掏出烟盒，正想点起一支香烟，欣赏这出好戏的收场，突然寒光一闪，韩秀甩手而出的刺刀直奔他的咽喉。站立在歪脖子老榆树后的韩金簪儿，惊叫一声：“名骓，闪身！”手疾眼快的龙抬头，脱下脚上的另一只铁掌靰鞋扔了过去。铁掌靰鞋挡住刺刀，撞在马名骓的肩胛。马名骓大吃一惊，一阵疼痛，翻身落马，韩秀像一条恶狗扑到马名骓身上，要把马名骓掐死。韩金簪儿从歪脖子老榆树后，像一支离弦的箭飞跑过来，狠踢韩秀的下处；卫士和马弁，一个人扯韩秀的胳膊，一个人扯韩秀的腿。

龙抬头怀抱着从卫士手里接过来的孩子，变成了站脚助威的观众；金钟罩不忍看，扭过脸儿。这时，火烧云头上蒙着蓝花头帕，跟干娘互相搀扶着走来，龙抬头急忙迎上前去，把小娇儿送到亲娘的怀里。

韩金簪儿、卫士、马弁和马名骓，七手八脚把韩秀捣得血肉模糊，只剩下一口气。怎么会是七手八脚呢？马名骓一只胳臂受了伤，不能拳打，所以四人七只手；两腿好好的，四人仍是八只脚。

“扔下河里喂老圆！”马名骓怒气不息，挥手发令。

马名骓的卫士和马弁，把血肉模糊的韩秀扯到河边，像把一条死狗扔下河，眼看着顺流而下——天津卫见了。

金钟罩会治红伤，马名骓也伤势不重，上了药便止痛消肿。韩金簪儿认下龙抬头和火烧云的一对双棒儿当干儿子、干闺女，卫士和马弁贪吃西瓜，撑胀得像大肚子蝈蝈儿，可谓皆大欢喜。

8

我很想在女二道贩子家，一口气将《敬柳亭说书》写到最后一个字。

花木葱茏的小院，闹中取静，并没有脱离尘世，却又是尘世间的一片小小的世外桃源。晴天满院子的花香草气，被满院子绕圈的清风吹进茜绿纱窗，装满我写小说的屋子，染香了我的纸笔。花树枝头，鸟啼蝉鸣，我从书桌上抬起头，隔着玻璃窗，只见绿叶下的山雀儿，瞪着亮晶晶的眼睛，盯着我的脸，一点也不害怕，更没有敌意。阴天雨打花树沙沙响，房檐流水响叮咚，激动我的心和牵动我的手，在稿纸格子上振笔疾书，就像在一块块方格子稻田里插秧。

我吃得饱，睡得香，写得快，真想在此地安营下寨了。

但是，老乐哥却心神不定，寝食不安，刚刚住下三天，就想乘虚而出，溜之大吉。

这天半夜下起瓢泼大雨，睡到门楼下的女二道贩子逃进西厢房，住在北房西屋的老乐哥，蹑手蹑脚走进我住的北房东屋。

“兄弟，是非之地不可久留，咱俩顶着雨逃跑吧！”黑暗中，老乐哥搓着手，大雨天心急如火。

“你疯啦？”我觉得他又可气又可笑，“天昏地暗，雨水连天，一出村就得给大雨打得透不过气来，你想死在路上吗？”

老乐哥唉声叹气蹲在地上，嘟嘟哝哝地说：“这是个什么人家呀？不三不四，不清不白，不干不净。”

我从床上坐起来，点起一支烟，笑道：“难道这真是一家黑店？可又没有看见卖人肉包子呀！”

“你知道那个老头子是谁吗？”老乐哥翻着眼皮问道，“还有那个大姑娘和小子儿，都是什么人？”

这座小院的东厢房，住的是一个下肢瘫痪的老头子，不到八十，也得七十大几了。他一天到晚无声无息，一声不吭，躲在屋里看彩电。有个二十三四岁的姑娘服侍他的吃喝，给他洗脸擦身，端屎端尿；有时把他抱到院子里的花树下见一见阳光，像抱一只竹筒子凉枕，可见老头子已经是灯草胳膊麻秸腿，骨瘦如柴了。还有个三四岁的小男孩儿，清早大姑娘把他送到幼儿园，傍晚再把他接回来。这座幼儿园，是女二道贩子花钱开办的。

老头子闲来无事打算盘，大姑娘捧着书本发呆，都有点古怪。

我和老乐哥来到这座小院之前，女二道贩子一个人住北房三间，老头子住东厢房，大姑娘和小小子住西厢房，由此可见，他们必是老少三辈。

“那个老头子，不是女二道贩子的公公，就是女二道贩子的娘家爹。”我自作聪明，胡同捉驴两头堵，“那个大姑娘，不是女二道贩子的女儿，就是女二道贩子的儿媳；那个小男孩儿，不是女二道贩子的孙子，就是女二道贩子的外孙子。”

“你一注押六面，只中一个彩。”老乐哥嬉笑道，“老头子是女二道贩子的头一个男人，大姑娘是女二道贩子跟第二个丈夫所生的女儿，小男孩儿是她跟武清县的大能人所生。”

“你这是胡编乱造吧？”

“老头子亲口对我说的，没一点糠拌水。”

原来这个老头子只有六十多岁，不是本地人，解放初期在天津的一家私营工厂当副经理，主管采购原料和推销产品。一九五二年秋，当时十五岁的女二道贩子到他家当阿姨，一九五五年春他的妻子病死，他就把十八岁的女二道贩子收做填房。这一年冬天工厂公私合营，他被定为资方代理人，跟资本家同等对待。私方人员都降一级使用，原来的经理改当副厂长，他被安排到供销科当代理科长。一九五七年以后再降一等，他又被调任行政科副科长，专管宿舍、食堂、厕所和澡堂子。一九五八年招收家属进厂，女二道贩子进厂到汽车队当运输工，虽然结婚三年连生两个孩子，力气却大得能压倒二三十岁正当年男子汉。一九五九年夏，连阴十八天，天天下大雨，行政科副科长带领修缮队抢修职工宿舍，房倒屋塌砸瘫了他的两条腿，从此便躺在家里吃劳保。一九六二年工厂把二分之一的职工下放农村，女二道贩子一直是临时工，他又是个百无一用的老病号，当然要被第一批下放。女二道贩子带着残废丈夫、丈夫和前妻的儿子，她和丈夫所生的一儿一女，回到香河县娘家的这个村落户。一个人养活老小五口，吃不上穿不上，残废丈夫狠了狠心，跟她商量，两人离婚，她招个男人进门，替她分担一半沉重。她想了想，也只有如此，五口人才能活命，哭了一场也就答应了。正巧，村里有个在公社食堂当大师傅的老光棍子，自愿上门搭伙，于是女二道贩子又跟这个老光棍子生下一个女儿。老光棍子虽然每月只有三十六元工资，可是当大师傅不交饭钱，每天还能给家里带回半桶残羹剩饭大杂烩，这个七拼八凑的家庭便有吃有喝，油、盐、酱、醋也不犯难。想不到十年内乱，公社机关开展清队运动，老光棍子娶资本家的老婆，也算丧失立场，蜕化变质，被专政班子下令隔离审查，挂牌游街，七斗八斗。专政班子不过是拿老光棍子开心取乐儿，并不认真；老光棍子却死心窟窿，忍受不了这个奇耻大辱，一头扎进井里丧了生。好在残废丈夫跟前妻所生的儿子已经五大三粗，女二道贩子跟残废丈夫所生一儿一女也念完初中，升不了学，都到队里挣分，不像过去那么难熬。一九七九年给冤假错案平反，女二道贩子领取了老光棍子的补发工资和抚恤金。有这笔钱，三个大孩子便都男婚女嫁，各奔东西，不认这个给他们丢人现眼的后娘和亲娘。农村政策放宽，广阔天地大有作为，女二道贩子承包责任田，又出外做小买卖。残废丈夫是做买卖的行家，躲在幕后当她的军师，坐在家中给她指路划道，她无往而不赚，日久天长便积少成多，富出了名。跑买卖脚野，眼皮子杂，南来北往中结识了武清县大能人。武清县大能人心灵手巧，五行八作的路数和手艺，他无师自通，沾手就会，可就是不铁心务农，认为土里刨食对他是大材小用，落了个懒汉二流子的名声，混得老婆离婚改嫁，带走女儿改了姓。武清县大能人比女二道贩子小一岁，两人在外省他乡相遇，乡亲之间互相照应，先是亲如姐弟，后来便情同夫妻了。女二道贩子已经四十出头，这是她头一回真正爱上一个男人，中年妇人的初恋如火如荼，衣食住行都百般疼爱武清县大能人。可是，她半辈子当惯了一家之主，造成说一不二的专横脾气，恼火起来，蛮不讲理，打骂武清县大能人就像管教大儿女。武清县大能人也是个自命不凡的角色，岂能忍受一个老娘儿们骑在脖子上撒尿？两人相好一年多，眼看就要结婚，却只因一言不合拆了伙。这时，女二道贩子已经身怀六甲，横下一条心，到医院打胎。头一趟，走到医院门口，肚子里的小孽障翻身打滚儿，她又不忍心残害这个小生命，收住脚步，转身而去。二一趟，交上了挂号费，坐在候诊室的椅子上，一坐两三个小时，等到白衣护士叫她的号儿，她张了几回嘴，都没有答应。三一趟，她已经躺在手术台上，肚皮消了毒，正要打麻醉针，她忽然大叫一声，跳下手术台，冲出病房，落荒而逃。最后，她躲藏起来生了个男孩儿，过了满月才回本村，说是路上捡了个弃儿，却报不上户口，一直是个黑娃。武清县大能人听说她生了个大小子，马上打发人给她捎话，愿意跟她重新和好，到公社登记。她却偏要好马不吃回头草，一口回绝。武清县大能人又拜托一位伶牙俐齿的说客，带一大笔现金，前来赎买儿子，又被她臭骂一顿，追打得抱头鼠窜。武清县大能人一怒之下，跟她在市场上展开针锋相对的竞争，两强斗胜各有所失，便宜了坐山观虎斗的通州小青年儿。最近，女二道贩子和武清县大能人都似有觉悟，双方通过各自的代表进行谈判，残废丈夫更苦口婆心，极力撮合，要玉成其事。

恰在这时，防不胜防的通州小青年儿，横插一杠子，千方百计要娶女二道贩子跟老光棍子所生的女儿。

这个女儿便是那个二十三四岁的大姑娘，念完了高中，连考三年大学，都距离录取线十分遥远。女二道贩子却不依不饶，逼迫她关起门复习功课，年年考不上也要年年报考。通州小青年儿不把这位千金小姐娶到手决不罢休，每天夜深人静就神不知鬼不觉地前来扰乱姑娘的芳心，害得她手捧着书本坐一天，一个字也不曾入目。女二道贩子睡在门楼下，并不是担心我和老乐哥逃走，而是严防通州小青年儿偷香窃玉。

“这一家子的人和事，够我写两部长篇，四部中篇，六个短篇！”我高兴得手舞足蹈，“在这里，我要打一眼深井。”

雨越下越大，雷声震耳欲聋，老乐哥也只得知难而退，回屋闷头睡觉去了。

我俩一觉醒来，已经雨过天晴，日上三竿。小院大门敞开，不见人影，老乐哥到东厢房，只见下肢瘫痪的老头子，正哄着那三四岁的小黑娃，玩算盘珠子下棋的游戏。老乐哥刨根问底，才知道大姑娘在大雨滂沱的黑夜，被通州小青年儿拐跑了；女二道贩子发觉，急忙追赶，也一去不回。

老乐哥早想脱身，正好趁此告辞，我一见形势不妙，也就不想恋栈。我们匆匆忙忙刷牙洗脸，空着肚子起驾，一走了之。

走到半路途中，忽然看见从蝈笼子镇方向，迎面走来两对男女。男的一个说说笑笑，一个洋洋得意；女的一个唠唠叨叨，一个哭哭啼啼。我们和他们走碰了头，才看出说说笑笑的是武清县大能人，洋洋得意的是通州小青年儿，唠唠叨叨的是女二道贩子，哭哭啼啼的是大姑娘。原来，通州小青年儿和大姑娘逃到蝈笼子镇，钻进老乐哥的茅庐避雨，也就“鸟成对，喜成双，半间草屋做新房”了。女二道贩子怕一人难敌二手，不得已找武清县大能人相助一臂之力。两对三方四个人，见面说过几句气话，转念一想又都冷静下来，要想三全其美，还是珠联璧合，共赴大业吧！

“说书的师傅，写书的先生，慢待你们二位了！”女二道贩子满面惭愧，强笑了一下，却淌下了眼泪。

老乐哥摇头摆手，又作了个大揖，嘻嘻哈哈笑道：“等你们这老少两对儿办喜事那天，我还要大驾光临，说个吉祥段子，给你道喜。”

“也许我不能奉陪了。”我连忙声明，“请问大嫂，你对我刚写完的这一大段故事，有什么意见？”

“我这个……文盲老娘儿们……”女二道贩子扭扭捏捏起来，“您能不能……不叫那个……那个万守玉小姐被害身死？历尽七劫八难，还是称心如意大团圆吧！”

这真是推己及人，愿天下有情人皆成眷属。

“嗬……”我虽然面带难色，但是不能在她这个良辰之日扫她的兴，“好的，好的……我想想办法。”

我已经把万守玉写死了，如何才能起死回生，把她再写活了呢？

第五章

1

我和老乐哥的合作，掐头去尾也整整一年了。老哥俩鱼水相帮，配合默契，没闹过矛盾，没红过脸。但是，我这一支笔，除了给他打本子，还得为出版社和文学杂志写小说，难以应付年复一年的一分为二的局面，早有适可而止的倦勤之意。他也想过两三个月，等秋收之后，跟随做长途贩运生意的车队，出外跑码头，在出发之前收场。所以，只要我帮他把这两三个月支撑下来，就可以搁笔。

出国之前一个星期，也就是八月十四日，我下乡跟老乐哥话别。两人算了一笔账：我这趟出国，一个月零五天，在国外忙里偷闲，每天可写一千字；他在国内说书，每天从三场减到两场；在我回国之前，我给他写出的存货，足够他三十五天的支出，不会捉襟见肘。等我从国外回来，交出我的新产品，他再将每天三场恢复过来，如此也就前后衔接一线串，不露破绽了。

八月二十二日清晨六时半到北京机场，八点十五分起飞，乘坐波音737这只美国大鸟，从一万三千公尺高空，飞向一万一千公里远的贝尔格莱德。这条航线，过去我已经往返两趟，虽然算不得老马识途，可也并不感到激动和新奇了。因此，我决定在到达卡拉奇中途降落之前的七个小时里，不向机窗之外看一眼，却要闭目凝神，一心只想我为老乐哥而写的话本。我写小说的习惯，动笔之前从来不曾把开头结尾和情节安排想得周全，而是只要捕捉到脑海中闪现的某一个人物，由此想到这个人物活动的时间和地点，是哪一年哪一月哪一日，黎明、晌午、黄昏还是夜晚，村边、河畔、田野、堤旁还是茅屋泥舍，于是便抓住了历史或时代背景，自然环境和风光景色映入眼帘，便可以随心所欲地写起来。只要人物起动便是开头，两个以上的人物有所接触，也就产生了情节，主要人物停止活动，小说便不能不结尾了。这种写作过程，跟沙盘扶乩或跳大神颇为近似。然而，我坐在飞机上，也许是因为我拔地而起，脱离了深深扎根的泥土，虽然头脑中有了人物，也确定了人物的活动时间是一九三六年仲夏，地点是京东的通州和北运河农村，却怎么也不能产生扶乩和跳大神的幻觉，难以进入创作境界。越着急越心慌意乱，人物、时间、地点便在头脑里搅成一锅粥，半个字也写不出了。写不出来的时候不硬写，这是托尔斯泰和鲁迅先生都说过的。长途旅行，难耐寂寞，想事想得头疼，看书看得眼酸，只有聊天最能在不知不觉中消磨时间，而且富有娱乐性，空中小姐按时送来热茶、咖啡、橘子汁、矿泉水和可口可乐，聊得如火如荼也不会口干舌燥。聊天得有知音，才能滔滔不绝，但是又必须有主有从，不能棋逢对手，正如说相声的要逗哏和捧哏互相配合，才有兴味。如果双方都以我为主，互相抢话，那就聊不下去了，也正如两个逗哏的说相声，必定砸锅。人生难得知己，聊天也难寻知音，偏偏我却天从人愿：邻座的旅客，是一位到欧洲考察做豆腐工艺的副食品公司的工作人员，我孤陋寡闻，据我所知，做豆腐是中国人的独家手艺，为什么要跑到位于西天的欧洲取经呢？此人答道："火药是中国人发明的，可是现在的枪炮却是西方的好；罗盘是中国人发明的，航运却是人家西方发达；做豆腐的手艺是本世纪初中国劳工和勤工俭学学生带到法国的，然而青出于蓝而胜于蓝，法国豆腐目前是全球第一。"真是三人行必有吾师焉。我这才知道，中国人要想吃到现代高级豆腐，应该到青出于蓝而胜于蓝的法国拜师求艺。然而，青者黑也，花费了大量硬通货而学会了做黑豆腐，不知如何劝诱中国人吞咽下去。果然，我的家乡的那句色彩鲜明的歇后语：小葱拌豆腐—— 一青二白也就从此休矣。话虽如此，我仍然感到迷惑不解，还想深入一步探究下去，此人却笑而不答，守口如瓶了。无可奉告，秘而不宣，此所谓天机不可泄露也。这使我想起前一回在国外，碰到形形色色的考察团，照理，在异国他乡遇见本国同胞，应当亲如骨肉，情同手足，却不料这些人对我竟避之而恐不及，不点头，不招呼，当然更不来往。最初我以为他们是日本人或港、澳、台的商人，因为他们那西服革履的穿着和油头粉面的打扮，使人难以辨认他们的国籍和身份；而我一身中山装和一双布鞋，超额百分之一百的中国人标志，简直是把护照挂在脖子上，一眼就看个准定。同住一个旅馆，国籍和身份不言自明，但他们对我仍然冷着面孔，在过道上走碰了头也掉转脸去。我想，他们一定是身负重任，考察的项目绝对保密，不便随便交际，也就不应错怪他们不认老乡亲。然而，经过几天的耳闻目睹，我才逐步了解到，他们之所以不愿跟我接近，倒不是由于他们的考察项目需要保密，而是因为他们的考察行动不可告人，怕我写进文章，公诸报端，引起国人愤慨。原来，他们所考察的项目只不过鸡毛蒜皮而已，打着考察的幌子公费出国旅游才是不可告人的目的。出国时带足了方便面和八宝酱菜，锁上房门各自为炊，不到旅馆的餐厅花洋钱吃饭，刮牙齿，勒裤带，忍饥挨饿，省下美金、英镑、法郎、马克，跑跳蚤市场——露天的旧货摊，扒进洋人穿剩下的旧货，回国时满载而归，而且上飞机前就把这些廉价的洋服披挂身上，面带不虚此行的得意之色，预想着回家之后炫耀于妻子儿女的快乐，活脱脱把孟子笔下的齐人现代化了。

不过，我这位到欧洲考察做豆腐工艺的旅伴，毕竟还坐在云里雾里的飞机上，而且这只美国大鸟还没有飞出中国国境，他也就没有必要急于态度大变。而且，距离巴黎的路程还很遥远，他也寂寞难耐，不能不借闲聊以排遣时光。

“同志，您是搞什么工作的？”他岔开话题，转守为攻。

我答道：“写小说的。”

“出国考察……小说？”

“进行文学交流。”

“交流？”

“他们的流进来，咱们的流出去。”

“咱们……有什么……可流出去的呢？”

“你为什么认为咱们的就流不出去呢？”

“人家比咱们先进，咱们比人家差一大截子呀！”

“文学上并不如此，做豆腐也未必如此。”

他被我刺了一下，脸红了六十分之一秒，便伺机反扑，不动声色地问道：“您是写小说的……作家吗？”

“是的。”

“您的小说流出去了吗？”

“我的中篇小说集已经出版英、德、法文三种版本。”

“了不起！日本翻译了吗？”

“我只知道翻译了一两篇。”

他微然一笑，说：“日本人对中国货懂眼，咱们蒙不了他们。”他这反抽一板，露骨而又刻毒。

针尖遇见了麦芒儿，各不相让。

“你到日本考察过做豆腐吗？”我又问他。

“去过一趟，买了一套设备。”

“日本的豆腐味道如何？”

“比咱们的好吃，营养成分也高。”

我把他引入我的埋伏圈，马上也反攻道：“可惜咱们中国的老花眼、近视眼太多，被日本人蒙了个够，日本人还得便宜卖乖。”

我本想这一下刺得他更加疼痛，谁知他却装得毫无感觉，心平气和地说：“咱们闭关锁国这么多年，乍一跟外国人打交道，吃亏上当是难免的，长一智就得吃一堑嘛！”

嘻！吃了日本豆腐制造商的亏，又到法国去学做豆腐，我只有暗叫呜呼哀哉了。

“你是不是还准备进口一套法国做豆腐的设备？”

“当然！这笔学费是要交的。”

“如果又是吃一堑，还想到哪个国家考察？”

“目前还没有得到更新的信息，反正咱们是见先进就学。”

我们的金矿工人呀！辛苦你们了。请你们再加把劲，从沙里淘出更多的金子，换成美元、英镑、法郎、马克，一次又一次地给这位周游列国考察个没完没了的同志交学费，驴年马月咱们就吃上世界最高级的豆腐了。只是豆腐再也不是白色的。

在卡拉奇停机休息一小时。重新起飞上路，我的旅伴忽然不见了。我站起身子，放出目光，四处寻找他的下落，才发现他另找了一个临窗的座位，正向外观赏异域情调的风景，嘴里发出津津有味的啧啧赞叹声。

难道竟是此人引起我的创作冲动？我一个人享用两个座位以后，四肢舒展，闭上眼睛便看见我的小说中的人物一个个活跃起来。他们是四十九年前的我的家乡的泥腿子们，正在被敌人侵占和蹂躏的土地上呻吟、挣扎、反抗……

2

金钟罩和龙抬头师徒二人，埋伏在小龙门渡口的蒲苇水柳丛中，已经三天三夜了。

五十岁以前的金钟罩，本来也是以走船为生，改种西瓜糊口，那是五十岁以后。龙抬头十六岁出师就走船，每年南下北上，不知走过多少来回。哪一路的船只，哪一等的船只，都瞒不过他的眼睛，甚至闭上眼睛也骗不过他的耳朵。运货大船，四丈八尺长，一丈六尺宽，船高九尺九，吃水七尺七，能够运载漕粮四百石，或是马一百匹、牛一百头，羊七百只，日用杂货三万斤。船上，一名大舵，一名二舵，六名篙手，八名纤夫；随船的至少有一位领班，一位账房，两位保镖，讲究排场的船主还带有一个厨子。客运大船和货运大船大小相等，船上的人员要多一名领班、一名账房和两名帮厨的伙计。不过，自从开通京津公路，北运河上头号和二号的客货二船已经绝迹，三号以下的小船也在减少。殷汝耕成立伪冀东防共自治政府，沿河设下一道道哨卡，收捐、课税、敲诈、勒索，船行关张，水运衰落，连百石货船和五十人的客船都少见了。但是，人贩子的鸡笼船，水上妓女的花船，达官显贵游山玩水的画舫，却多了起来。

金钟罩和龙抬头，正是想拦劫几个达官显贵，从通州换出暗杀殷汝耕的刺客关省三和爱国文人桑响马。

三天前的夜晚，一家人吃过晚饭，爷儿俩又在瓜楼下商量如何搭救这两位身陷死牢的义士，想来想去想到三更梆子响，也没有想出一个有把握的好主意。爷儿俩眉头子拴起的疙瘩，越来越紧，越来越大，一个愁容满面，一个哭丧着脸。

“爹，你们这是钻进牛角尖里还不想拐弯呀！”瓜楼上，龙抬头的媳妇火烧云睡醒一觉，听他们爷儿俩一个长吁短叹，一个唉声叹气，忍不住怀抱孩子走到窗口，月光下映出一张笑脸儿，“我说出个叫你们眉开眼笑的锦囊妙计，想听不想听？”

金钟罩敲了敲脑瓜顶子，叹了口气苦笑道：“我这个榆木脑壳劈不开一道缝了，你给提个醒儿吧！”

龙抬头和火烧云小两口，平日常常打牙逗嘴说笑话，只当媳妇又想戏弄他，从鼻孔里哼了一声，抱着胳膊抬头望月。

“刚才我梦见妙峰山老娘娘，进屋口吐莲花，只跟我说了一句话，转身就走了。”火烧云一字一板，“走、马、换、将。”

“抓个当官儿的……”龙抬头猛醒。

“还得是殷汝耕的亲支近脉。”

“半斤换八两，公平交易。”

“逮个大个儿的，叫他们占点便宜。”

金钟罩、龙抬头和火烧云你一言我一语，商定了拦劫达官显贵而后走马换将之计，师徒二人这才一连三天在小龙门渡口的蒲苇水柳丛中埋伏。

这一天，天阴得黑云压住了地，天气闷热，像是正在憋一场大雨。龙抬头热得浑身发燥，金钟罩的心里更像窝住烟火的灶膛。

眼看大雨从天而降，火烧云头戴斗笠，到河边来给爷儿俩送蓑衣。

“哎呀！你怎么跑了出来？”龙抬头心疼而又恼怒地喝道。

火烧云笑嘻嘻走上前来，把一件新编的绿蓑衣披在龙抬头身上，顽皮地咬着丈夫的耳朵，小声说道：“我刚才搂着孩子喂奶，打了个盹儿，妙峰山老娘娘又进门说了一句话……”

“住嘴吧！”龙抬头吆喝自己的媳妇，又像是跟妙峰山老娘娘发火，“一句话罚我和干爹在河边蹲了三天三夜，又一句话还不知怎么戏耍我们呢！”

火烧云嘴噘得像石榴，扭身要走，说：“宁跟明白人吵架，不跟糊涂人过话，我说给干爹听去。”

“儿呀，我听着哩！”邻近的一簇蒲苇水柳丛中，金钟罩呵呵笑道。

火烧云沙哑着嗓子，模仿老妇人的声音腔调，说：“别张着大嘴，傻等着天上掉馅饼！”

“这句乡野的俏皮话儿，是谁说的？”金钟罩疑惑地问道。

火烧云面不更色，答道：“老娘娘的金口玉言。”

“她老人家怎么说出话来也像蚂蚱打喷嚏——满嘴的土气？”

“老娘娘本是收生婆子出身，积德作善才得道成仙。”

龙抬头在一旁咂摸着滋味儿，忽然一拍大腿，哈哈大笑道：“这句话不管是老娘娘说的，还是小娘子编的，都是一槌敲响了闷鼓。”

“难道老娘娘话中有话？”金钟罩浑身淌水走上岸来。

“您想想呀！”龙抬头唱起了子教三娘，给师父点破其中奥妙，“殷汝耕在城里差一点被刺客砍死，达官贵人谁还敢出城游山玩水？”

金钟罩着了急，说：“走马换将岂不成了竹篮子打水？”

“三句话不离本行，老娘娘还欠我一句话。”火烧云嬉笑道，“只要躺在枕头上一闭眼，老娘娘一定给我送来开锁的钥匙。”

“我睁着眼就替老娘娘说出来！”龙抬头赶忙抢嘴，“蹲在河边等鱼上钩，不如进城堵窝掏螃蟹。”

“老娘娘圣明！”金钟罩也好像被一语道破，恍然大悟，“我正想伸一伸懒腰，进城走动走动。”

“您多年不出马，人生地不熟，还是我再进通州吧！”龙抬头又抢头阵，“北城墙根下的护城河，有个直通城里西海子公园的水道，我能出出进进。”

“咱爹难道是旱鸭子下不了水？”火烧云的舌尖子蜇了丈夫一下，“老将不出马，出马能顶俩！”

龙抬头一听火烧云的话音，就知道她这是铁扇公主耍手腕儿，故意煽起老人家的心火，气恼地喝道：“你给干爹戴高帽儿，干爹可不是小庙的神仙，受不得一炷高香。”

金钟罩却觉得火烧云的高帽子不算大，嚷道：“一个金钟罩只顶两个龙抬头，我在儿媳妇眼里没行市了。”

“老爷子，只怪您这么多年真人不露相，儿媳妇才有眼无珠不识金镶玉呀！”火烧云咯咯笑着，“不是儿媳妇把香粉搽在自个儿男人脸蛋上，眼下江湖上张口闭口讲说的都是龙抬头，有几个人知道金钟罩老爷子当年的过五关、斩六将？”

这真像把一块红炭扔到热油锅里，逗得金钟罩火冒三丈高，大叫道：“我不光过五关斩六将，还能在八十三万人马中横冲直撞，大破一百零八天门阵，如入无人之境！”

好嘛！老人家集关云长、赵子龙和穆桂英于一身了。

火烧云却忽然变了腔调，轻声柔气地婉言相劝道：“干爹，杀鸡焉用宰牛刀，有事弟子服其劳，通州城也算不得龙潭虎穴，还是叫您的徒弟逞能去吧！”

“宰牛的刀子长久不用，也能锈得切不动豆腐！”金钟罩脸红脖子粗，条条青筋迸起，“我跟你们的干娘讨个鸡毛当令箭，翻个筋斗就到通州城。”

龙抬头和火烧云见老人家怒不可遏，也就不敢劝阻，只盼干娘兜头一瓢凉水，压下老人家的火气。

“你煽风点火，糊弄干爹出山，打的什么主意？”龙抬头埋怨地问火烧云道。

“我这不过是顺水推船，放风筝多吹一口气。”火烧云笑道，“自从日本鬼子占了京东，殷汝耕在通州自立国号，老爷子就想带刀出山，精忠报国了。”

“你怎见得？”龙抬头不大相信地反问道，“我怎么看不出来？”

“我三百六十天守在老人家身边，老人家的心思瞒不过我的眼睛。”火烧云撇着嘴儿，“你一年四季走船跑码头，回家来又是粗心大意不留神，怎么能看得出来？”

“你的眼睛能隔皮看瓤儿？”

“我的耳朵还能听话听音。”

“你从哪儿看出干爹有带刀出山的意思？”

“他老人家今年种西瓜，没有往年的兴致。”

“这不足为凭。”

“好汉不提当年勇，干爹今年爱说他过去威震京东武林的故事。”

“这是心动了。”

“老人家这些日子睡觉常说梦话，不是杀杀杀，就是打打打，三更半夜还偷偷磨他那口削铁如泥的宝刀。”

“更像要出马了！”

一声闷雷响，冷风平地起。火烧云像喜鹊登枝，一蹿跳到龙抬头的后背，双手扒住龙抬头的肩膀，龙抬头背着她跑回瓜楼。

七十老翁金钟罩，已经头上斗笠身上蓑衣，顶着雷雨出马了。

达摩老祖一苇横江，金钟罩把一只柳条笸箩扔下河去，盘膝大坐在柳条笸箩里，两只手像两支桨，又借东南风的风力，虽是逆水而上，却似顺水行舟，一眨眼便漂出二三里。

二十年来，老人两耳不闻天下事，低头只种园中瓜，肚子里装一本陈年的皇历，进城要抓曲云舫。

3

金钟罩和曲云舫是三十几年的老冤家，这就不能不倒插一笔，钩沉往事。

庚子前一年，举人出身的曲云舫，当时是通州州判，从六品；州判衙门设在通州境内的漷县，兼理巡检河工之事。那时，金钟罩刚三十出头，在漷县城西的延芳淀打鱼狩猎、放牧为生，在京东武林中已经颇有名望，义和团兴起，就当上了二师兄。

翻阅一下《辽史》《元史》《明史》《通州志》《漷县志》等书，可以知道：漷县在通州西南四十五里，坐落在北运河西岸，县城东距北运河三里。汉朝叫霍村镇，辽代初年叫漷阴镇，由于辽主每年春季弋猎延芳淀，居民成邑，才升格为漷阴县，金代依旧，没有变化。到元朝至元十三年，更升格为漷州，还管辖武清和香河两县。明朝洪武五年，又降级为漷县，编户十五里，是个贫瘠、荒凉、狭小的县治。明朝正德初年才筑土城，周围只有二里。而当时的通州，砖石筑成的城墙，周围九里十三步。明朝万历四年，拆漷县土城而改建砖城，周围也扩大到六百二十三丈，即四里多一点儿。而在漷县扩建之前，通州又增建了连接旧城的一千三百四十丈的新城，即又扩大了将近九里，新旧合计十八里城围。漷县城高一丈八尺，明朝崇祯八年又增高五尺，也不过城高二丈三尺，城宽五尺。而通州城高四丈六尺，城宽三丈五尺。州大县小，有如大汉怀抱婴儿，所以到清朝顺治十六年，便撤销了漷县，合并到通州治理，不过仍设州判衙门，架子不塌。顾梦圭《疣赘录》中有一首长诗《漷县行》，生动逼真地描写了这个小县的贫困情景：“入城半里无人语，枯木寒鸦几茅宇。萧萧酒肆谁当垆？武清西来断行旅。县令老羸犹出迎，头上乌纱半尘土。问之不答攒双眉，但诉公私苦复苦。雨雹飞蝗两伤稼，春来况遭连月雨。绵城之西多草场，中官放马来旁午。中官占田动阡陌，不出官租地无主。县中里甲死诛求，请看荒坟遍村坞。”

漷县城西的草场，便是当年延芳淀湮废的旧地。

《日下旧闻》摘录《辽史》，记载延芳淀的盛况：“辽每季弋猎于延芳淀。淀方数百里，春时鹅鹜所集，春秋多菱芡。国主春猎，卫士皆衣墨绿，各持连锤、鹰食、刺鹅锥，列水次相去五七步。上风击鼓惊鹅，稍离水面，国主亲放海东青鹘擒之，鹅坠，恐鹘力不胜，在列者以佩锥刺鹅，急取其脑饲鹘。得头鹅者例赏银绢。国主、皇族、群臣，各有分地。”《燕山丛录》描写得更令人有如身临其境：“辽时每季春必来此弋猎，打鼓惊天鹅飞起，纵海东青擒之，得一头鹅，左右皆呼万岁。海东青大仅如鹊，既纵，直上青冥，几不可见。俟天鹅至半空，欻自上而下以爪攫其首，天鹅惊鸣，相持殒地。”

不过，庚子年前后的延芳淀，已经缩小百倍，干涸的水面变成一眼望不到边的荒地，荒地上散布着东一块西一块、南一片北一片的浅水洼子，有的跟北运河的河汊子连接，有的跟北运河的地下水脉相通。

延芳淀周围村庄的村民，在官府眼里，都是匪类。这是因为，元末农民起义的各路人马中，有一支以韩林儿和刘福通为首领的红军，北上攻打大都，兵败于漷县境内的柳林；当时柳林建有元帝的行宫，红军突袭柳林行宫，正是为了擒贼先擒王。败兵逃入延芳淀，过了几年，元灭明兴，他们便安家立业了。然而，这些农民起义军的后辈儿孙，仍然遭受明、清两朝的歧视和镇压，所以他们在天子脚下最早成立义和团，金钟罩是二师兄。

州判曲云舫不但是个敲骨吸髓的贪官，而且是个嗜杀成性的酷吏，他搜捕义和团伙众，押送通州砍头，拿人血染红顶子。官逼民反，几支义和团群起而攻之，打下了漷县城。

但是，曲云舫却活不见人，死不见尸，金钟罩挨门挨户搜查，仍然不见曲云舫的踪影。他又气又恼，心里像架着一团火，叫嚷着将漷县掀翻个个儿，也要把狗官挖出来。

他路过城东北角落，见尼姑庵前有一眼小小的石井，井边有一棵馒头柳，挂着一只柳罐。跟随金钟罩左右的一位青灯照大师姐和一位红灯照小师妹，又渴又困，跑过去打水，又喝又洗。金钟罩却叉着腰，闷闷不乐地望着这座尼姑庵。这座尼姑庵很小，居高临下坐落在一道高坡上，粉白围墙，黑漆山门，青石台阶，隐隐约约可以听见梆梆的木鱼声，当当的敲磬声，嗡嗡的诵经声。红灯照小师妹洗了脸，喝了个水饱，走过来说："二师兄，你也洗洗，一脸的泥血。"金钟罩仍是一动不动，呆呆出神。青灯照大师姐洗得面如满月，也笑嘻嘻走过来，说："二师弟，娘儿们身子卯子头，尼姑庵有什么可看的？"金钟罩瞪了她一眼，皱着眉头，说："这个尼姑庵，还没有搜查。"青灯照大师姐笑道："只听你一声令下呀！"金钟罩沉思着摇了摇头，说："尼姑庵子，是非之地，还是你们姐妹俩进去看看，我在庙外接应。"青灯照大师姐一拉红灯照小师妹，说："走！咱俩进门就翻箱子倒柜，不搜出曲云舫，也找出几个秃和尚。"金钟罩叮咛道："见机行事。"

走上青石台阶，青灯照大师姐拍门，木鱼声、敲磬声、诵经声戛然而止，随之一阵脚步声传来。庙门张开半扇，露出一个光葫芦女人头。这尼姑有四五十岁，满脸横肉，两只邪眼，穿一件玄缎袈裟，手捻着一挂佛珠，皮笑肉不笑地问道："二位女施主，有何贵干？"红灯照小师妹眼珠一转，顾不得自己那黄花闺女的身份，说："当家的，我是来烧香抽签儿问今世姻缘的。"青灯照大师姐也一转眼珠儿，不顾自己是个寡妇，说："女菩萨，我是求仙问子，拴娃娃的。"老尼姑微微冷笑，说了声："请！"一闪身，青灯照大师姐和红灯照小师妹走了进去。

小小尼姑庵，只有一座佛殿，两间禅房，几丛竹子。佛殿里，供奉的是南海观音大士，端坐在莲座上，似笑非笑，似睡非睡。老尼姑燃着两束高香，递给青灯照大师姐和红灯照小师妹，然后拿起磬槌，敲响铜磬，闭上眼睛，双手合十，念了声阿弥陀佛，等候青灯照大师姐和红灯照小师妹跪拜行礼。

青灯照大师姐忽然忍俊不禁，扑哧笑了，说："女菩萨，我是个寡妇又年过四十六，铁树开不了花，观音大士也帮不了忙。"

老尼姑变了脸，目光恶毒，咒道："你们践踏佛门净地，要下十八层地狱！"

"当家的，你修行了半辈子，怎么肝火还这么旺，烟火气还这么重？"红灯照小师妹嬉笑道，"看人家观音大士，一年四季慈眉善目，春夏秋冬满脸带笑，喜兴兴的叫人亲近。"

话犹未了，南海观音大士的莲座下忽然发出一声尖叫，吓得青灯照大师姐和红灯照小师妹也失声叫了出来："哎呀！"两人身上都起了一层鸡皮疙瘩。

老尼姑扭头就跑，青灯照大师姐一个箭步赶上去，揪住她那肥大的袈裟，朝庙门外叫道："二师弟！"

金钟罩闯进来，问道："出了什么事儿？"

红灯照小师妹脸色蜡黄，声音打颤，说："观音大士屁股下面鬼叫唤。"

"胡言乱语！"金钟罩喝道。

却在这时，观音大士的莲座下又尖叫一声，听得出是个女人的惨叫。金钟罩跳上供台，用力一推，观音大士的泥胎从莲座上栽了下来，露出一个黑咕隆咚的大窟窿。

"拿火来！"金钟罩向青灯照大师姐伸过一只手。

青灯照大师姐把燃烧着的高香递给他。金钟罩举起高香，俯身一照，见是一条地道。他跳了下去，弯腰走了几步，只见一个年轻尼姑，衣衫破碎，半裸身体，倒卧在血泊中，呻吟着："救……救命……"金钟罩向外喊道："大师姐，小师妹，下来背人！"便又朝前搜寻。

走出十几步，看见一个小门。小门紧闭，金钟罩一脚踢开，门里哇呀哇呀怪叫，飞出一把沾血的匕首，金钟罩一反腕子，抓住匕首的刀柄，跳进了密室。

小小的斗室里铺着鸳鸯戏水的大红炕毡，叠着两床湘绣合欢被子，炕琴上摆放着白铜水烟袋、红漆描金食盒、彩釉陶瓷的酒壶酒杯、几卷线装木版古书。曲云舫那满面斑癣的马脸上，被那年轻尼姑抓得面目全非，他也双手沾满血污，两眼挂满血丝。金钟罩掐住他的脖子，拎出地道。

那年轻尼姑已被青灯照大师姐背了上去，红灯照小师妹扯下佛龛的黄绫幔帐，把她包裹起来，问道：“狗官为什么害你？”

年轻尼姑腿上挨了一刀，疼痛得哀哭着答道：“师父……叫我服侍他，他要……糟蹋我的身子……”

“狗官，我要把你万剐凌迟！”金钟罩就用曲云舫那把匕首，削下曲云舫头上的猪尾巴辫子，又揭下他前额的一块肉皮，蒙住眼睛。

正要一刀一刀从上到下剐个痛快，总坛的传令师弟跑来，传唤金钟罩到总坛听候调遣。原来，总坛跟西太后的钦差大臣歃血为盟，各路义和团人马进京包围东交民巷，攻打西什库教堂，曲云舫是朝廷命官，押送通州衙门处理。

曲云舫死里逃生，只在前额留下一块月牙疤。八国联军占领北京之前，进攻通州这座首都门户；知州临阵脱逃，他以署理知州的身份开门揖盗。西太后屈膝乞和，他反倒被嘉奖为有功之臣，一下子连升三级，官居四品。于是，穷凶极恶，大杀义和团，画影图形捉拿金钟罩。

金钟罩改名换姓，背井离乡，流落江湖。十几年后返回故里，又赶上张勋率领十万辫子军，进京复辟，龟缩在首阳山庐的曲云舫浑水摸鱼，自封通州知事，演出了一场借尸还魂的丑剧。

这才有金钟罩夜入首阳山庐，刀逼曲云舫辞官下野的故事。

4

乘坐柳条笸箩，金钟罩到达通州东关码头，上岸进东门。

东门本名通运门，距离河边仅半里。金钟罩两脚刚刚跳到岸上，捅破了天的倾盆大雨下起来，守门的士兵嘎啦啦关城门。老人手拎着柳条笸箩飞跑，两扇城门已经合拢，他一个侧闪身子钻进去，柳条笸箩却被夹在门缝里。

“老家伙，你活腻了吧？”守门的士兵瞪着眼睛，横枪挡路。

金钟罩好像脚一软，叫了一声哎哟，四脚八叉跌倒在城门洞子的虎皮石上，就像碾子碰磨盘，一声巨响，嗡嗡回声。

几个守门士兵都吓了一跳，大吃一惊，奓起胆子走过去一看，老头紧闭双眼，牙咬嘴唇，手脚僵直，无声无息，分明是摔死了。

“赶快把这个老棺材瓤子抬走，免得招一脖子狗蝇！”守门的小头目慌忙下令，“扔到城根下的草棵子里，只当是大雨浇死个叫花子。”

一个士兵捧头，一个士兵抱脚，本想轻轻一抬就离地，谁知这个瘦骨伶仃的老棺材瓤子竟像一口石椁，焊在了虎皮石上纹丝不动。

“死沉呀！”两人惊呼一声，不约而同撒了手。

“养兵千日，用兵一时，抬个死尸都他妈的不肯卖力气！”小头目骂道，“再加两个人。”

四个人前后左右，两个人扯胳臂，两个人抻腿，叫起了号子，四个人的气力拧成一股绳，还是抬不动。

“只怕……这个老家伙会气功……”一个士兵嘟哝了一句。

“放屁！人死了还能气守丹田？”小头目啐他一口，“闪开，我来。”

说也奇怪，小头目一沾手，死沉死沉的金钟罩忽然像一捆晒干的芦苇，轻飘飘地被抬起来。

被小头目替换下来的士兵，赶忙又替换他们的小头目。不想小头目一撒手，金钟罩又像一座石碑似的沉重起来；四个士兵力不可支，撒手落地，还砸着了一个人的脚，疼得尖声鬼叫。

“这个老家伙，跟咱们耍滑头！”被砸伤了脚的士兵叫嚷着。

“是他跟你们耍滑头，还是你们跟我耍滑头？”小头目不问青红皂白，赏他们每人一个嘴巴。

说着，他一哈腰，把金钟罩夹在胳肢窝里，走出城门洞子，拐弯跑出百十步，扔在一簇草棵子里，得意而归。

雨越下越大，越下越紧，打得行人喘不过气，大街小巷也就路断行人。小巷子里的雨水像一道道河汊子，争抢着流到大街上；大街上的雨水就哗啦啦像一条河，淹没沿途店铺的两三层台阶，至少有一尺深浅，翻花起沫涌向城门洞子，从城门下的水口淌出城外。

躲在哨房门里的守门士兵，忽然看见刚才被小头目扔到百步之外城根下的那个老头，绿蓑衣包裹着身子，像一捆青柴，被雨水漂过来，白日见鬼一般惊叫。

“老棺材瓤子又回来了！”

“大雨漂起了死尸。”

“跟咱们结下了不解之缘。”

“等雨住了，打开城门，扔到荒郊野外喂狗。”

他们正嘁嘁喳喳，嘀嘀咕咕，一捆青柴似的老头儿却并没有顺水向城门洞子漂来，而是顶着水漂向了市内。

“老棺材瓤子怎么不漂过来呢？”

“你想跟他搭伴逛阴曹地府呀？”

“死尸只能顺流而下，他怎么逆水而上呢？”

“水打旋子，身不由己。”

“我怕他是活的，刚才是装死。”

“那你就拦住他的去路，看个究竟。”

小头目一声令下，这个贼心眼子多的士兵，只得换上雨衣雨裤跑出去。

雨水已经深到膝盖以上，他一出门就被水旋子绊倒，打了几个滚儿才挣扎着站起身，没走几步又被大雨封住眼，踉踉跄跄追赶，像个喝得烂醉的酒鬼。突然，绿蓑衣打了个旋转，滴溜溜直奔他漂来，他惊吓得鬼叫连天，跌倒连喝几口泥汤。蓑衣已经漂到哨房门外，小头目伸出一根竹竿，只挑起了蓑衣，却不见死尸。

“大雨给那老棺材瓤子剥了皮，一场虚惊！”小头目又把蓑衣丢到水中。

那个贼心眼子多的士兵，多管闲事，自讨苦吃，落得个败兴而回。

他们哪里知道，金钟罩的装死和漂尸，撇下蓑衣在一尺深的雨水下扎猛子，手扒着街面的地皮行走，都是略施小技，戏耍群丑。

神出鬼没的老人，这时正站在一别二十年的通州万寿宫大街上。

大雨中的通州，一片迷蒙，一团模糊，难以辨认二十年前的街容市貌。金钟罩连首阳山庐坐落在哪条胡同，都想不起一点眉目了。

早年，他到通州，都是在文萃斋书铺落脚。文萃斋掌柜万盛亨贩卖珍本古籍和名人字画，都特请他保镖护船，水旱两路万无一失，两人结下了深交。不过，自从他退隐田园，也有二十年没见面。而且，万盛亨前几天家破人亡，台柱子桑响马被捕，女儿万守玉惨遭杀害，书铺的名贵存货被掠夺一空，他冒雨进城绑架殷汝耕的皇亲国戚，正是拔刀相助，换出桑响马，替万盛亨出这口窝心的怨气，怎么能八字还没有一撇儿，反倒投奔万家，更给万盛亨招灾惹祸呢？

大雨不但越下越紧，而且越下越凶，凶得就像从天上丢下千万把小刀子。金钟罩铁皮石骨，淋上半个时辰，也得被刀子雨穿透。他四下扫了一眼，只见十字街头有个巡警阁子，站街的巡警不知溜到哪里喝酒去了，他便躲了进去。

老人的脾气，像二踢脚爆竹点了火砰的一声上了天，可就顾不得想一想下一步棋该怎么走。雨打巡警阁子像擂鼓，扰得老人更是心乱，恼恨自己只有匹夫之勇。

麻人老得快，阴天黑得早。大雨中的天色，一过晌午就昏天黑地，金钟罩在巡警阁子里躲避一时，眼见雨小下来，感到此处不可久留；正要开门离去，忽听十字街的南北大路上，却传来奔马溅水声，急忙又屏住声息，身贴着板壁，一动不动。

两匹马呼哧呼哧喷鼻子，在巡警阁子外碰了头。

“找到了吗？”一个女人在马上问道。

“没有。”那匹马上，是个男人，“难道你描出了老人家的脚线？”

描出了脚线，就是寻找到踪迹，这是武林人中的行话。

“急死了人！”女人烦躁不安，“老爷子一点不知道城里的行市，狗熊闯进瓷器店大闹一场，那就搅乱了咱们跟龙抬头的这盘棋。”

“低声！”男人喝道，“咱们赶快到首阳山庐，只怕还是抬头未卜先知，老人家轻车熟路，又找曲云舫重叙旧情去了。”

金钟罩从两人的口音里听出来，男的是保安总队参谋处处长马名骓，女的是马名骓那还没有明媒正娶的媳妇韩金簪儿。听他们的口气，必定是龙抬头已经从护城河的水眼钻进了通州，所以才打发他俩寻找自己。想到自己是走城门，龙抬头是钻水眼，头一步已经棋高一着，心中不禁暗暗得意。黄忠八十不服老，赵云虽老还能力斩五将，他要步步抢在龙抬头前面，招招都高出徒儿一头。

这时，马名骓和韩金箸儿又并驾齐驱飞奔起来，金钟罩急忙跳出巡警阁子紧追。虽然人跑不过马，可是马蹄下的脚线，给他带了路。而且，他越走越眼熟，就好像从哗哗流淌的雨水下，找见了自己二十年前的脚印，越走越快。

马名骓和韩金箸儿来到新城南门首阳山庐，下马叫门；在等候开门的这个工夫，金钟罩也赶到了。门开之后两人进院，金钟罩却早已从东墙上了房，先入为主了。

韩金箸儿自从跟马名骓定下终身，并且不等花烛之夜便以身相许，从此马名骓每回到首阳山庐走动，韩金箸儿都要相伴而行，不离左右。

她怕马名骓心猿意马，被曲云舫那守寡而不守节的女儿玉楼小姐迷惑；谁想，她伴同马名骓走动一两回，自己也不知不觉在玉楼小姐身上着了迷，假凤虚凰却假戏真做了。

首阳山庐那看门的罗锅子老头，呼噜气喘打开街门。马名骓和韩金箸儿牵马进院，扔给罗锅子老头一张票子，够他买半斤猪头肉，喝二两白干酒，油一油嘴头子，大雨天醉生梦死。走上穷途末路的曲云舫，不但不能给他这个老奴开发工钱，而且一日三餐连残汤剩饭也填不满肚子。

今年雨水多，曲云舫没有钱修房子，这座深宅大院虽然还没有墙倒屋塌，屋顶上却已经漏洞百出。当年，曲云舫身居高位，广有金银，每日宾客盈门，紧邻着号房有一间候见室。眼下这间候见室四壁皆空，已无用处，马名骓和韩金簪儿便把两匹马拴在候见室中避雨。

然后，两人来到正院的垂花门前，有如京戏里的一生一旦，行腔甩调，扳门求见。

“后学马名骓，拜见曲老夫子！”马名骓真假嗓结合，雏尾小生的调门。

韩金簪儿不甘示弱，调门更高，不伦不类地叫道：“曲老夫子，我韩金簪儿来也！”活像杨排风堵住门口叫阵。

两人喊声刚落，浓妆艳抹而又妖形怪状的上炕老妈子便应声出场，沿着游廊急匆匆迎出来，一边走一边连连摆手，不住地努嘴儿。

“想不到大雨送来了贵客，你们这小两口儿也真有雅兴。”上炕老妈子摇头摆尾，眉眼飞动，“只可惜我刚把老头子哄着了，你们先到玉楼小姐的闺房里等一会儿。”

马名骓只当其中有诈，沉着脸问道：“是不是客厅里更有贵人，曲老夫子不屑跟我们一见？”

“眼下的首阳山庐是门前冷落车马稀，当朝的贵人都不肯脚踏贱地了。”上炕老妈子酸溜溜的满肚子怨气，“老头子这几天茶饭不思，席不安枕，叨叨唠唠只有四句话：‘狡兔死，走狗烹；高鸟尽，良弓藏。’熬得我连打个盹儿也不能够。今天我在茶水里调拌了一撮蒙汗药，哄骗他喝下去，他才睡着。”

“言为心声，曲老夫子这明明是对咱们那位万岁爷心怀不满呀！”马名骓压低声音问道，“我听说曲老夫子借花献佛，把文萃斋的珍宝给咱们那位万岁爷进了贡，怎么还没有讨得龙心大悦呢？”

"热脸子贴了个冷屁股！"上炕老妈子的这张嘴，雅不了几句，便又俗得熏人，"殷长官收下贡品，不但没给老头子一个好脸儿，反倒硬说老头子把最值钱的珍宝昧了起来，还埋怨老头子假借他的名义敲诈勒索，坏了他那唐尧转世、虞舜投胎的名声，气得老头子三天不吃饭，打起嗝儿像放响屁。"

殷长官就是殷汝耕，他在日寇羽翼下成立伪冀东防共自治政府，当上行政长官，有如当年石敬瑭认辽国皇帝为父，建立后晋，当儿皇帝。马名骓嘴上的"咱们那位万岁爷"，是拐弯抹角骂人，又不带脏字儿。

马名骓嘿嘿一笑，说："沾手三分肥，曲老夫子也难免雁过拔根毛吧？"

"没……没……"上炕老妈子惊慌失色，"你们还是到玉楼小姐的闺房里，风花雪月去吧！"说着，也不怕慢待贵客，转身慌慌张张又回曲云舫的屋里。

马名骓和韩金簪儿走向跨院，暗中的金钟罩却直奔正房。

5

跨院半掩着门，马名骓和韩金簪儿蹑手蹑脚走进去，只见满院花草被大雨打得七零八落，落花流水一片凄凉。马名骓在玉楼小姐的闺房廊下停步，韩金簪儿脱下雨衣，闪进屋去。

堂屋漏了雨，书案上放一只铜盆，泥水从屋顶叮叮咚咚溅落在铜盆里。里屋，玉楼小姐云鬓散乱，脸色青黄，半躺床上，半倚床栏，胸口下半掩红绫被，半睡还半醒，半醒已半睡。

韩金簪儿像猫扑雀儿，一跃而上，在玉楼小姐那苍白的嘴唇上栽了一吻。

玉楼小姐并不吃惊，只不过睁了睁惺忪睡眼，又被韩金簪儿慌忙伸手捂住。

“名骓……你叫我想得好苦呀！”恍惚中的玉楼小姐，伸出一只胳膊，像溺水的人抓住一根稻草，死搂住韩金簪儿的脖子。

原来，韩金簪儿穿的是马名骓的一身戎装，玉楼小姐在迷离恍惚中竟误以为是马名骓怜香惜玉来了。

韩金簪儿妒火中烧，正想发作，忽然一个恶作剧的念头在脑海中闪现，便假装马名骓的嗓音，模仿马名骓的口气，跟玉楼小姐演出一场《情挑》。

“玉楼，你想得我好苦，我更想得你心焦呀！”韩金簪儿唉声叹气，“可恨韩金簪儿凭仗她的武艺，霸占了我的身子，我虽然这山望着那山高，却只能云雨巫山枉断肠。”

韩金簪儿看过不少才子佳人的戏曲和小说，有时也能顺嘴溜出几句雅趣。

“名骓，簪儿是个好妹子，你不要身在福中不知福。”玉楼小姐娇声俏语，“不怕你生我的气，如果簪儿妹子是个五尺男儿，我爱她更甚于你。”

韩金簪儿一阵得意，激动得又将玉楼小姐乱吻一阵，说：“可是，我被韩金簪儿一口独吞，她吃肉你喝汤，叫我于心何忍呀？”

玉楼小姐却并不贪得无厌，说：“只要你心中有我一席之地，百忙之中能跟我春风一度，我也就别无奢望了。”

“我愿跟你做长久夫妻，不愿结露水姻缘！”韩金簪儿身心进戏，如醉如痴。

玉楼小姐缠绵悱恻，如泣如诉：“怎奈我红颜薄命，命中克夫，嫁人就是害人，来生转世再成百年之好吧。”

“远水解不了近渴，我要及时行乐。”韩金簪儿纠缠不休，动手动脚。

玉楼小姐半推半就，说：“那你就关门熄灯，残花败柳任君折。”

“金簪儿，你胡闹得够啦！”闺房廊下的马名骓，忍不住大叫起来。

韩金簪儿变过嗓子，向外啐道：“我还没有酸溜溜的翻胃，你反倒醋海生波了？”

“簪儿妹子，你……你们……”玉楼小姐挣脱韩金簪儿的搂抱，扯起红绫被蒙上了头，“你们两口子串通一气，拿我开心取乐儿，缺德透顶，羞死人了。”

“娘子，我是你的夫君，羞哪家子？”韩金簪儿恣意揉搓着红绫被里的玉楼小姐，“马名骓跟我不分彼此，你快起床接客吧！”

“我要……梳一梳……洗一洗……”玉楼小姐气喘抖索得像猫爪下的一只小鸟。

于是，马名骓在堂屋等候，韩金簪儿服侍玉楼小姐洗脸、梳头、匀粉、描眉、搽胭脂、抹口红，憔悴的面容一下子光彩照人了。

“怪不得殷长官拜倒在你的石榴裙下！”韩金簪儿连声惊呼，“殷长官那个丑八怪的日本婆娘，只配给你倒马桶。”

“别跟我油嘴滑舌了。”玉楼小姐向帘外丢了个媚眼，“马处长，请进。”

“叫他站在帘外回话吧！”韩金簪儿抬起一条腿，蹬在里屋的门框上，像横起一道木栏杆，“他进屋来，看你这花容月貌把我比得像烧煳了的卷子，那就要变成个喜新厌旧的负心贼。”

马名骓急不是，恼不是，只得搬了一把椅子，隔帘而坐，说：“玉楼小姐，您找一根麻线，缝上金簪儿的嘴。”

玉楼小姐却把一只胳膊勾住韩金簪儿的脖子，乜斜着眼儿笑道：“把这张打情骂俏的嘴封了门，谁来给我消愁解闷呢？”

马名骓不愿跟殷汝耕的这个姘妇胡言乱语，便直入正题，说：“玉楼小姐，我跟金簪儿冒雨前来，是想讨您一个脸面，在殷长官枕边美言几句，把一个遭到陷害的无罪之人放了生，事成之后必有一份酬谢，不知您肯不肯大发善心？”

“姓殷的整个儿扑到新欢身上去了……”玉楼小姐口出一句怨言，马上想到这是一笔招财进宝的生意，急忙舌头一转，“但不知这位无罪之人遭到谁的陷害，搅到哪一桩案子里？如果是共党分子，或是抗日暴徒，我可不敢求情，殷长官也不会皇恩大赦。”

“此人一不是共党，二也没有抗日，玉楼小姐尽管放心。”马名骓拍着胸脯，“他姓桑，自号响马，文萃斋的案子把他裹了进去，只要您上嘴唇儿一碰下嘴唇儿，殷长官就会把他放了。”

“开个价码吧！”韩金簪儿脱下一只金镯子，套在玉楼小姐的手腕上，“我先替桑某人交个定钱。”

“救人一命，积德行善，我本不该趁火打劫……”玉楼小姐低眉垂眼，嘴角却挂着个冷笑，“只怕你们已经从姓桑的身上刮下不少油水，我也就不能不分一杯残羹了。”

“这个淫妇，贪性十足！”马名骓心中暗骂，嘴上却不能不甜言蜜语，“玉楼小姐，您请开尊口，说个数目。”

“我言无二价。”玉楼小姐一副商人口吻，“你叫他替我修缮一下首阳山庐，也算不得多大破费。”

双方正要拍板成交，忽听正院上炕老妈子鬼叫连天：“马……处长，大……大……大事不好，有人劫走无价之宝！”

马名骓拔出手枪，跳出玉楼小姐的闺房，喝问道：“劫走无价之宝的是什么人？”

“就是当年……把刀搁在……老爷子脖颈子上……”上炕老妈子披头散发，像一只泥母猪爬进跨院，“逼迫老爷子……交出官印的……那个凶神恶煞……”

马名骓一猜便知是金钟罩先声夺人，他抬头想看一眼老人的背影，却只见满天金蛇狂舞的闪电。

留下韩金簪儿看护玉楼小姐，马名骓跟随上炕老妈子，来到正院。

正院北房的曲云舫卧室里，老东西满身淌血，却跪在地上，双手托着一部布套的《四书集注》，转着圈拜四方，好像着了魔。

“金……金钟罩……金钟罩大侠，您饶我一条活命，我交印……”曲云舫那叩拜的动作，很像京戏里的文巾丑，“宝画……藏在……夹壁墙里，我……交出来，您得让我活够了寿数。”

马名骓一阵毛骨悚然，又感到滑稽可笑，低声问上炕老妈子道：“曲老夫子自言自语，怎么回事儿？”

“他这是犯迷症……”上炕老妈子哆嗦着满身肥肉笑道，“老头子把二十年前金钟罩逼他交出官印，跟今晚上逼他交出宝画，裤子裹大夹袄——搅在了一堆儿，混为一谈了。”

二十年前，曲云舫趁张勋复辟之机，也在通州夺权，上任头一天，就下令搜捕义和团和辛亥革命志士。金钟罩当时正是京东武林的群龙之首，便只身夜入通州城，找老贼清算旧恨新仇两笔账。那时的首阳山庐，还雇有几名护院打手，曲云舫也还有四房姨太太。金钟罩把几名护院打手杀得一干二净，又从三姨太太的红罗帐里掏出了曲云舫。

刀搁在老贼的脖子上，老贼交出了官印。要不是玉楼小姐及时赶来，金钟罩手起刀落，老贼便要一命呜呼。

玉楼小姐全身缟素，哭成泪人，哀求金钟罩刀下留情，情愿替父一死。那一年，四乡八镇的官绅刚给玉楼小姐立起贞节牌坊，玉楼小姐也还清白无染。金钟罩是武林豪杰，最敬重节妇烈女，一腔怒火被玉楼小姐的眼泪浇灭，只在曲云舫的后脖颈上划个刀口，并且削掉曲云舫头上的猪尾巴辫子，算是割发代首。

二十年后又见面，金钟罩本来也不想手软。他一指点穴，降伏了上炕老妈子，又端一碗清水，喷醒被蒙汗药麻醉的曲云舫，刀尖对准老贼的胸口。

“玉楼……快来……救我……”曲云舫的记忆力很好，一眼便认出了金钟罩，只觉得往日如昨，又想故技重演。

“住口！”金钟罩掐住曲云舫的咽喉，老贼憋得翻白眼儿，舌头吐出三寸长，“不算你卖国求荣、坑害良民，光说你卖女儿肉这一项，我也不能饶你。”

他扒开曲云舫的贴身小褂，正想剜出老贼的黑心烂肺，可是一见那生满恶癣的皮肉，心里发呕又下不了手。武松打虎是好汉，杀狗就要惹得江湖耻笑，于是他只在老贼的胸窝画了个圆圈，皮里肉外留下刀痕，便从夹壁墙里取出宝画，裹紧雨布扎上麻绳，出门上房，伴着闪电离去。

曲云舫死里逃生，受了惊吓，巧取的宝画又被人豪夺，心痛欲裂，两下夹攻便陷入了神经错乱状态。

马名骓看他丑态百出，十分恶心，说："曲老夫子神志不清，我去请个大夫来看一看吧！"

"马处长不必破费，我自有绝招儿。"上炕老妈子说着，一巴掌拍在曲云舫的天灵盖上，"老不死的你醒一醒，马处长大驾光临，看望你来了。"

一巴掌拍得曲云舫的魂儿附了体，愣怔了一会儿，却又咧开缺牙少齿的瘪嘴，放声哭道："马处长，我……的画，我的画……"

"是您的画吗？"马名骓忍无可忍地哼道，"别人的东西得而复失，又何必如丧考妣？"

"外财不富命穷人，羊肉贴不到狗身上！"上炕老妈子的劝说通俗易懂，"家有金山银垛，坐吃山空也得饿死；你还是凭自己身上的能耐，另想生财之道。"上炕老妈子的口气，又像教训大儿女。

"螳螂捕蝉，黄雀在后，悲夫！"曲云舫涕泪涟涟，打着哈欠，"天丧斯文，天丧斯文也。"

上炕老妈子点着鸦片烟灯，堵住他的嘴。

6

文萃斋像一座古墓，万盛亨像一具活尸。

为虎作伥的曲云舫，教唆流氓地痞，替他逼死万盛亨的女儿万守玉，抄走文萃斋珍藏的宝贵书画，万盛亨便一直昏昏迷迷，不吃不喝，卧以待毙。柜上的伙计，一见这个光景，辞工的辞工，告假的告假，走了个空，没有关张也已歇业了。

万盛亨和万老太太都半死不活，老女仆做主，拿万家的这座宅院当抵押，到美国教会开办的潞河医院，买一口大玻璃柜子，把万守玉小姐的遗体泡在福尔马林药水里，停放在西厢房，又搬来十几只花盆，陈列在大玻璃柜子四面，万守玉就像静悄悄地睡在花丛中。

老女仆知道桑响马已经被捕，却一心只盼这位爽直正义的先生听到万家惨遭塌天大祸的消息，冲出牢笼，赶来收拾残局，安排善后。她还有个心愿，那就是哀求桑响马跟万守玉结个鬼婚，别把这个痴情薄命的女子埋在乱葬岗子的孤女坟里。

下大雨的时候，老女仆一直提心吊胆，怕房倒屋塌，砸碎大玻璃柜子，雨刚见小，她就从耳房走出来，扶墙摸框到西厢房看一看。进屋点灯，揭开罩在玻璃柜子上的一床湘绣被面，只见万守玉像安睡在水晶宫里的龙女，这才一块石头落了地，痴呆呆坐在炕沿上淌眼泪。

“嗒，嗒嗒！”有人轻轻敲窗户，“屋里有人吗？”

“谁？”老女仆吓得从炕沿上出溜下来，瘫坐在地上。

“我是万掌柜的老相识金钟罩。”那人从窗前转到门口，“您是服侍万小姐的那位大嫂吧？”

金钟罩二十年没登万家的门槛，老女仆已经想不起他的口音，疑疑惑惑地问道：“您……黑更半夜……跳墙下院子……”

“我从曲云舫的手里夺回万掌柜的宝画，冒雨送给本主。”

“当真？”

“我跟万老掌柜相识多年，从来没有一句戏言。”

老女仆哆哆嗦嗦爬起身，颤颤抖抖走到门口，推开房门一条缝，一捆湿漉漉的雨布递进来，她刚接到手里，眼前黑影一闪，一纵即逝，人迹不见。

“老掌柜，老掌柜！”老女仆怀抱宝画直奔正房，“醒一醒，醒一醒！”

“是……是不是……我的女儿死而复生？”睡不着觉的万老太太，连划了三根火柴，碰碎了灯罩，才点着了闪跳的灯火。

“画……画……”老女仆进门腿一软，双膝跪地，头顶着那捆雨布，“回来了，回来了！”

万盛亨却像完全失去知觉，仍然躺在炕上一动不动。

万老太太把那捆雨布放在条案上，解开拦腰拴住的绳子，果然两轴宝画包裹其中，她和老女仆惊喜交加叫了声：“天！”两人把画卷展开，正是物归原主。

墨色照眼，满室古香，气息奄奄的万盛亨挺身而起，两眼放光，起死回生了。

“给老掌柜道喜！”老女仆哭笑道。

万盛亨却又咕咚一声躺倒，把手一挥，说：“害得我家破人亡，实乃不祥之物，烧掉！”

“烧？”万老太太舍不得，“这是两件传世之宝，卖个便宜价钱，也够咱俩后半辈子的吃喝。”

“不烧仍要招灾惹祸，你我更要落得死无葬身之地。”万盛亨暴躁地捶着炕面，发狂大叫。

“老掌柜，我斗胆说一句话……”老女仆劝道，“您烧了这两幅宝画，对不起金钟罩替您从虎口夺画的一片苦心，倒不如拿这两幅宝画换回桑先生，帮您收拾书铺，挑个黄道吉日重新开张。”

“金钟罩在哪里？”万盛亨又翻身坐起。

“来无影，去无踪，眨眼之间不见了。”老女仆又忙进言，“老掌柜，要想把桑先生换回来，得请董菊花出面。”

“我一生不与优娼结交！”

“那就只有委屈太太抛头露面了。”

想到桑响马，万盛亨悔恨交加。这位不拘小节而大有侠士之风的书生，是吃他的挂累儿才身陷囹圄的。他淌下两颗老泪，说：“我这个须眉浊物，已经束手无策，就依你们的妇人之见，死马只当活马医吧！”

天亮，老女仆陪同万老太太，坐两辆洋车来到董菊花的香窠，忍辱含悲，低声下气，说了几车好话，董菊花见拿宝画换人，又何必放着河水不洗船，便答应下来。当天中午饭后，董菊花到殷汝耕官邸侍寝，枕席调笑之间，替桑响马求了情，殷汝耕喜得渴望已久的宝画，就乐得传令放人。

从地牢里被放出来的桑响马，遭受百般折磨之后只剩下一副空骨头架子。他回到万宅，并不到正房拜见万盛亨，却直奔西厢房，扑到玻璃柜子上，大哭万守玉。

夜晚，他给万守玉守灵，老女仆送来一盘糕点一壶茶，还把万守玉遗留的一只红漆描金拜匣交给他，低声说了一句："拜匣里有小姐的心里话。"便抹着眼泪退了出去。

灯光下，桑响马的心里交织着悲伤、痛苦、愤怒，打开万守玉的拜匣，一股清冽的幽香散发出来，拜匣里满是干枯了的花瓣，覆盖着三卷豆青布面的文稿。桑响马把花瓣拂掉，掀开首卷的封面，扉页上是一幅万守玉的水彩肖像画。睹物思人，触景伤情，桑响马不禁心如刀割，热泪夺眶而出。那是仲夏的一个月夜，万守玉晚浴之后，搬一只藤椅坐在院里，月光下乘凉。桑响马隔窗看见，万守玉绾着黑油油的秀发，面色鲜润，目光晶莹，身穿白绸小衫，黑缎撒腿肥裤，十分清丽标致。他怦然心动，不免想入非非，就铺开一张白纸，拿起一支铅笔，偷偷勾勒万守玉的神形体态。打出草稿，过了一天就关上门将草图描绘在正式的画稿上，而且发挥他那异想天开的艺术想象力，浓墨重彩地在画稿上着色。他把词赋、传奇、戏曲里的卓文君、洛神、红拂、崔莺莺、杜丽娘……众美集于万守玉一身，将万守玉画成一个对爱情充满渴望，对人生满怀憧憬的风流才女。他画得全神贯注，却不提防万守玉在窗外已经偷看多时。等他放下画笔，轻吁了一口气，自我陶醉，孤芳自赏，万守玉突然破门而入，红涨着脸，声严色厉地说："桑先生，你竟敢由性儿作践我！"劈手就夺那幅画。桑响马虽然大吃一惊，却并不心慌意乱，只是神情沮丧，说："我虽心有余而力不足，把万小姐画得似是而非，撕了扔掉吧！"万守玉却扑哧一笑，说："捉贼拿赃，我要留下你这个把柄。"想不到万守玉竟如此珍爱，收藏在拜匣里。

桑响马挥泪翻过扉页，原来是三卷日记。

首卷，是从她十五岁那年正月初一日记起的，所记都是她诵读经书的心得，间或有一些家庭琐事，银钱往来，天气阴晴，饭菜好坏，内容枯燥，文笔陈旧。二卷，是从她十八岁那年生日记起的，内容逐渐有了情趣，文笔也一改陈词滥调。原来，她从这一年辅佐老爹经营书铺，趁机偷看了一些新书，启发了她的天性，引起她的向往，字里行间不免流露出对父亲、家教和经书的微词。第三卷，竟是从桑响马来到文萃斋书铺那天记起的。在这一天的日记里，她细致地描写了桑响马的外貌风度，然后便是一见钟情的赞美。往日，一则日记多不过六七行，少只有三五行，这一日却写了密密麻麻的满满一页。此后，便是对桑响马的炽热的相思，爱情的独白、痛苦的倾诉、虚无的幻梦，也夹杂着梦醒的悲哀……最后一则，是在她得知老父即将逼她与文萃斋书铺对面的酱园子少掌柜订婚的消息以后，在绝望中的悲鸣："……严父欲夺妾志，妾志坚如金石。身已许君，身岂可污？鼓乐之日，妾当情殉。宁化厉鬼，誓守清白。君若有悟，妾当含笑九泉矣……"

桑响马肝肠寸断，肺腑大恸，扑到玻璃柜子上，失声痛哭道："守玉，你为什么不跟我直言不讳？我早知你的心事，必能带你冲出罗网，远走高飞！"

老女仆听见西厢房里号啕大哭，慌忙又跑过来，问道："桑先生，您是……怎么回事儿？"

"我要跟万小姐结婚！"桑响马抬起头，泪流满面，直眉瞪眼，"生不同谷，死则同圹，我要跟她结个生死夫妻。"

老女仆最怕万守玉落得一座孤女坟，埋在乱葬岗子，早有劝诱桑响马娶万守玉为鬼妻的意思，便赶忙顺水推船，说：“桑先生，您不愧是个多情重义大丈夫，老身替我家小姐给您磕头了。”说着，就要下拜。

桑响马拦住，问道：“大娘，我不懂俗礼，就请您老人家替我安排。”

老女仆胸有成竹，扳着手指，一桩一桩算道：

“您得找个媒人，到万老掌柜面前去求婚，万老掌柜点了头，再请个算命先生批八字，不犯命相，就可以下聘礼择喜日……”

桑响马不耐烦地一挥手，说：“这些繁文缛节，一概都免了吧！”

“但是不能没有媒人！”

“就请您老人家一身而二任吧。”

“先办喜事，后办丧事……”

“娶亲八抬大轿，出殡三十二人杠，不算委屈守玉了吧？”

“轿子里要有小姐的木主。”

“棺材里放进我的相片。”

老女仆含泪笑道：“桑先生，您等一等，我到上房讨老掌柜的吉言。”

“他敢不答应，我就把守玉扛走！”桑响马揭下湘绣被面，抱住玻璃柜子，面对香销玉碎的万守玉，又泪如雨下。

一会儿的工夫，老女仆便去而复返，手里还拎着一袋当啷响的银圆，说：

“桑先生，快到上房拜见岳父岳母，红白喜事都由老掌柜的出钱。”

“我姓桑的不当倒插门女婿！”桑响马挺身而起，去找马名骓借贷。

马名骓和韩金簪儿刚送走了龙抬头。

7

董菊花自从当上殷汝耕的姘妇，小院油漆彩画，花木茂盛，真好像金屋藏娇，别有洞天。雨后天气仍然闷热，屋里更热得心里起火，身上出汗，便到院里乘凉。藤萝架像垂挂的绿帐，董菊花半腰裹一条富贵牡丹花的浴巾，躺在藤萝架下的竹床上，吃了个冰镇的西瓜，喝了碗败火的酸梅汤，似睡非睡地打盹儿，等候殷汝耕打发人前来传话，坐上轿车进府侍寝。

殷汝耕自从遇刺脱险，再也不敢仿效宋徽宗赵佶，轻车简从，出府夜游，眠花睡柳了。不知是失魂落魄，还是另有新欢，连传唤董菊花进府侍寝的次数也在减少。

女戏子董菊花自幼学的是逢场作戏，久而久之便习以为常，虚情假意代替了真情实意，丧失了女人的天性。殷汝耕从她身上得到的是淫乐，她从殷汝耕的腰包里掏的是钱财，并不想三千宠爱在一身，六宫粉黛无颜色。今晚这个令人遍体生津的天气，搔首弄姿更要汗流浃背，戏园子已经停演三天，她也没有跟殷汝耕假戏真唱的兴致。

蒙蒙眬眬中，忽听一声咳嗽，董菊花睁眼一看，只见面容憔悴的玉楼小姐站立床头，掩面而泣，夜色中像个女吊死鬼。

“玉楼小姐……”董菊花虽然在殷汝耕的床上取代了玉楼小姐的位置，但自己是个优伶，玉楼小姐是个名媛，身份仍有尊卑之分，高低不同，连忙从竹床上坐起来，一手掩紧浴巾，一手拉着玉楼小姐坐下。

“菊花妹妹，姐姐登门……求助来了……”玉楼小姐一腔醋意化为满腹悲酸，掏出香罗帕，连连拭泪，哽哽咽咽，“我答应……马名骓，在汝耕兄面前求情，释放那个……吃冤枉官司的桑响马，可是……可是我怕汝耕兄……不打发人来接我进府……那就请你代我面奏了。”

说出自己的来意，玉楼小姐的心里像酸、甜、苦、辣、咸，五味俱全：恼恨殷汝耕的始乱终弃，忌妒董菊花的“掩袖工谗，狐媚偏能惑主”，也哀叹自己的人老珠黄被冷落。

“姓马的是不是跟你开玩笑？”董菊花奇怪地问道。

玉楼小姐只得以实相告：“他答应我事成之后，给我家修缮房子。”

“殷长官已经把桑响马放啦！”董菊花咯咯笑道，“文萃斋书铺老掌柜的拿出两张宝画，把他换出去的。”

玉楼小姐像当头挨了一棒，身子一软，倒在董菊花的怀里，叫了声：“我无路可走了！”

“殷长官跟你藕断丝连，你别灰心丧气。”

“他有了你，看我不入眼了。”

董菊花咬着她的耳朵嘁嘁喳喳，装出哀求的口气，说：“玉楼小姐，今晚上……你替我辛苦一趟吧！”

玉楼小姐心虚胆怯，说：“你千娇百媚，我一无可取，只怕他见我偷梁换柱，更要大发雷霆。”

“哎哟，别折我的寿啦！”董菊花扮了个丑婆子的鬼脸儿，“你的五官七窍，模样长相儿，脸蛋儿肉皮子，哪一疙瘩哪一块都比我上品，只不过我会兴风作浪，给男人灌迷魂汤罢了。”

“好妹妹，教教我……”

“这一套功夫，用不了三年一节，我一点你就透。”

于是，玉楼小姐跟随董菊花进屋，拜师学艺。

一会儿，殷汝耕打发他刚刚挑选到官邸护院的狼爪张八，押着一辆轿车，来接董菊花进府。经过名师指点的玉楼小姐，便充当董菊花的替身，迷乱了狼爪张八的眼睛，登车上路。

董菊花又回到藤萝架下竹床上，刚刚平躺下来，突然藤萝架上有人倒挂金钟，一根手指点了一下她的前额，她的脑瓜子便一阵头昏，两耳嗡嗡响。

“董老板，跟我们走一趟吧！”头朝下说话的是个老头儿，满脸微笑。

“到……哪儿去？”董菊花眨着眼问道。

“唱堂会。”

“到哪儿唱？”

“天地大舞台。”

“没听说过……有这个戏园子呀！”

“舞台小天地，天地大舞台嘛。”

“您……您是不是……想绑我的票？”董菊花哆嗦起来，却又故意褪落裹在半腰上的富贵牡丹花浴巾，裸露出一身色相。

“别害怕，别害怕……”老人轻声柔气，从藤萝架上整个儿出溜下来，“别嚷别叫，闭上眼睛，我保你不伤一根汗毛。”

董菊花是个最会随机应变的女人，她把两眼一闭，说：“我这条摇钱树的身子，交给您老人家受用了。”

老人像包裹一个满月里的婴儿，把董菊花的头脸和上半身包裹在富贵牡丹花浴巾里，又扯下几条藤萝秧子，捆住她的手脚，便扛在肩上，开门出去。

迎面，龙抬头正手提一口鬼头刀，健步如飞跑来，脚下却是踏地无声。老人急忙一个转身，拐进一条小巷，没有被龙抬头发觉。

龙抬头半路拦劫轿车，交手两三个回合，狼爪张八肩膀子挨了一刀，拔出手枪，也被龙抬头劈手夺了过来，这才抱头鼠窜，逃之夭夭。龙抬头顾不得追赶狼爪张八，双手掏出轿车里那个抖成一团的女人。

“董菊花，跟我走吧！”龙抬头低声喝道，“你胆敢大呼小叫，我一根手指戳进你的胸口窝儿，捅你个透心窟窿。”

“好汉爷，我不是……董菊花……”玉楼小姐呻吟着哭道，“您把我绑走……我家没钱赎票呀！”

“你是谁？”龙抬头在黑暗中瞪大眼睛问道。

“我是……曲云舫的女儿……闺名叫玉楼……”玉楼小姐摘下头上的首饰和腕上的镯子，“好汉爷，这是我的……一点孝敬，您就别把我绑走了。”

龙抬头把刀刃搁在轿车把式的脖颈上，问道：“这个女人说的可是真话？”

“过去我常接送她进府，她真是那个立过贞节牌坊的小寡妇儿。”轿车把式油嘴滑舌，“别看殷长官把她玩腻了，您留她当几天压寨夫人，也算尝一尝天鹅肉。”

“闭嘴！”龙抬头打他一个嘴巴子，“惹我恼火，我就绑你。”

“嘻！我是个穷赶车的，您把我绑走，除了糟蹋粮食，百无一用。”

“杀了你！”

“您得收养我那个娘儿们和五个孩子。”

龙抬头从马名骓那里知道，玉楼小姐早已失宠，绑走她换不出刺客关省三，这个轿车把式更是一文不值，便把他们捆绑了手脚堵住嘴，扔在半路上，自己急奔董菊花的小院。

他闯进董菊花那养家妈的屋里。

这只母老虎，大半辈子喝戏子血，光是从董菊花身上就不知榨取了多少包银，自己却倒贴几个年轻力壮的面首。最近，她忽然感到，只有富贵，没有荣华，如同锦衣夜行。她见殷汝耕十分贪恋董菊花，就想把董菊花卖给殷汝耕作妾，自己也算是殷长官的岳母；又见孔教会会长曲云舫已是穷途末路，还想嫁给这个糟老头子赚个名儒夫人的身份。一举两得，双料金字牌匾，岂不妙哉！今晚，她带着老妈子串门打麻将牌，回家一看董菊花不在，只当是被府里接走了。老妈子服侍她洗了澡，就上床做她的美梦。

龙抬头进屋，养家妈从梦中惊醒，却又迷迷糊糊，错当是哪个面首前来献身，打情骂俏哼哼唧唧，说：“小冤家，大热的天老娘没有这个闲情逸致，不想油焖对虾……”

“不许诈尸！”龙抬头黑着脸，闪了闪刀光，“我是来绑票的。”

“原来是黑道上的朋友呀！那就一家人不说两家话。”养家妈是走江湖跑码头的女光棍，见过世面，阅历丰富，不慌不忙，有条不紊，“您想要多少钱，说个数目，好商量。”

“只要你的女儿！”

“那就到殷长官府里找她去。”

“撒谎！”

“府里真把她接走了，陪殷长官睡觉。”

“接走的是那个玉楼小姐。”

“你怎么知道？”

“我半路劫车，才知道她找人代替。”

“这个小贱人，竟敢把肥肉夹到别人碗里！”养家妈起身下床，忽然打了个寒噤，“你……你想砍我的摇钱树，来人呀……”

她发了疯似的狂叫起来。

慌乱中龙抬头扯过一床棉被，给她蒙头盖顶，七缠八绕捆成粽子，塞到了床下。

龙抬头手上只用了三分力气，那条绳子已经把棉被勒得紧紧绷绷，养家妈挣扎了两三下，便被憋闷而死。龙抬头无意之中给董菊花打碎了枷锁，不必赎身就可得到自由。

这时，死寂的黑夜枪声大作。狼爪张八逃回殷汝耕官邸，传唤军警，四面撒网，捉拿龙抬头来了。

龙抬头到董菊花屋里又扑了个空，身陷重围不敢久留，只得拐弯抹角钻出网眼，跳下西海子公园，从水道出城，两手空空而又垂头丧气地返回连环套。

还没等他到家，便看见金钟罩盘膝大坐在河边柳荫下，面前摆放着解渴的瓜，接风的酒，下酒的菜，两大碗水捞面。

“儿呀！你吃饱喝足，还得拨马回头，进城送这封董菊花的赎票信。”老人呵呵笑着，满脸得意神气。

“干爹，您把我戏耍得好苦！”龙抬头哭笑不得，急恼不是。

“就是要叫你小子长一长见识！”金钟罩一拍胸脯就像金钟响，“宝刀不老，这不过是小试锋芒。”

黄忠的戏词儿，老人脱口而出。

8

走马换将的地点，在张家湾和里二泗之间的沙岗上。

张家湾在通州城南十五里，元朝万户张瑄督海运至此而名。明朝徐阶《张家湾城记》说：“凡四方之贡赋与士大夫之造朝者，舟至于此，则市马僦车陆行以达都下。故其地水陆之会，而百物之所聚也。”《长安客话》描写张家湾风景：“水势环曲，官船客舫骈集于此，弦歌相闻，最称繁盛。”里二泗在张家湾南数里，有佑民观，中建玉皇阁醮坛，塑河神像。明朝嘉靖十四年，御赐阁名锡禧。清朝顺治八年，世祖皇帝临幸其地，赐祭重修。

红眼窝是一片方圆二三里的沙丘，绵延起伏，满目荒凉，地势凶险，历代都有强人出没，打劫行商客旅，多少年来被行商客旅视为畏途。旧武侠小说《彭公案》，曾用不少笔墨写过张家湾和里二泗。

金钟罩和龙抬头站在红眼窝上，心焦地俯瞰大河，等候殷汝耕的官差到来，当面交换关省三。

一条又一条南下北上的船只，从他们眼前过去，都没有靠岸停留，急得龙抬头心里像窝住烟火的灶膛，恼得金钟罩嘟嘟囔囔骂不住口，爷儿俩都气得瞪裂了眼眶子。

忽然，河面上的波光水影中，出现一只古怪的小船，落着舱帘，遮住舱窗，像蒸一锅馒头。

人贩子的鸡笼船，拐带良家妇女，不敢白天露面，都是溜河边走夜路。水妓的花船，门户开放，搔首弄姿，淫声浪语，引诱招揽顾客。游船画舫更是开窗挑帘，饮酒品茶，吹、拉、弹、唱。大热的天，这只小船却遮掩得像闷葫芦罐，引起了龙抬头的猜疑。

他猜疑而不敢断定，便打了个口哨，金钟罩应声而来。

“干爹，您看这只见不得人的船！”龙抬头指点河面，“舱里有月子人，理当挂二尺红布；运送装殓的棺材，应该挑起三尺白布条子。这只船不荤不素，必定舱中有诈。”

“这叫狗鱼船。”金钟罩一眼识破，“不是偷运逃犯，就是暗藏刺客，是水路上的一害。”

“放过去吗？”

“下河拦路，盘查明白。”

“不给面子呢？”

“扯上岸来！”

说着，爷儿俩分头下水，水下如走平地，钻到船底。龙抬头牵头，金钟罩拢尾，这只闷葫芦罐小船便掉转了方向，身不由已拐向河湾子那翻花的旋涡。

船舱里一阵惊慌尖叫，有的跳窗，有的破门，扑通扑通接连跳水，小船也打了个旋转扣了锅。

一到水中，几个家伙就像落入金钟罩和龙抬头的手心，抻胳臂扯腿掐脖子，等他们喝得肚皮滚圆，昏迷不醒，只剩下半口活气，才把他们一个个捞上来，勒上眼罩。爷儿俩每人一手像拎一条落水狗，拖到白沙岗的柳棵子地里审问。

从穿着打扮上看，四个家伙的身份不明。一个像贩运洋货的老客，一个像账房先生，一个像茶房小厮，一个像保镖打手。金钟罩和龙抬头把他们头下脚上放在沙坡上，四个家伙的七窍淌出黄汤绿水，眼见滚圆的肚皮瘪下去。

那个保镖打手头一个醒来，刚还了阳便嗷嗷怪叫，打着滚儿踢腿，想一跃而起跟龙抬头拼个死活。龙抬头也就顾不得审问他，把一大捧羼杂着蒺藜狗子的沙土，塞进他的嘴里，又顺手一捋他的双腿，从皮肉之外摘下他的胯骨，他也就哑口无言，动弹不得了。龙抬头的目光，落在那个老客身上，老客已经呕吐干净，腹内空空，却仍然一动不动，无声无息装死。龙抬头不打他一拳，也不踢他一脚，只弯起右手的食指，在他的胳肢窝里轻轻搔了一下，他忍耐不住奇痒钻心，扑哧一乐，被拆穿了假象。此人是狗掀门帘，本领全在一张嘴上，伶牙俐齿，花言巧语，真假虚实，避重就轻。龙抬头不想跟他耍嘴皮子，单刀直入，刨根问底，逼得他顾头顾不了尾，自相矛盾，漏洞百出，最后不得不招认他是一名混迹江湖的暗探，查访武林中的爱国志士，告密请赏。不过，他说那个账房先生本是他的一个狐朋狗友，原在一家杂货铺里写账，杂货铺关张，赋闲在家，被他拉来跑龙套；至于那个茶房小厮，是被游船老板打发来服侍乘客，跟他无关。

金钟罩带下老客，提来账房先生。

“好汉爷！”账房先生是个蓬头垢面的大烟鬼，穿一件油渍渍打着补丁的长衫，跪倒地上瑟瑟发抖，“小人本是个安善良民，只因长期失业，家无隔夜之粮，老母病妻，小儿女们都要吃饭，才贪图赚几个钱，跟他们走一趟。”

“你真是错上了贼船，我们也不难为你。”龙抬头笑眯着眼睛，在他身上摸过来摸过去，“站起来吧！”

账房先生碰地连磕三个头，泪流满面地哭道：“谢好汉爷不斩之恩！”哆里哆嗦爬起身来，仍旧低头弯腰缩脖子。

“我网开一面把你放了生，你也得一五一十有问必答。”龙抬头笑声中冷气嗖嗖，“咱们前世无仇，今生无恨，萍水相逢也别结冤家，是不是？”

“多谢好汉爷积德行善。”账房先生又连连打躬作揖，却所答非所问，“小人回家之后，一定改邪归正，吃斋念佛。”

“我只问你一句话，这条船上谁是主脑？”

“那个贩运洋货的老客呀！”

“挂羊头卖狗肉，他不过是个幌子。”

“那么，您老人家说是谁呢？”

“你！”

“我是马勺上的苍蝇，混饭吃的。”账房先生把脑瓜子更缩进脖腔子里，“狗坐轿子，我可不敢受您的抬举呀！”

龙抬头一个饿虎掏心，一把抓住他的胸襟，哧啦啦撕下了三层补丁，暴露出长衫前胸的一块绣花标记，标记上涂着桐油，不怕水浸。

“你还想在我面前装神弄鬼吗？”龙抬头冷笑着问道，“我早看出你是咬人的狗不龇牙，你做戏过了尺寸，就透出假了。”

“生有地，死有处，该当我葬身鱼腹。”账房先生从脖腔子里探出了脑瓜儿，挺直了腰杆子，“朋友，道个字号，叫我死得明白。”

龙抬头说出自己的名字，笑问道：“你死在我的手里，不算委屈吧？”

“姓龙的，照我的胸口窝儿攮一刀吧！”账房先生怪声怪气地奸笑，“我早走一步，黄泉路上等你，咱们后会有期，过不了多少日子就在阴曹地府见面。”

师父不点头，龙抬头不敢杀人，他把账房先生仍然交给金钟罩看管，又提审那个茶房小厮。

茶房小厮穿得非常鲜亮，米黄的罩衫，豆青的裤子，丝袜缎鞋，半男不女，跪在龙抬头面前，哭哭啼啼，眼泪湿透了勒紧的眼罩。

龙抬头只是紧盯着茶房小厮的动静，却并不开口。金钟罩上到他身边悄悄问道：“这个小家伙，能有多少油水？”

“小香饵儿！”龙抬头突然大喝一声。

茶房小厮打了个寒噤，哭声更高了。

龙抬头走上前去，扯掉茶房小厮的眼罩，露出一张长满粉刺的面孔。

茶房小厮一双猫儿眼，瞳孔放大，失声尖叫：“哎呀！”

“你认出了我，那就不要撒半句谎！”龙抬头夹起茶房小厮，翻过一道沙岗，走进一片蒿草稠密的洼地。

火烧云在一棵酸枣树下看守董菊花，她并不刁难这个奇货可居的女戏子，解开捆绑董菊花手脚的麻绳，可以活动四肢，又解开女戏子那花旗袍的纽襟儿，凉风吹入胸怀，只是没有揭下眼罩。她还怕从酸枣树上漏下的阳光晒焦了董菊花的粉面，便脱下身上的褂子，搭在酸枣树的枝丫上，给董菊花的头顶遮出一片阴凉。

龙抬头夹着小香饵儿突然闯来，吓了她一跳，慌忙搂住没有穿着兜肚的胸脯；见是龙抬头，才放了心，松开手。

“哎呀！你抓了个……”火烧云惊疑地问道。

龙抬头把小香饵儿撂在地上，笑道：“你替我搜身。”

火烧云一看，蜷缩在地上的茶房小厮，虽然没有成年，却是个半大小子，气得啐龙抬头道：

“一个男人家，我怎么能动手？”

龙抬头抬一只脚尖，挑起小香饵儿的下巴颏儿，说：“你看这个‘男人家’的喉头。”

火烧云看见，小香饵儿的脖子上，喉头并不凸出，已经明白八分，便叫龙抬头背过脸去，把手放到小香饵儿身上，从头上摸到脚下。

“呸，呸，呸！”火烧云忽然一连啐了几口，“这个骚娘儿们，把蜡丸密信藏到了见不得人的地方。”

龙抬头转过身来，手挽小香饵儿的头发拎到半空，满脸杀气地问道：“你落到我手里，是想留个整尸首，还是想大卸八块，就看你说不说真情实话了。”

“一死无大难，姑奶奶视死如归！”小香饵儿反倒面无惧色，把嫩白的脖子伸到龙抬头面前，“你就是把姑奶奶剁成肉馅儿喂狗，也别想叫姑奶奶泄露天机。”

“这个娘儿们是什么人？”火烧云怀疑地问道，“你们好像是老相识？”

“她是一条水蝎子，害死不知多少吃水上饭的穷哥儿们。”龙抬头恨得眼红，又将小香饵儿摔在地上，“你今天出马，又想害谁？说！”

日本豢养多年的女特务头子川岛芳子，眼下以天津日租界的东兴楼饭庄为据点，手下有成百上千形形色色的喽啰爪牙。其中一类是女扮男装，混入南北运河的客运大船上，迷人耳目，刺探抗日活动的情报，投毒暗杀不愿当亡国奴的乘客和船夫，走船的人骂她们是水蝎子。小香饵儿比别的水蝎子更为歹毒，死盯着龙抬头，龙抬头险一些儿在她手里丧了命。

小香饵儿躺在地上装死，龙抬头连踢几脚，她一动不动，一声不吭，只得打开蜡丸密信看个究竟。

小香饵儿睁开恶毒的眼睛，轻蔑地一阵冷笑，说：“姓龙的，你能识破密信上的一句话，我就改换门庭，拜你当主子。”

连中国字也认不得几个的龙抬头，打开蜡丸密信一看，文不加点整八行，都写的是日文，莫名其妙傻了眼。

火烧云要过这封密信，说：“我叫董菊花看一看，她也许认得。”

“压寨夫人，我不识字。”酸枣树下，董菊花连连摇头。

“你会唱那么多出戏，怎么能不识字呢？”

“那都是师父口传心授，我一字一句死记硬背下来的！”

火烧云把密信还给龙抬头。

龙抬头只得换上柔和的口气，说：“小香饵儿，你把密信说出来，我刀下留人，放你归山。”

“归山也是一死，我宁愿沤烂在肚子里！”说着，她滚动舌尖，吞下一颗内藏毒药的假牙，面孔痉挛，身子一阵抽搐，划一根火柴的工夫就断气了。

龙抬头只得拿着密信去找账房先生，却看见干爹又下河牵引一条怪船。

9

这条怪船上，运送的是两口棺材，却高挑着一幅大红幛子，押船的竟是桑响马。

桑响马身穿十字披红的长袍马褂，头戴插花映喜的礼帽，完全是一副新郎官的打扮。然而，脸上几天没刮的胡子，像个刺猬，直勾勾的眼珠子挂着血丝，又跟这一身打扮极不相称。

船靠岸边，龙抬头迎上前去。

“桑先生，您这是到哪儿去？”龙抬头眼皮直跳，“棺材里装的是什么人？”

“我受马名骓指点，投奔你们师徒来了。”桑响马站起身，跳上岸发出一声悲叹，“榆木棺材里装的是关省三，杨木棺材里装的是花中蕊，我想把他们合葬在连环套。”

“殷贼杀了关省三，又害死花中蕊！”龙抬头上船，一手掀开一口棺材的棺盖，只见关省三血肉模糊，花中蕊脸色枯黄，令人惨不忍睹。

桑响马眼含热泪，说：“关省三在鬼门坝刑场被枪毙，花中蕊到刑场哭祭殉情，我给他们收了尸，让他们在九泉之下大团圆吧！”

花中蕊虽然忍辱含垢，苟且偷生，被狼爪张八霸占了身子，但是心里还想念着旧情人关省三。殷汝耕挑选狼爪张八进府当差，还赏了个膘肥肉厚的胖丫头，狼爪张八便把花中蕊一脚踢开，却留给花中蕊一身脏症。这一天，花中蕊到药铺里买药，在街上正遇见雇花轿的桑响马。桑响马办鬼婚，原打算花轿里安放着万守玉的画像行街，一见花中蕊，忽然大发奇想。花中蕊的脸庞，跟万守玉有几分相像。戏子们不但会演唱，而且会化装，如果叫花中蕊装扮万守玉，坐轿行街一定引起轰动。于是，他请花中蕊留步，求花中蕊玉成其事，必定多加酬谢。

花中蕊那蜡黄而又乌青的脸上，凄惨地一笑，说："桑先生，您赏我坐一回新娘的花轿，对我这个下贱女子是多么大的抬举，我还能收您的钱吗？"

在万宅的西厢房，花中蕊对照万守玉的遗容，精雕细刻地打扮自己；万守玉的唇边有一颗美人痣，她也没有疏忽，巧妙地点上一颗黑点儿。乔装改扮之后，冷眼一看，连老女仆都分不出是真是假。花轿一上街，便有人惊呼："看呀，万家小姐又活啦！"三班鼓乐声入云霄，一路上喜炮震入耳鼓，满街筒子的人追赶着花轿看热闹。

可是，花轿一到万寿宫大街，观众却被另一出对台戏夺走了。

一排保安队士兵和一小队警察，押解着一辆出红差的刑车，跟行街的花轿走碰了头。刑车上，关省三被五花大绑，头上插着招子，脖子上勒着一根绳子。严刑拷打把关省三折磨得气息奄奄，麻绳勒得喊不出一句话。但是，他那垂死的目光和花轿里的花中蕊那发烧的目光碰在一起，两人的眼里都迸溅出激情的火花，跟着便都泪如雨下。

"省三！"花中蕊从花轿里扑出来，一头栽倒地上，撕破了彩裙，摔散了珠翠。

她披头散发追赶刑车，行街的花轿只得半途而废。

桑响马办完喜事，马上就办丧事。他安葬了万守玉，就赶奔鬼门坝刑场，只见服毒身死的花中蕊，跟关省三的尸身头并头躺在血染的黄沙上。

“殷汝耕这条癞狗！”龙抬头气得蹦起来双脚跺地，“他打发手下人捎信，答应拿关省三换回董菊花，怎么拉出屎自个儿又咽回去？”

“马名骓告诉我，日本顾问发了火，殷汝耕也就不敢不把他的姘妇‘割爱’了。”桑响马又压低声音，“他还听说，日本顾问不让殷汝耕兴师动众捉拿你们师徒，却要挑拨你们武林中人自相残杀，他们坐收渔人之利。”

龙抬头这才想起从小香饵儿身上搜出的密信，忙递到桑响马手里，说：“桑先生，你看一看这张鬼画符，葫芦里装的是什么药？”

桑响马扫了一眼，脸色陡地大变，说：“这是日本特务机关的一道密令，写给他们收买的一伙武林败类，明枪暗箭谋害你们爷儿俩。”

“我先撕了董菊花这张肉票，替关省三偿命！”

“董菊花虽是个轻薄女子，却罪不当诛，杀了她只会败坏你在江湖上的名声。”

“我活埋了那三个狗东西，给关省三陪葬。”

桑响马紧随龙抬头身后，来到白沙岗的柳棵子地。

那个满嘴堵满沙土和蒺藜狗子的家伙，在毒热的阳光暴晒下，已经憋死。桑响马停步看这死尸，说：“他是狼爪张八的一条疯狗。”

龙抬头一指贩运洋货的老客，问道：“这个家伙是谁？”

“警务处的一个密探。”桑响马一眼便识破此人的真面目，“带领警狗子查抄文萃斋书铺的就是他。”

“埋他个倒栽葱！”龙抬头拎起了那个账房先生，“请桑先生上眼，人不可貌相，海水不可斗量，这个大烟鬼胸前绣着一朵花，他就在黑道上占个大辈儿。”

大烟鬼像闭目养神，无动于衷，一声不吭，完全改变了刚才那假装怯懦和恐惧的态度。

龙抬头又带着桑响马，到洼地的蓬蒿丛中跟董菊花见面。火烧云听见脚步声，穿上褂子，躲在酸枣树后。

揭下勒住眼眶的三条黑腿带子，董菊花愣怔了半晌，紧眨了几下眼睛，认出桑响马，鼻子一酸，哭哭啼啼又怨声怨气，说：“想不到你归顺了殷长官，殷长官打发你把我接回去。”

“我是被你那个殷长官逼上梁山了！”桑响马冷冷地哼道，“谁来接你回去？殷汝耕把你弃之如敝屣了。”

“你……别吓唬我！”董菊花虽然心惊肉跳，脸上却强作镇静，撇了撇嘴儿，“我还没叫殷长官倒胃口，曲玉楼抢不了我的码头。”

“曲玉楼本想取你而代之，只可惜落花有意，流水无情，她羞恨难当，撞死在她那座贞节牌坊上了。”

“啊呀！曲老头子呢？”

“惊吓失魂，悲痛而死。”

“谁给他们父女料理后事呢？”

“殷汝耕却又大张旗鼓，厚葬他们父女二人。”

“老虎挂念珠儿！”董菊花的脊梁骨直冒凉气，“你劝好汉爷把我放回去，我跟我娘马上离开通州，逃出虎口。”

“你那养家妈也呜呼哀哉了。”

“骗人！”

“只怕她的尸首已在乱葬岗子喂了狗。”桑响马口气冷酷地说下去，“花中蕊也死了。”

“狼爪张八杀了她？”

“她自己服毒而死。”

“你这更是睁着大眼睛说瞎话。”

“她得了脏症，关省三被杀了头，她就在刑场服毒殉葬，也算不忘旧情。”

“谁能想到……这个软胎子的娘儿们，死得……这么烈性。”

“你愿不愿见一见她？”

“她不是死了吗？”

“我把她跟关省三装在两口棺材里，运送到这里的河滩上，找个墓穴葬埋。”

“我不想看她，只求你们把我放生。”

“你还想回去呀？”

“难道你们真要撕票？”董菊花匍匐地上，尖着嗓子哀叫，“我不过卖艺卖身赚几个钱，长这么大没有坑害过一个人。”

“你回通州是自投罗网，殷汝耕想留下你，日本顾问也不会开恩。”

“我在家里还有金、银、首饰、现款……”

“你正色艺双全，还怕捞不回来吗？”

“我上天无路，入地无门呀！”

“桑某人亲自护送你到天津卫搭班。”

“那我这辈子就死心塌地跟定了你！”董菊花又娇声贱气起来。

“当真？”

“我敢赌咒！”说着，董菊花使了个身段，酷似《四郎探母》里的铁镜公主，跟杨四郎对天盟誓。

“好！桑某人落草当响马，董菊花甘愿在绿林中形影不离，同生共死！”

“不！不……不……”董菊花的舌头打着嘟噜儿，急忙改口。

沙丘下，有个被冬春两季的大风掏了洞似的深坑，龙抬头扔下断气儿的小香饵儿和保镖打手，又扔下贩运洋货的老客和账房先生，填下半坑沙土。然后，砍两棵小树，削成两条抬杠，龙抬头、金钟罩、桑响马和船夫，把关省三和花中蕊的两口棺材抬上岸来，在这座深坑里下了葬。

桑响马护送董菊花上船，龙抬头、金钟罩和火烧云爷儿仨，四顾茫然，面面相觑。

“是鬼的归坟，是神的进庙，只有咱们这一家子天地不容了。”金钟罩感到凄凉而又疲惫，坐在柳棵子地的荫凉下抽闷烟。

龙抬头却仰天大笑，说：“天地不容咱们这一家子，玉皇大帝和阎罗王也就管不着咱们的贵贱生死，还有谁能比得了咱们逍遥快乐？”

“你还是想一想下一步该怎么走吧！”火烧云也愁眉苦脸了。

龙抬头仍然嘻嘻哈哈，说：“干爹和干娘，带着你和孩子，投亲靠友躲避一时，我到西天取经，求得真人亲传，那就车到山前必有路了。”

“我不想听你胡说八道！”金钟罩咯吧一声折断了烟袋杆子。

“干爹，您还记得我搭救的那个草莽书生吗？”

“被画影图形，四处严拿的共产党？”

“他临走给我留下两句话：京东大河上无处存身，就到京西妙峰山下去找他。”

“他在妙峰山干什么营生？”

“招兵买马，聚草囤粮。”

“天一擦黑上路，天亮就到京西！”金钟罩笑逐颜开，“快去早回，我等你的喜信。”

妙峰山下樱桃沟，爱国大学生们正举办暑期军事野营活动。他们的教官，是从延安东渡黄河，秘密潜入北平的红军干部。

10

波音737降落在贝尔格莱德机场，我抬起手腕看表，北京时间夜晚十点四十五分，这里却是下午四时四十五分，太阳刚刚平西。通过海关，主人在候机大厅的酒吧间设便宴，欢迎从空中万里长征而来的贵宾。我是旧地重游，女翻译薇拉·马克西莫维奇又是三年前的老相识，更感到宾至如归。

三年前，薇拉刚从北京大学毕业回国，就受聘给我当翻译。她的研究课题和毕业论文的导师，是我三十年前在北京大学念书时的同班同学，入境随俗，她也就遵守中国的礼节，称我为老师。三十七国作家在贝尔格莱德会晤，她负责翻译我的讲话稿，我们之间有过几次接触。工作之余闲谈很多，她向我十分详细地介绍了她的身世，使我大为惊叹不已。她的祖父是克罗地亚人，祖母是斯洛文尼亚人，结婚三年生下她的父亲；后来双方离了婚，祖父又娶了个意大利女人，祖母嫁了个法国丈夫。她的生父在法国长到十三岁，母亲病故又回了国。薇拉的外祖父是带有希腊血统的马其顿人，外祖母是个德国人，生下薇拉的母亲不久，也都离了婚。外祖母嫁了个奥地利丈夫，外祖父娶了个匈牙利女人。所以，薇拉自称具有国际属性。

“我很想嫁个中国小伙子，可是我的中国男同学们太客气了。”薇拉的口语水平不高，又斟字酌句，更显得拗口，“我的未婚夫发觉这个新动向，急忙实行‘中国化’，才没有被我甩了。”她的嘴里蹦出一句北京土话，咯咯咯笑成一串。

薇拉当时正翻译鲁迅先生的《社戏》，小说中关于清末民初著名京剧演员谭叫天和龚云甫的典故，我给了她一些指点。

一晃三年过去，薇拉一见我走出海关，便挓挲着胳臂跑上前来，喊道：“报告刘老师一个特大新闻，我有了个中国儿子！”

我一喜而又一惊，难道她也发生婚变，改嫁中国的驻南人员？

“恭喜，恭喜！”我不便深究，只能做个顺水人情。

“我给我的儿子取名牛牛。”薇拉见我满面狐疑神色，连忙进一步说明，“中国今年不是牛年吗？”

“原来如此！”我恍然大悟。

薇拉告诉我，她又在翻译鲁迅先生的《中国小说史略》，已经译到第十三编《宋元之拟话本》，在陪同我进行参观访问期间，免不了要向我请教。于是，我也忍不住告诉她，目前我正在写的长篇小说《敬柳亭说书》，便是继承和发展“拟话本”之作，而且要在访问三国的旅途上，完成结尾部分的草稿。

“好极啦！”她雀跃着拍手，“刘老师，您会‘说话’吗？”

我闻之一怔，愕然半晌才醒过谜儿来，笑道：

“宋代的‘说话’，也就是北京现在的说评书；我在行家眼里是个力笨，在力笨眼里是个行家。”

“您愿意给‘力笨’们表演一场吗？”

“这……”

薇拉见我面有难色，忙笑道：“全部观众，只有我和我的爱人。”

我答应了：“在你们面前，我不怕献丑。”

贝尔格莱德时间夜晚十时十五分，我们又从候机室返回机场，乘坐国内航班的飞机，十一时飞抵旅游胜地奥赫里德湖，这时的北京已是清晨五点了。住进湖畔旅馆，掐指一算已经二十多个小时没有睡觉，洗过澡便赶紧上床。湖畔的露天广场、旅馆的跳舞厅，避暑度假的红男绿女仍然在寻欢作乐，而且要玩个通宵达旦。我在歌声、乐声、笑声和舞蹈的喧闹声中，酣然入梦。

一连三日，不是游览名胜古迹，便是野餐宴会，直到星期五晚上，主人照例要工休两天，我才得到自己可以支配的时间。夜晚，我坐在阳台上，湖风送爽，月光下的奥赫里德湖像一支梦幻曲（引用一位桂冠诗人的名句）。湖心，闪烁着一串浮标灯，浮标灯的那一边便是阿尔巴尼亚，山头上碉堡林立，探照灯交叉着扫描国境。我在圆桌上铺下白纸，本意想写小说，下笔却涂鸦成诗：

夏夜的奥赫里德湖上有一弯橙月，

湖风摇曳着月色朦胧中的婆娑树影。
啊！那是银河上的一只独木小舟，
荡起的双桨像水鸟扇动翅膀，
咿呀的桨声像水鸟的吟鸣。
是谁唤我上船，
轻柔的乡音，捉弄人的眼睛……

丁零零……客厅里的电话铃声响起来，打断了我的诗思，这辈子注定做不成诗人了。我忙进屋接电话，打电话的人是薇拉。

“刘老师，我的爱人从卢布尔雅那赶来了，明天上午十点去拜访您，允许吗？”

“欢迎，欢迎！”

这个消息，是一大推动。我放下电话，又回到阳台上，一心不可二用，撇开断尾巴蜻蜓的诗章，全神贯注写我的小说。一口气写出四千字，正可做明天上午表演说评书的话本。

薇拉的丈夫叫伊万·马克西莫维奇。

“不！鄙人贱姓马，名路遥，字知力，外号儿京油子。”这个文质彬彬的金发碧眼小伙子，身穿北京红都缝纫厂的中山装，脚下是北京内联升鞋店的布鞋，不但穿着打扮中国化，而且说一口十分流利的京片子，“我学过京剧、评剧、相声、单弦……当然都是半瓶醋，功夫不到家。可惜，我还没有来得及学说评书，回国的日子到了。今天没说的，老前辈您多多劳神费心，对学生们不吝赐教。”

看他那自鸣得意的神气，薇拉笑得前仰后合，连说：“耍贫嘴，耍贫嘴！”

我在表演之前，大讲了一通北方评书艺人的几大流派，他们连同我照猫画虎，模仿老乐哥的说书，都录了音。这位路遥知马力的伊万·马克西莫维奇，是卢布尔雅那电视台的记者。卢布尔雅那电视台代表团来华访问期间，曾给我拍过《一个中国作家的一天》的新闻短片。于是，伊万又顺便对我进行录像访问，真正是公私兼顾。

星期日下午，伊万返回他的工作岗位，临行叮嘱薇拉挤出我的时间，再录几段。

九月二日，我到达柏林。

德国派出的也是一位女翻译，这位三十一岁的芭芭拉·施奈德非同小可。她到苏联、新加坡和香港学过九年中文，获得汉学博士学位，眼下是一所大学的副教授。她的博士论文的题目是：《论“拿来主义”在鲁迅小说中的体现》，可见学问够大。她准备翻译我的中篇小说《蒲柳人家》和短篇小说《蛾眉》，所以才肯屈尊当我的传声筒。

芭芭拉·施奈德是个美丽、理性、严格而又具有学者风度的标准日耳曼女子，我不能像对待薇拉那么随便玩笑，她也不像薇拉对待我那样敬如师长。

双方都很矜持，那就难免发生冲突，导火线是她对我的一句诗的翻译。

这里的文人雅士，在文艺沙龙聚会，不管你是干哪一行的，都要朗诵一首自己所写的诗，而且以爱情诗最为风雅。我从事文学创作三十六年，没敢写过一首诗拿到报刊上发表，在奥赫里德湖上萌发的诗思，也夭折在摇篮里。但是，出席盛会而不朗诵诗是极不礼貌的，我又没有曹子建的才高八斗，七步成诗，临场抓哏必定大出洋相。左思右想，翻箱倒柜，抖落包袱底儿，我忽然回忆起三十多年前写给我的妻子的一首情诗，拿出来滥竽充数，蒙混过关。

芭芭拉的工作态度，严肃认真到极点。她把这首诗翻译完毕，又到我的房间进行反复推敲。我在北京大学念书时同级而不同班的一位同学，是我国驻德大使馆的公使衔参赞，正在我的房间里叙旧。他留学德国，又在德国工作二十多年，精通德语。三合一推敲一首小诗，当然要务求译得信、达、雅。

我的情诗中有一句“冤家结痴情”，芭芭拉译成德文，却变为“敌人结了婚”，或“敌人做夫妻”。

“冤家不等于敌人呀！”我赶忙纠正。

芭芭拉却一口咬定：“冤家当然要译成敌人。”

“难道没有更确切的字眼儿？”我仍然不肯迁就。

精通德语的公使衔参赞，抓着头皮，苦着脸儿，说：“好像……只能如此。”

“冤家是爱称呀！”我旁征博引，以理服人，“中国农村妇女骂自己的情人‘该死的’‘杀千刀的’，《西厢记》里崔莺莺称张君瑞为‘可憎才’——可恨的东西，其实都是爱之极也。”

“诅咒自己的情人可恨、该死、杀千刀，怎么会是爱情的语言呢？”汉学博士芭芭拉·施奈德那秀丽的脸儿，充满迷惘、困惑、怀疑……

我难以说服她，忽然想起公使衔参赞刚才跟我讲过，芭芭拉酷爱京剧，曾经演出梅派代表作《贵妃醉酒》，博得“洋贵妃”之美誉，便问道："芭芭拉，你学过梅兰芳的另一代表作《断桥》吗？"

"我只会清唱，没有响排。"芭芭拉通晓京剧的术语。

"好！"我找到了开锁的钥匙，"你可记得，白娘子在断桥边和许仙相遇，小青拔剑要杀许仙，许仙跪求饶命，白娘子抬起一只胳臂拦住小青，另一只手的食指狠狠地点了一下许仙的额头，叫了声'冤家……'"

"我每唱这一段，必定满堂喝彩！"芭芭拉心驰神往，眉飞色舞起来。

我趁热打铁，问道："如果把白娘子的这一句，改成：'敌人'……"

"明白啦，明白啦！"芭芭拉双手捂脸，像个羞涩的少女，"汉语真是太不可思议了。"

好学而又钻研，是德国人的一大优点。从这一天起，芭芭拉便不耻下问，旅途上向我讨教更多的汉语词汇，想不到我出国当上了博士后研究生的导师。

每当我连珠炮似的说起京东北运河农村的生动口语，她听得津津有味，赞美不已，却又因非常难以理解而苦恼、烦躁。

我以导师的口吻，板着面孔，说："这是真正民族化的文学语言，你应该掌握。"

"是的，是的……"她那长长的睫毛，挂着晶莹的泪珠儿，"我在学府里所学的汉语，只能懂得中国知识分子的语言，是很不够的。"

"中国的农民占总人口的百分之八十以上，有八九亿之多呀！"

"我应该到中国农村留学几年，才算得上是个名副其实的汉学家。”

“欢迎你到我的家乡深入生活，你将写出博士后研究论文。”

我在德国写出的小说篇章，便是我给芭芭拉授课的讲义。

告别了德国，九月十五日到达莫斯科。莫斯科大学的一位汉学教授，虽然已经年近花甲，但是他在一九五六年到北京大学留学，我比他高两级，论资排辈儿得认我做师兄。他在翻译我的小说。这位被尊为权威的学者，非常坦率地承认，他只能译出我的小说的故事梗概；同时，他也毫不客气地指出，肖洛霍夫的《静静的顿河》的中国译本，没有译出肖洛霍夫的文学语言的高超和微妙。

“具有民族特色的作家的作品，是最难翻译的。”他说出一个至理名言，“真正高水平的翻译家，却又最喜欢翻译具有民族特色的作家的作品。”

在苏联停留的时间很短，活动很多，我只有紧张写作，才能在国外完成这部小说。有时，在三五分钟的空暇里，也要掏出草稿本子，写上六七行。我们乘坐西伯利亚大铁路的火车回国，终于在到达斯维尔德洛夫斯克的欧亚大陆分界线之前，把这部小说的草稿写出来了。

火车进站，停车二十五分钟，我们下车观赏欧亚大陆分界线的界碑，想不到跟那位谈判购买制作洋豆腐的成套设备的先生不期而遇。

此公已经瘦成一把骨柴，想必是这些日子完全依靠干面包和免费苏打水活命，节省每一个铜板为自己抢购贱货。

“机器运回来了吗？”我跟他握手问道。

“成套设备是个庞然大物，要走海路。”他笑眯眯地反问道，“你的小说交流如何？”

“他们爱吃中国豆腐。”

我们冷淡地分开了。

几天之后进入祖国国境，在通过二连浩特海关的时候，此公被扣。他夹带私货过多，而且那些贱货中带有病毒细菌，被扣在海关拘留所听候处理。

回到北京第二天，我便下乡去找老乐哥，谁知他早已跟随长途贩运的车队跑码头，天南地北不知去向。

他禁不住长途贩运车队的引诱，自食其言，没有将日演三场改为两场；不等我从国外回来，便服从民意，自己编了个结尾，圆满收场。

因此，这部小说有两种本子同时存在，至于谁优谁劣，未来自有公论。

一九八四年十月至一九八六年一月改定于蝈笼斋

注：《敬柳亭说书》一九八六年八月由湖南文艺出版社出版

图书在版编目（CIP）数据

敬柳亭说书 / 刘绍棠著. — 北京 ：北京十月文艺出版社，2018.5
（刘绍棠文集）
ISBN 978-7-5302-1766-5

Ⅰ. ①敬… Ⅱ. ①刘… Ⅲ. ①长篇小说—中国—当代
Ⅳ. ① I247.5

中国版本图书馆 CIP 数据核字（2017）第 322587 号

敬柳亭说书
JINGLIUTING SHUOSHU
刘绍棠 著

出 版 北京出版集团公司
北京十月文艺出版社
地 址 北京北三环中路 6 号
邮 编 100120
网 址 www.bph.com.cn
发 行 新经典发行有限公司
电话（010）68423599
经 销 新华书店
印 刷 固安县铭成印刷有限公司
版 次 2018 年 5 月第 1 版
2018 年 5 月第 1 次印刷
开 本 880 毫米 ×1230 毫米 1/32
印 张 8.75
字 数 190 千字
书 号 ISBN 978-7-5302-1766-5
定 价 32.00 元
质量监督电话 010-58572393
如有印装质量问题，由本社负责调换。